無辜者的謊言

A・R・托莉——作

THE GOOD LIE

A. R. TORRE

He kidnapped handsome and popular teenage boys... He held each boy prisoner for a month or two, strangled them and mutilated their bodies, then discarded them like bags of trash...

獻給伊娃。我愛妳。

第一章

這條著名的大街仍舊隱藏著恐怖的祕密。失蹤人口的傳單釘在一棵棵加拿利棗椰樹上，經過風吹雨打，顏色已經褪色，紙張邊緣也捲起來。街道盡頭的白色豪宅環狀的私人車道上，已經沒有警車停靠。新聞媒體的關注焦點逐漸轉移到其他新聞，原本負責阻擋善意大眾的鐵柵欄門也顯得冷清。沉重的寂靜氣氛瀰漫在陽光普照的洛杉磯空氣中。

史考特·哈登蹣跚地走在種植成排棗椰樹的人行道上，朝著寬敞的大門前進。當他移動時，那棟白色的屋子在他眼前搖晃，眼角炙熱的汗水使他的視野變得模糊。他身上印了字母的 Polo 衫因為穿了好幾個星期而變得骯髒，黏在他的背上。他的手腕上有硬邦邦的繩索造成的瘀青與傷痕。當他越接近屋子，腳步就越是加快，最後變成用跑的。他跌跌撞撞地停在大門的安全警報器前，胸前的傷口開始流血。

他輸入門鎖密碼，在鍵盤上留下沾血的指印。大門響起鈴聲及嗡嗡聲滑開。

＊＊＊

妮塔・哈登站在浴室的鏡子前方，努力想要喚回拿起牙刷的活力與意願。她的鏡臺上原本擺滿了香水與昂貴的化妝品，此刻卻空無一物。她的金髮之前每兩個星期就會去美容院打理一次，此刻根部已經露出半英寸的灰髮。她身上的黑色瑜伽服明顯變得寬鬆。現在的她看起來，完全沒有一路爬到比佛利山莊上流階層的社交名媛模樣。當自己的兒子失蹤，誰還能顧慮到口臭？當每一天都像是等待他的屍體被發現的恐怖遊戲，誰還有心思顧及任何事？

「血腥紅心殺手」總是萬無一失。他專門綁架英俊又受歡迎的十幾歲男孩——就像妮塔的兒子史考特。

被綁架的男孩會被囚禁一兩個月，然後被掐死並毀屍，像一包包垃圾般被丟棄。

在史考特之前，已經有六個男孩被綁架；六具赤裸的屍體上，胸前都被刻上一個心形。

史考特失蹤至今已經將近七個星期。每一天，他的屍體都有可能被發現，而妮塔會被叫到太平間去替兒子認屍。

家裡的安全系統響起，拿著牙刷的妮塔抬起頭，傾聽大門打開時的其中一種自訂通知聲。當他們建造這棟屋子時，每個人都選了不同的大門密碼及通知聲。每當妮塔把她的 Jaguar 汽車停在門口，使用遙控或輸入密碼時，就會響起柔和的鈴鐺聲。她先生使用的是 UCLA 的隊歌，史考特則選了單純的顫音。此刻史考特的個人通知聲迴盪在偌大的浴室裡。她手中的牙刷掉到洗手臺，發出喀啦喀啦的聲音。

聽到這個熟悉的鈴聲，她心中湧起一陣激動，並發出痛苦的嘶吼。多年來習以為常的這個鈴聲，總是讓她立即聯想到史考特滿面笑容的臉孔。他總是把背包背在一邊的肩膀上，蹦蹦跳跳地進入屋裡，立刻去找吃的東西。妮塔衝到浴室盡頭的大窗戶眺望前院，預期會看到史考特朋友的車子，或是他們家的清潔工或園丁的貨車，畢竟史考特有可能把自己的密碼告訴他們；然而樹葉後方並沒有出現任何車子。妮塔把手圈成筒狀貼在玻璃上，想要看清大門入口的情況。

一個身影拖著一隻腳，僵硬地走在屋前鋪了碎貝殼的車道上，在身後形成一道漫長的痕跡。

妮塔看到那件熟悉的灰色 Polo 衫，不禁倒抽一口氣。史考特的衣櫃裡仍舊掛著好幾件同樣的 Polo 衫。

她看不到那個身影朝著前方的臉孔，不過她立刻認出那副身軀。她轉身要衝出浴室，途中被浴缸的銅製貓腳絆倒。她因為激動與疼痛而哽咽，但還是立刻跳起來，跑出浴室的拱門。她衝過走廊，在跑下螺旋梯時撞到女僕。她緊握扶手，淚水模糊了視野。

「喬治！」她把頭轉向她先生的書房呼喚。她先生在家工作時通常都會在那裡。「喬治！」她沒有停下腳步去看她先生是否在家，或是否聽到她的喊聲。她抓住前門沉重的銅製門把，來不及完全打開就擠出門口。

她光著腳跑過車道中央，不理會踩在碎貝殼上的疼痛，口中呼喚著兒子的名字。

史考特抬起頭，搖搖晃晃地停下腳步，疲憊的臉上泛起顫抖的微笑。他緩緩地張開雙臂，迎接撲過來的妮塔。

她的兒子在最不可能的狀況下，竟然回來了。

第二章

我聽了約翰．亞伯特的語音留言，不禁懷疑他是否會在今天殺死自己的太太。

「摩爾醫生。」他的聲音粗啞，不穩定而激動。「請回電給我。我知道她今天就要為了那個男人離開我。我就是知道。事情終於發生了。」

約翰總是比約定時間提早五分鐘到達，穿著熨燙整齊的服裝，給我的支票以工整到可怕的正楷字體書寫。他在留言中的聲音聽起來像是要崩潰了。我聽完他的留言之後，又點了一下螢幕重新播放。

我嘆了一口氣，回撥給他。經過一年的一對一心理諮商後，我判斷約翰有病態性嫉妒的症狀。最初兩個月，我們的時間都花在討論他的太太，以及他所宣稱他太太對於園丁的痴迷。他不願接受行為治療，並堅持拒絕服用抗精神病藥物。經過我幾個星期的勸說，他終於接受我的建議，開除了那名園丁，解決了問題。然而他又找到了新的煩惱來源：他們的鄰居。他的懷疑似乎沒有任何根據，要不是因為他逐漸萌生殺死自己太太的強烈衝動，原本也不需要感到太緊張。

我在等他接電話時打開冰箱，拿出一加侖裝的牛奶。約翰有沒有辦法殺人是一回事，但他幾乎持續一年都在想這個念頭，則是不可否認的事實。

他沒有接電話，因此我按下停止，把手機放在料理臺上。我把牛奶倒在玻璃杯裡，拉開蕾絲窗簾，從水槽上方的窗戶探視戶外。隔著薄薄的一層花粉，我看到我的貓正踩在我的敞篷車引擎罩光亮的紅色表漆上。我敲打窗玻璃，試圖引起她的注意。「喂！」

克萊門汀不理會我。我一口氣喝光杯中的牛奶，然後更用力地拍打窗戶，仍舊沒有得到反應。

我沖洗了杯子，把它放在洗碗機的最上層，然後檢視手機。這是約翰第一次打到我的手機。他不像瑞克・畢肯，連打高爾夫球的時間都要先徵求我的同意。約翰是那種覺得打電話求助代表脆弱與無能的病患。他會在星期二早上留言到我的語音信箱，可以說是很重大的事件。他是否逮到布魯克的證據了？或者他的妄想與嫉妒終於到達爆發點？

我知道她會為了那個男人離開我。我就是知道。事情終於發生了。

對於像約翰這樣的男人來說，喪失這個概念幾乎等同於世界毀滅；更何況他的關注焦點完全放在他太太身上，並對太太抱持扭曲的想法。這樣的關注變成偏執，而具有暴力傾向的偏執逐漸趨近瘋狂。

我再度打電話給他。當電話響了好幾次都沒人接，我心中的憂慮逐漸增強。我想到不樂見的可能性：這位擁有完美字跡、這個月已經兩次爽約的藥劑師，站在倒在地上的太太前方，手中拿著血淋淋的刀子。

不對——我糾正自己。他不會用刀子殺死布魯克。他會選擇不需要直接下手的手段。譬如毒藥。這是他最近幻想的選項。

我看了看微波爐上的時鐘。從他打電話給我，已經過了兩個小時。兩個小時內有可能發生任何事。這就是我賴床的後果。在凌晨三點時，我以為服用安眠藥是個好主意，但卻害我沒有接到這通電話。

我告訴自己，再打一次電話就好。過一陣子之後再打給他一次，然後我就要開始過我今天的日子。就如我常常告訴病人的，妄想不會影響外在情況，只會讓你內心的掙扎（以及因而導致的個人行動及決定）變得更糟。

我準備了一片吐司開始吃。我坐在餐桌前，刻意慢慢咀嚼，並在手機上看了一集《歡樂單身派對》（Seinfeld）。我把桌面擦乾淨之後，重新包起麵包，在洗手臺洗了手，然後才再度打給約翰。

就如前兩次，他沒有接我的電話。

＊＊＊

九點四十五分，當我前往辦公室進行我今天第一場會談時，約翰沒有去他工作的布萊爾藥局值班。

這件事立刻引起關注。他在要求準時方面是個暴君，也因此，過去曾有兩名新進藥劑師被他幾乎是暴力的長時間說教逼到哭著辭職。當他到十點半、十一點都沒有出現，一再打到他的手機也沒人接，三名工作人員便聚在藥品陳列架後方討論該怎麼辦。排隊等候的顧客從來不會超過成人紙尿布區的陳列架，但現在卻一直排到草藥陳列區。排在前方的一名戴著牛仔帽的白鬍子男人清了清喉嚨。

他們決定要找到約翰太太的Facebook，並傳訊息給她。他們傳訊息之後，又等了十五分鐘，最後派了最資淺、最可有可無的員工開車到他家。

來自阿肯薩斯州小石城的裘爾・布蘭克是二十一歲的藥局實習生。他喜歡《龍與地下城》、拉丁女人，還有加了額外番茄醬的雞柳條。當我在聽菲爾・安克利陳述他觀看泰德・邦迪（註1）紀錄片的心得時，裘爾把車停在街上，然後傳簡訊給助理藥劑師，告訴他約翰的車停在家裡的車道上，前方是一輛白色房車。裘爾得到的指示很簡單：按門鈴，問約翰要不要來上班。如果他開始怒吼，就趕快躲起來。

裘爾先來到這棟一層樓平房的前門。洛杉磯的炎熱天氣讓他的腋下都汗

註1泰德・邦迪：Ted Bundy（一九四六～一九八九），七〇年代美國著名連環殺人犯，據稱至少殺死三十位女性，最後被處以死刑。

溼了。他聽著門鈴的聲音迴盪在屋內。他按了第二次門鈴，屋內仍舊沒有反應。於是他繞到車棚，輕輕敲側門。他等了一下，然後有些遲疑地把手圈起來貼在玻璃上，窺視屋內。

當他看到鮮血和屍體，不禁踉蹌地倒退，皮鞋踢到停車棚的鑲邊石。他的手機掉落在地上，彈到柱子停下來。他無心理會螢幕上出現的蜘蛛網狀裂痕，連忙解開手機的鎖，按下9─1─1的數字。

* * *

今天早上第二場會談結束之後，我順道前往第四十五街健身房。當我換上訓練衣，踏上跑步機，我對約翰的憂慮便逐漸消失。我把速度調高，然後掃視一整排的電視螢幕，視線停留在播放新聞主播臉孔的其中一臺。她的下巴下方以粗體字呈現「血腥紅心殺手」的字樣。我以舒適的速度跑步，繼續注視這場記者會的字幕，試圖理解最新消息的內容。攝影機的鏡頭轉到一名穿著休閒襯衫和卡其褲的英俊青少年。他面帶靦腆的笑容，站在他的母親旁邊，他母親則摟著他的腰。

「……很高興他回來了。請尊重我們和兒子在一起時的隱私……」

我按下跑步機的「停止」按鈕，拿起手機。我的腳步雖然停下來，心跳卻加速。「血腥紅心殺手」最新的受害者逃出來了？我跟其他眾多洛杉磯市民一樣，過去三年來一直在關注相關報導，掌握每一個悲慘案例從失蹤到死亡的經過。我很難相信會有受害者逃出來，甚至還處於健康狀態。通常在這個時期，受害者的屍體會被發現，陰莖被殘酷地切除，屍體像菸蒂般被拋棄。

這名殺手獨特而精準。從過去的六名受害者，可以看出他的專業度。我很驚訝他竟然會粗心到讓受害者逃走。會不會是模仿犯，或是一場騙局？或是犯人的策略及執行出現破綻？我打開手機，搜尋最新消息，然後重新注視無聲的電視。

「……逃離『血腥紅心殺手』，跑了好幾英里的路才回到家中……」

沒錯。這一來很明確了。史考特・哈登是怎麼逃出來的？我下了跑步機，匆匆穿過熱鬧的有氧運動區，沿著寬敞的階梯下樓。當我走下階梯，手機螢幕出現變化，鈴聲從耳機傳到我的耳中。電話是從我的辦公室打來的。我戴上另一隻耳朵的耳機回應：「喂？」

「摩爾醫生嗎？」電話另一端傳來雅各急促的口吻。我想像他坐在辦公室的服務臺，鼻子上掛著金屬框眼鏡，遍布痘疤的額頭上已經冒出一顆汗珠。

「嗨，雅各。」我推開女用更衣室的門，從置物架最上層拿了印有字母的厚毛巾。

「有位名叫泰德・薩克斯的警探要見妳。他說有很緊急的事。」

我擠過一群穿著螢光色服裝的瑜伽愛好者，來到自己的寄物櫃前方。「他有沒有說是什麼要事？」

「他不肯告訴我，也不願意離開。」

媽的！距離我收到約翰的語音留言，已經過了六個小時，我依舊沒有得到任何回音。會不會發生了什麼事？或者警探是為了其他病患來的？「我現在馬上回去。」我把手機擱在肩膀上，脫下慢跑褲。「喔，對了，雅各。」

「什麼事？」

「別讓他進我的辦公室。還有，不管他想要問什麼，不要給他任何資訊。」

這位兼職接待員（他會調鋼琴，午餐吃鯊魚形狀的軟糖）立即回答：「沒問題！」

「謝了。」我結束通話，然後停下來。我的短褲已經脫到腳踝，這一帶的任何人都能看到我身上的紅色棉質丁字褲。我滑到約翰的語音留言，迅速刪除這則留言，然後點入已刪除留言，把備份的檔案也刪除掉。

這個行為出自直覺。我的心理學訓練會把它歸咎於童年時的習慣：我會隱藏行蹤及任何可能引起我那個酒鬼母親暴怒的東西。不過此刻我面臨的危機不是中年家庭主婦賞我一巴掌。約翰殺死自己太太（假設這是已發生的事實）的後果會更糟糕。我的工作內容有可能遭到調查，醫療委員會也會來審查我。媒體會關注我和我的病人——而這些都是必須徹底保護隱私的病人。畢竟我處裡的不是陷於不安全感的工作狂。我專精的是凶手——邪惡、易怒的凶手。

我把手機放在長椅上，跨出短褲，然後旋轉寄物櫃上的密碼鎖，急著想要回到辦公室解決這件事。

＊＊＊

泰德．薩克斯警探個子很高，穿著廉價的灰色西裝，脖子上掛著綁在掛繩上的盾形徽章。我打開辦公室的門鎖，指著面向我的辦公桌的兩張柔軟綠色椅子說：「請坐。」

不知是因為不爽或頑固，他堅持站著。我繞過他，把包包放在桌子旁邊的矮櫃，然後坐在我的皮面旋轉椅上問：「有什麼事嗎？」

他湊向前，把證物袋丟在乾淨的木質桌面中央。我拿起這個透明的袋子，檢視裡面的物品。

裡面裝的是我的一張名片。這張名片很樸素，上面只有我的名字、醫生稱號及辦公室電話。背面有我手寫的手機號碼。我重新抬起頭看他，問：「這張名片是在哪裡找到的？」

「在約翰・亞伯特的錢包裡。」他從光禿禿的頭頂取下飛行員眼鏡，掛在襯衫的領口。這傢伙簡直像是典型的電影人物，瘦削而筆挺、皮膚黝黑，臉上帶著不信任的陰沉表情。他問：「妳認識約翰・亞伯特嗎？」

我心中對約翰犯下罪行的憂慮轉變為警覺。他做了什麼？我放下證物袋，清了清喉嚨，腦中思索著各種可能性。「是的，他是我的病人。」

美國心理協會的「心理學家倫理原則與行為守則」嚴格規定必須保護病

人隱私，不過也清楚載明，當我認為病人有可能傷害自己或他人時，可以不必遵守保密約定。

約翰在之前的會談中，曾經談到他想要傷害自己太太的內心掙扎，嚴格來說應該屬於可通報的範圍。他今天早上的語音留言也足以構成必須報警的事件。

但那只是一則語音留言，重複著這名沒有安全感的男人在長達一年的治療中一再對我說的話。他心中有殺害布魯克的念頭，並不代表他真的會執行。如果每當我的病人說他們想要殺死某人，我就得報警的話，我會害很多無辜的人坐牢，而我的病人也會跑光。

事實上，想要傷害或殺死某人，是人類心理常見的念頭。雖然的確有些道德崇高的聖人從來沒想過要傷害別人，但有百分之二十的人在人生當中，曾經衡量過殺死某人的利弊。

百分之五的人有可能實際殺人而沒有罪惡感。

百分之零點一的人有殺人妄想，而其中最善良的人會尋求心理學家的協助，來治療他們的執念。我的病人就是這些最糟糕的人當中最善良的一群。

面對他們最誠摯的告白，我有強烈的責任感要保護他們。

畢竟他們的想法並不是行動。人們不會因為心理活動而被殺死。除非這些念頭被付諸實行……這是我每天跟病人玩的遊戲中存在的危險性。

而此刻，一名警探坐在我對面……事情很明顯。在約翰·亞伯特的遊戲中，我賭輸了。

薩克斯警探清了清喉嚨。「約翰·亞伯特今天早上沒有去上班。他的同事開始感到擔心，於是其中一人到他家去看情況。接著警方就接到通報。」

我把一隻手放在胸前，搓著襯衫柔軟的絲布，想要平息劇烈的心跳。我正要問約翰是否被逮捕了，警探便接著說：

「兩人的屍體都倒在廚房地板上。那名藥局員工從窗外看到亞伯特先生。」

這時我的思緒頓時停止。**屍體？亞伯特先生？**

「就現場情況來看，大概是他們在吃早餐的時候，布魯克·亞伯特突然心臟病發作。我們發現她先生倒在她身旁，很明顯是自殺。」

我皺起眉頭。「什麼？你確定嗎？」

「亞伯特先生被刀子刺中腹部。從角度和現場情況來看，我們相信這是他自己刺的。」

我努力避免去想像布魯克的樣子。我只有上個月在雜貨店巧遇過她。她是個漂亮的女人，有一雙溫柔的眼睛和友善的笑容。她很親切地跟我打招呼，渾然不知我跟她先生曾經在無數次交談中，談論為什麼不應該殺死她。

經過一年的諮商，當我接到約翰來電之後不到幾個小時，布魯克就因為心臟病發作過世？我不相信會有這種事。

「約翰來找妳治療的理由是什麼？」

我啐了一聲。「我必須為病人保密。」

警探嘲諷地說：「拜託，妳的病人已經死了。」

我說：「很抱歉，我必須遵守倫理原則。你想知道，就得申請正式命令。」

他哼了一聲，說：「我相信妳的這項原則是有彈性的。摩爾醫生，我們都知道妳的專長是什麼。」他終於坐下來。這真是不巧，我正想要請他離開。他繼續說：「大家不是都稱呼妳『死亡醫生』嗎？」

聽到這個綽號，我嘆了一口氣。「我的專長是暴力傾向與強迫觀念，但是這些並不是我唯一在治療的失調症。我的病人當中有很多人都很正常，也很友善。」我流利地說出謊言。事實上，我已經有十年沒碰過正常的病人。

警探發出冷笑。「醫生，恕我直言：妳治療的是殺人犯——不論是現在的、將來的，或是過去的殺人犯。」

「我已經說過了，我沒辦法告訴你關於亞伯特先生的事。」

「妳上次跟他說話是在什麼時候？」

他開始兜圈子。我謹慎地思索該說的話，並考慮到警方已經知道他打過電話的可能性。「我們上次的會談是在兩個星期前。他取消了這個星期的會談，然後今天早上他打電話給我。我沒有接到電話，幾個小時之後回電給他，但是他沒有接。」

薩克斯似乎對這項資訊並不感到驚訝。這意味著警方已經掌握到他的通話紀錄。我很慶幸自己沒有留言。

「他打電話給妳說什麼？」

「他要我回電給他。」

「我想要聽他的語音留言。」

我嘆了一口氣說：「我已經刪掉了。很抱歉，我沒有想太多。」

薩克斯點點頭，彷彿表示了解，不過如果他認為這是心臟病和自殺的案件，那麼他並不了解。

「他打的就是妳留在名片上的電話嗎？」

「是我寫在名片背面的電話。那是我的手機號碼。」

薩克斯皺起眉頭問：「妳把手機號碼告訴所有的病人嗎？即使是那些危險的病人？」

我坐回椅子上，說：「只不過是手機號碼而已，又不是家裡的地址或大門密碼。如果他們濫用這支電話，我可以停止治療他們。如果有需要，我也可以更改號碼，沒什麼大不了的。」

「身為一個成天都看到屍體的人，我必須跟妳說，醫生，妳太不重視自己的安全了。妳是一位迷人的女性，只要那些變態當中有一個迷戀上妳，妳就有可能遇上很大的麻煩。」

「我很感謝你的建議。」我勉強擠出笑容。「不過他們並不是變態。他們是正常人。有些人有憂鬱症的問題，有些人則有強烈的衝動。如果我的病人不介意傷害其他人，他們就不會來我這裡。」

「這就是約翰·亞伯特來找妳的理由嗎？他不想要傷害其他人？」

我努力保持和顏悅色，對他說：「我說過了，我的病人會有各式各樣的情況，有些人只是想要找個人談談。如果你想要知道更多，就必須拿搜查令給我看。」

「我總得問問看。」他舉起雙手表示投降，然後轉向窗戶，眺望外面的公園好一陣子。「有沒有任何理由去懷疑這不是自殺？」

他選錯該質疑的死者了。我告訴他：「就我所知並沒有。」

「妳能夠為自己的證詞發誓嗎？」

「當然了。」**只要別問我布魯克的死因**。

他緩緩地點頭。「如果有別的問題，我會再來找妳。」他推了一下椅子扶手站起來。「謝謝妳撥空回答我的問題。」

我送他到大廳，並對關心地注視我們的雅各微笑，讓他放心。我回到辦公室之後關上門，顫抖著吁了一口氣。

這件事有很高的機率是我的錯。我嚴重地搞砸了我的工作——不只是對布魯克，也是對約翰。結果兩個人因此而死了。

第三章

「妳應該也知道，這不是妳的錯。」梅瑞迪絲面對夾了大量球芽甘藍的鮪魚三明治，瞇起眼看我。

「我很感謝妳的安慰，不過妳錯了。」我把叉子插入一片哈密瓜和義大利燻火腿。「他因為想要殺死自己的太太，才會來找我治療。現在他殺死了自己的太太，然後自殺了。如果我把自己的工作做好，他們就不會死了。」

「首先，妳並不能確定他真的殺死了自己的太太。他太太死於心臟病發作。」梅瑞迪絲滿嘴食物對我說話，並豎起食指，開始數鬼扯的清單。

我放下叉子說：「心臟病發作有可能是被刻意引發的。約翰是藥劑師。相信我，他絕對找得到方法。」

「那妳就打電話給那位警探，叫他去做毒物測試吧。」她把三明治舉到嘴前，等我回應。

我環顧擁擠的鬧區咖啡廳，壓低聲音怨恨地說：「妳知道我不能這麼做。」

梅瑞迪絲說：「妳可以，妳只是不想做。因為這一來就有可能證明我是正確的，導致妳必須放下自我的罪惡感，繼續過著快樂而具有生產性的生活。」

這就是不該和心理學家同業當朋友的原因。我們就連吃頓午餐都得彼此分析對方。

我盯著自己餐盤邊緣的印花，修正她的說法：「我不該這麼做，有幾個理由。」我可以花整個午餐時間，解釋為什麼這是很糟糕的主意。萬一我搞錯了，事實上布魯克真的是自然死亡，那麼我就會因為試圖詆毀自己病人名聲而成為笑柄；萬一我猜對了，我的病人的確殺死了自己的太太，那麼我就會受到放大檢視，必須交出約翰的資料，而這是為了什麼？為了懲罰已經替自己執行死刑的男人？這根本就是浪費公家資源和時間。

梅瑞迪絲喝了一口花草茶，聳聳肩說：「隨妳的便。妳要繼續鑽牛角尖也是妳的事。妳有沒有打電話給我上次給妳號碼的那傢伙？就是那個工具人？」

「我沒有打電話給工具人。」我撕了一片麵包。「我很感謝妳替我找對象，不過我的生命中已經出現一個新的男人，不需要第二個。」

「一包清潔先生海綿（註2）不能算數。」她皺起眉頭，邊說邊挑起沾在上衣上的一根芽菜。

「是啊，不過除了我哥哥以外，他是……」我瞇起眼睛，進行令人沮喪的計算。「這十八個月以來第一個踏進我住處的男人。所以我猜，事情正朝著正面方向發展。」

「這一來就更有理由打電話給米莫了。妳以前有跟義大利男人交往過嗎？」她低聲吹了一聲口哨。「那會是全新的心靈體驗。而且他真的很迷人。」

「妳說過了。」我插起冰冷的哈密瓜，放入嘴裡。

「對了，妳有沒有聽說？」她忽然興匆匆地說，似乎已經忘記工具人的話

註2　清潔先生海綿：Mr. Clean是一種科技泡棉產品，包裝上繪有一名肌肉健壯的禿頭男子，即虛擬人物「清潔先生」。

題。「血腥紅心殺手被抓到了。」

在聽到約翰的死訊之後，我已經忘了這件事。「我沒有看詳細的新聞。發生什麼事了？」我喝了一口冰水。「那個男生逃出來了嗎？」

「是啊，那個比佛利高中的男生——妳知道吧？就是那個失蹤七個星期的男生，他……」她停下來喝了一口茶，然後不知是嗆到還是怎樣，把拳頭舉到嘴前不停咳嗽。「抱歉……」

「那個血腥紅心殺手的被害人怎麼了？」我催促她繼續說。

「他逃離那個殺手，回到位在比佛利山莊的家。他的爸媽看到孩子回來欣喜若狂，然後立刻報警。結果那男生知道殺手是誰。」梅瑞迪絲指著我說：「聽好了，殺手是比佛利高中的老師。」

「哇哦。」我湊向她問：「關於那個老師有什麼情報嗎？」

「他是單身漢，從來沒有結過婚，看起來很溫馴，就像大賣場的聖誕老人。十年前得過教師獎。」

「真有趣。」我思索這些資訊。「他為什麼要找比佛利高中的學生下手？通常第一個目標才會找近處容易下手的目標。」

梅瑞迪絲聳聳肩說：「凶手是妳的專長。我很樂意專注在自己的領域，面對渴求性高潮的袋棍球媽媽們。」

「說到這裡——」我看了一下手錶。「我下一個約診是在四十五分鐘後，所以我得把這些打包帶走。」

「好吧，反正我也得去乾洗店。」梅瑞迪絲稍微舉起手，呼喚負責我們這桌的服務生。他從圍裙中拿出帳單放在桌上。

我拿了帳單說：「我來付吧。謝謝妳替我做的這場諮商。」

我把幾張鈔票放在桌上，又喝了最後一口水，然後站起來。我得趕快過去才行。或許已經有位妄想要當凶手的人在我的辦公室大廳，踩著四英寸高的高跟鞋在等待。

第四章

「妳也知道，大多數的凶手一開始都從身邊的家庭成員或朋友下手。」

說話的是樂拉．葛蘭。她穿著鮮黃色的洋裝和白色開襟毛衣，把設計師品牌的包包夾在土耳其藍的高跟鞋之間。在我們會談的最初三十分鐘當中，她抱怨了她的先生，興奮地聊起鄉村俱樂部的午餐時間新增了沙拉吧，並給我看她打算放在門廊的兩張躺椅選項。當我們艱難地選擇附白色與綠色墊子的竹躺椅之後，終於繞回她來找我治療的主題：她對自己先生的姊姊有強烈的暴力衝動。

「我也看過這樣的統計。」我在筆記本上方畫了一排玫瑰，提醒自己要去買約翰和布魯克的喪禮用花圈。

「問題是她住得很近。我先生在聖誕節想要去她家，我能說什麼？我找不到藉口可以不去。莎拉的家比我們家還大，她的小孩也好幾個月沒看到我先生。而且莎拉會做我先生讚不絕口的檸檬派。拜託，只是個檸檬派而已，能有多了不起？」

我聳聳肩說：「我不喜歡派。」

「反正派就是派。我這樣告訴我先生，他就覺得被冒犯了。我告訴妳，我替那個男人做了幾百個派，可是他從來沒有讚美過那些派。我才應該感到被冒犯。老實說，葛文，我想我沒辦法看著她端那盤點心輕快地走進來，而不產生任何暴力衝動。妳知道那張桌上會有幾支刀子嗎？」她憂慮地縮起臉頰，讓她動過豐唇手術的嘴唇更加膨脹。她的額頭違反一切自然法則，依舊光滑無比。

我耐心地對她說：「妳不會拿起餐刀殺死她。」

「我覺得有可能。妳不知道在我的腦海中浮現過多少次那個畫面。」當樂拉想像著流血畫面時，臉上露出幾乎像是在做夢般平靜的表情。接著她突然張開雙脣。「妳可以幫我開醫生證明，讓我可以不用跟她見面嗎？」

我告訴她：「距離聖誕節還有兩個月，我們先一步步慢慢來吧。」我把對話引向正面的方向。「告訴我莎拉的一些優點。」

「妳這是什麼意思？」

「告訴我妳喜歡她的任何一點，也就是足以補償缺點的特質。」

她看著我的眼神好像把我當成瘋子。我耐心等候，雙手在筆記本上交握。樂拉不會殺人。即使她想要成為凶手，她仍舊不可能殺人。她只是太無聊了，在電視上看太多女性凶手的報導，又很痛恨她的小姑。誰沒有痛恨的對象？我自己也至少有三個希望消失的對象，但是我會拿起切火雞的刀子割斷對方的喉嚨嗎？不會。樂拉也不會。她只是想要藉此顯得特別。擁有不可告人的祕密及殺人傾向這樣的念頭，只是她狂熱擁抱的雨天幻想。

我拿起筆說：「我要給妳一項功課。在下次會談之前，想出三個妳喜歡或敬佩莎拉的優點。」我舉起一隻手阻止她抗議。「別跟我說妳沒辦法想出三個優點。妳得努力想出來，要不然就延後我們的會談時間，直到妳想出來為止。」

她不滿地噘起西瓜色的嘴脣。

我對她擺出安撫的笑容，站起來說：「我想我們今天有很好的進展。」

她俯身撿起她的包包說：「我討厭這項功課。」

我努力憋笑，並安撫她的情緒：「如果要控制妳的衝動，我們就得重新訓練妳的大腦對莎拉的印象。相信我，這對妳的治療是很重要的。」**還有對妳的婚姻**——我在心裡默默地補充一句。

「好吧。」她惱怒地站起來。「謝啦，醫生。」

「別客氣。」我也站起來，壓抑此時心中湧起的不安。我先前曾錯誤地認定布魯克不會被她的丈夫傷害。

我會不會也錯過了樂拉．葛蘭的某種跡象？

第五章

我站在一群穿著黑色套裝的陌生人當中，聽每個人把約翰描述成聖人君子。

「那是在聖誕節前夕，他特地為了我趕到藥局。我的包包在健身房被偷了，可是我需要服用心臟病的藥……」說話的老太太把手放在豐滿的胸前，剛好在金色蝴蝶別針旁邊。

願主保佑趕來救援的約翰和他的心臟病藥物。老實說，看起來最善良的人反而最需要提防。以剝女人的皮製作衣服而聞名的殺人狂艾德・蓋恩（Ed Gein），被描述為城裡最好的人；殺死兩百名病人的哈洛德・席普曼醫生

（Dr. Harold Shipman）會造訪病人的家，在床邊表現得親切有禮。很多殺人者會從欺騙無辜的人、隱藏心中的怪獸得到樂趣。成功欺騙對手可以證明他們更聰明，也因此更優越。

「約翰在雨天會送報紙到我家，說他擔心我拄著拐杖走過院子的車道……」一名腳上裝了支架的年輕男子用沙啞的聲音說。我繞過人群，直接走向咖啡站。

「誰都可以看出他們非常相愛。今年是他們結婚十五週年……」我聽到另一群哀悼者在談論。說話的是一名桃紅色短髮的女人。

當然了，這十五年來，約翰一直監視著布魯克，為了無傷大雅的聊天或友誼而責備她。在這一年當中，我對約翰的不安與控制慾的源頭幾乎只有最表層的了解，但他的這些情緒似乎都圍繞著布魯克的行為增減。

他們結婚十五年，但約翰對於他太太的複雜情緒只有在過去一年當中增長為暴力傾向。他一開始來找我，是因為在他們的一次爭吵中，他掐住布魯克的脖子，直到她失去意識。這項行為帶給他性亢奮，對他太太則導致情感退縮，就像小孩子逃離大狗一般。狗會豎起耳朵，翹起尾巴，開始追逐。

約翰或許會幫身障的鄰居送報紙、為了給人心臟病藥物而在週末打開藥局的門，但他也會計算能夠殺死自己太太的藥物組合，並思考著要在大熱天把她關在汽車行李箱，「教導她」忠誠和信任的重要性。

除了第一次掐住脖子的事件之外，他其餘的幻想都藉由我們的例行會談和開的藥來控制，不過後者他常常略過或甚至完全不服用。

我在排得很長的迎賓隊伍尾端停下腳步。我們前方是三個家庭的成員。當隊伍緩緩前進，我看著他們的面孔，好奇他們當中是否有人曾看過那個男人心中的怪獸。

「掐死她是最好的做法。我的意思是，能夠讓我得到最大的樂趣。我想要看著她的眼睛，看到她理解到發生什麼事。如果用其他方式，我擔心她會因為痛苦而分心。」

我這四天一直在回想我們的會談。每天晚上，我都會聽我們會談的錄音，在他陳述各種傷害布魯克的手段時，專注地聽他聲音中興奮的抑揚頓挫。事後看來，其中有太多的跡象，而且從第一次到最後一次會談，強烈的程度也逐漸增長。我當時聽了他說的話，也記了筆記，但我卻蠢到相信自己諮商的力量足以導正他。我的自大害死了布魯克。

我停在約翰的姊姊前方。她的睫毛膏沿著臉頰流下。我對她說：「請節哀。」我又往旁邊走一步，對約翰的哥哥說了同樣的話。他們都長得瘦削而帶有學究氣，跟約翰壯碩的身材形成對比。

「寇德威爾太太。」我對布魯克的母親點頭致意。她顯得意志消沉，面無血色，臉上刻印著深沉的悲傷皺紋。

是我害的。是我害她失去了女兒。

如果我認為我的病人會對其他人造成立即的暴力威脅，我可以打破身為醫生的緘默原則。

我可以去報警，說出所有約翰告訴我的事。

但那又能怎樣？警方會找約翰問話，找布魯克問話，然後釋放約翰。警方不能因為某人心中有殺人的念頭就逮捕他。他們會放走他。布魯克或許會因為這件事而離開他，然後他有可能為此殺死布魯克。

正當化——附在我名字後面的頭銜，意味著我能夠察覺到自己在放屁。

＊＊＊

我提早離開會場，來到距離殯儀館兩個街區的一間酒吧。我選了後方的包廂式座位。這個座位在一張撞球桌的後方，旁邊有一個彎曲的飛鏢靶。酒吧裡有一半座位是空的，因此很安靜。我坐在塑膠椅上，把裝了布滿灰塵的花生的金屬桶拉過來。

一名大腹便便的女服務生邊打著呵欠邊緩緩走來。我點了一桶啤酒，並給了她一些小費。

「妳要點吃的東西嗎？」她以好奇的眼神打量我身上的黑色長褲套裝。這代表來到這間店的客人很少穿著燙過的衣服。

「只要啤酒就好。」我勉強擠出笑容。

「你們參加同一場集會嗎？」

「什麼意思？」

服務生指著門口的方向。「妳跟他。」

我望向她指的方向，看到一個穿著三件式西裝的男人坐在吧檯座位的高凳子上。我回答：「沒有。」

服務生聳聳肩說：「好吧，如果妳需要更多花生，可以再跟我說。」

點唱機開始播放歌曲，帶著鼻音的歌聲唱著〈清晨的阿馬里洛〉（註3）。

我在座位上放鬆身體，把頭靠在墊子上。我已經十年沒進過酒吧，或許也因此仍舊單身。當你大多數時間都跟同行的心理學家和病人在一起時，很難找到男朋友。我上次去的酒吧有鋼琴家在彈奏典雅的樂曲，周圍的人在昂貴的燈光下低聲聊天。我喝的是裝在煙灰色玻璃杯中、以香辛料點綴的手工調製飲料。

這間酒吧和那裡截然不同。在這裡會有人犯錯，有人借酒消愁。這也是我停在這間酒吧的門口並推門而入的理由。如果我能夠藉由喝酒抹去前兩個小時的記憶，或許就能夠安然入睡，而不會浮現布魯克的母親倚在棺材旁哭泣的景象。

註3　清晨的阿馬里洛：Amarillo by morning，Terry Stafford 和 Paul Fraser 共同創作的歌曲，在一九八三年由鄉村歌手 George Strait 翻唱之後廣為流行。

「這是妳點的酒。」女服務生再度來到我的座位，把裝滿瓶裝百威淡啤酒的金屬桶放在我桌上。「如果人變多了，就得請妳移到吧檯座位。包廂式座位是給兩位以上的客人坐的。」

我點點頭。如果人變多了，我會走出這家店，然後招一輛計程車。我從冰塊中拿了一瓶啤酒，轉開瓶蓋，大口喝下啤酒，直到我的腦袋被凍到收縮。

＊　＊　＊

喝了兩瓶啤酒之後，我從洗手間回到座位。剩餘的啤酒斜躺在冰塊中等著我。我拿起油膩的桌上型菜單，檢視沒有很多的選項。

「很抱歉打擾妳，不過我在很久以前立過誓，要阻止任何女人做出重大的錯誤決定。」

我抬起頭，看到一張幾乎跟我同樣疲憊的臉孔。不過疲憊在他臉上看起來比我好多了。他眉間深深的皺紋幾乎讓他看起來更英俊。我問他：「什麼樣的錯誤？」

「妳打算點魚肉泥吧？」他抬起一邊的嘴角，隱約露出整齊的牙齒。他的年紀跟我相當，大約三十七、八歲。我檢視他有沒有戴結婚戒指。當我看到他的無名指上沒有戴戒指，對他的興趣便油然生起。

我並不是想要尋求交往對象。此刻罪惡感沉重地壓在我的每一個念頭上，讓我只想要犯下錯誤——一個淫穢而讓腦袋麻木的錯誤。如果這個錯誤包裹在昂貴的西裝與挑逗的眼神中，那就更棒了。

「事實上，我想要點的是牡蠣。」

他皺起眉頭說：「以我花了一小時嘗試過菜單上所有料理的經驗來說，我唯一能推薦的就是雞翅。」

「好吧。」我放下菜單，伸出一隻手說：「我叫葛文。」

「我叫羅伯特。」他很確實地跟我握手，但還不到主導的地步。「今天過得不順利嗎？」

「整個星期都很不順利。」我指著餐桌對面的座位請他坐下。「你呢？」

「一樣。」他坐進來，腿碰到我的腿。「想要聊聊嗎？」

「不想。」我拉出一瓶啤酒給他，問：「要不要喝啤酒？」

他接受了。「老實說，我從來沒有看過像妳這樣的美女獨自喝酒這麼久，還沒有人來搭訕。」

「我想我散發出很強烈的『別靠近』訊息。」我環顧四周，又說：「而且這裡也沒什麼人。」

他故作正經地說：「這點也讓我感到很驚訝。這裡的氣氛這麼好。」我笑了出來。「是啊，不過話說回來，這裡的氣氛很適合我的心情。」我湊向前，用雙手握住酒瓶。「喝下這杯濃郁的深色液體，可以讓我們所有的悲傷沉睡。」我露出懷念的笑容。「我爸以前常常這麼說。不過他喜歡喝的是威士忌，不是百威淡啤酒。」

他端詳著我。「妳在這裡做什麼？妳看起來比較像是上流階層的女孩。」聽到這個有禮貌的嘲諷，我不禁微笑。「你是在暗示我是個自以為是的傢伙。」

「我的意思是，妳在包包裡放了乾洗手，又在點唱機播放泰勒絲的歌。說妳不適合這種地方，已經夠委婉了。」

我知道他一直在觀察我，內心感到溫暖，接著立刻又想到自己為什麼會在這裡——懲罰與贖罪。我眼睜睜地看著兩個人死了。「我剛好到這附近。」

我注意到女服務生的眼神。「你呢？」

他扮了一個鬼臉說：「我去參加喪禮。」

我驚訝地停頓一下，然後問：「是亞伯特家的喪禮嗎？」

他挑起眉毛。「是啊，妳呢？」

「我也是。」我有些狐疑地說：「我在那裡沒有看到你。」話說回來，我也沒有仔細觀察周圍的人。

「我很快就離開了。我不擅長參加喪禮。尤其是最近——」他的臉部蒙上一層陰影。「這一年來我經歷了幾場悲痛的死亡。」

我不需要心理學的學位，也知道要避開這個雷區。他渾身散發著悲傷。如果他的傷痛是為了這次的喪禮，那麼我的罪惡就更深重了。我輕輕點頭做為回應。

他露出沉思的表情，然後問我：「妳是哪一方的朋友？約翰還是布魯克？」

朋友？不論我怎麼回答，都會變成撒謊。「布魯克。」我這麼說，內心希望這是實話。

他點點頭說：「約翰是我的藥劑師。」

「哇哦。」我喝了一口啤酒。「真了不起。我都不知道我的藥劑師叫什麼名字，更不可能參加她的喪禮。」

他平靜地說：「因為之前我兒子有糖尿病，所以我們算是常客。」

啊！**之前、這一年來經歷了幾場悲痛的死亡**——除非最近有人發現了兒童期糖尿病的治療方式，否則我可以理解他憂鬱的眼神代表什麼意義。

「好吧。」我舉起啤酒說：「祝約翰和布魯克一路好走。」

「祝他們一路好走。」他也舉起自己的啤酒，跟我互敲一下，然後一口氣喝下剩餘的啤酒。

女服務生停在我們這桌，把空的冰桶拉到桌子邊緣，問：「你們想要點什麼嗎？」

「是的，我想要點一打雞翅。不要辣。」

「還要再一桶啤酒。」羅伯特把一隻手放在包廂式座位的椅背上。他的外套前方敞開，露出昂貴的背心曲線。他穿的是訂製西裝，閃亮的勞力士從外套的袖口露出來。他明顯與這裡的氣氛格格不入，卻因為自信而顯得怡然自得。他或許是企業人士或律師——我猜應該是後者。

「我真的不能再喝了。」我轉動手錶以便看錶面。時間是七點半，感覺卻好像更晚。

「我會自己全部喝完。」他從口袋中掏出兩顆藥錠，把其中一顆放入嘴裡，然後把另一顆放在我面前的紙巾上。「吃下它，可以幫助妳克服明天的宿醉。」

我看著這顆白色的圓形藥錠，沒有碰它。「這是什麼？」

「維他命B6。其實應該要在喝酒前、喝酒時和喝酒後服用，不過任何時間點服用都有效。」他朝著那顆藥錠點點頭，又說：「吃吧，不用怕，它不會咬妳。」

我把紙巾拉向他，說：「不用了，都給你。」

他咯咯笑著說：「妳要不是排斥藥物，就是想要藉由喝酒來懲罰自己，或是不信任我。」

「後面兩個答案說對了。」我喝了一小口啤酒。「希望你不要感到被冒犯。」

「當然不會。」他拿起那顆藥錠，放到自己的舌頭上。他潔白的牙齒有一瞬間露出來，然後藥錠便消失在他嘴裡。「妳為什麼要懲罰自己？」

「我在工作上犯了錯誤。」我在桌上轉動自己的啤酒，看著它留下一道溼溼的痕跡。

「一定是很嚴重的錯誤。」

「沒錯。」

「讓我來猜猜看。」他把頭歪向一邊，然後很明顯地從頭到尾打量我。「妳是會計師？」

我嫌惡地噘起上唇。「不是。」

「攝影棚主任？」

我笑了出來，畢竟在這座城市，每個人都想要從事電影業。「不是，我是精神科醫生。」

「啊，那麼妳鐵定不會排斥藥物了。」他端詳著我。「看妳身上戴著昂貴的手錶和包包，又能夠享有在傍晚優惠時間結束前、到城裡治安較差的地區進入酒吧的自由，所以應該擁有自己的診所。我來猜猜看，妳是不是專門治療自卑情結的家庭主婦？」

「我的確有自己的診所，不過不是專門治療家庭主婦。」我瞇起眼睛看他。「如果你是警察的話，應該不是很優秀。」

「我當然不是警察。我坐在法庭的另一邊。」他毫無愧色地嘻嘻笑。「我是辯護律師。」

聽到他的專長，我的好奇心被激起，挺直背脊問他：「你專門處理白領犯罪嗎？」

「我主要是處理罪犯。」

「在洛杉磯郡當地嗎？」

「還有橘郡。」

「你的專長是暴力犯罪還是財產犯罪？」

他從啤酒上方端詳我。「妳怎麼突然變得這麼好奇？」

「我常常會被找去提供專家證詞。我很驚訝我們竟然沒有碰過面。」

「每年都有幾千件案件。」他緩緩地說。「如果我們碰過面，我才會感到驚訝。妳的專長是什麼？」

我已經醉到無法進行這場談話。我清了清喉嚨，努力裝出沉著的表情，說：「人格障礙和暴力強迫症。」

「葛文醫生，妳真是越來越有趣了。」

「你們點了雞翅嗎？」一名戴著牛仔帽的男人停在我們的桌前，手中拿著一個桶子。這家店把西部酒吧的概念發揮得太超過了。

我舉起手說：「是我點的。」

＊＊＊

我的家比較近，因此我們便到我家。我邊笑邊跌跌撞撞地踏出計程車，兩人雙手交握，走過黑暗的踏腳石，爬上家門口的石砌階梯。克萊門汀在門廊盡頭的鞦韆上喵喵叫。羅伯特盯著黑暗的空間，說：「好可愛的貓。」

我不理會他，打開門。他緊跟著我，雙手摸索著脫下我的外套，並親吻我的脖子後方。我把頭往後仰，享受著他柔軟的嘴唇貼在被忽略的部位，使我的背脊因渴求而戰慄。我上次與人親熱，是和經人介紹的對象。當時我並不是很興奮，不斷打呵欠並看著時鐘，內心只想睡覺。

玄關的燈打開，照亮惡魔島油畫中的土耳其藍色。羅伯特把我推在海軍藍的牆上，隔著我的上衣捏著我的乳房，嘴巴貼在我的嘴上。他很擅長親吻，自信但溫柔。我緊靠在線板上，讓他來主導。我踢掉一隻高跟鞋，接著又踢掉另一隻，降低高度，而他則解開我的上衣最上面的釦子。

「來吧。」我移向旁邊拉起他的手，帶他走上黑暗的木質階梯，到我的臥室。我推開門，看到鋪得很完美的床和整齊的房間，心裡感到一陣平靜與安心。

我雖然替玄關和客廳選了戲劇性的深色系裝潢，但臥室卻選擇清爽的白色，包括牆壁、床單，以及胡桃木地板上柔軟的厚地毯，全都是白色。唯一的色彩來自整齊排列的小說、床邊新鮮的百合花，以及巨大的火爐。磚塊堆砌的火爐鑲嵌著閃亮的玻璃片。我為這座火爐花了很大一筆錢，不過每一分錢都花得很值得。

就算他為這間房間感到驚豔，他也沒有說什麼。我爬到印有字母的白色鴨絨被上，然後轉身面對他。

他緩緩脫下外套，然後解開上衣釦子，讓我有足夠的時間可以思考或反悔。

或許是因為喝了酒，或許是因為我已經超過一年沒有跟男人交往，總之我內心毫無猶豫。我解開褲子的釦子，晃動著身體把它脫下來。

當他爬上床到我身邊，床便往下陷。我抱住他，貪婪地想要感受到他肌膚的溫暖，並重新接吻。

我們身體的熱度聚合在一起，而這正是我需要的——在充滿死亡氣息的一天之後，我需要接觸到活生生的人。

第六章

我聞到吐司與咖啡的香氣醒來。這股氣味感覺舒適而熟悉，就好像回到小時候。我在完全清醒之前再閉上眼睛片刻。

我的臥室一如往常，處於完美狀態。衣櫃乾淨而整齊，窗戶拉上了窗簾，時鐘與插了百合花的花瓶形成四十五度。百合已經開始凋謝了。我的手錶放在床邊桌上，旁邊放了幾本小說。

食物的氣味，以及從樓下傳來的腳步聲，都是和平常不一樣的地方。是那名律師——我緊緊閉上眼睛，試圖想起他的名字——羅伯特。我只知道他叫羅伯特，不知道他的姓。我們在搭計程車到這裡的路上，針對死刑進行過辯論。啊！糟糕，我的車還停在距離殯儀館三個街區的停車場。

我緩緩起身，感覺到全身肌肉酸痛。想到昨晚的羅伯特，我便露出笑容。他實在是太棒了。那就是做愛的理想型態嗎？天哪！想想這些年來，我都浪費時間在平庸的做愛上。我掀開被子，從高高的床把腿放下去，驚訝地發現自己身上只穿了一件在網路上買的星際大戰T恤。羅伯特替我從衣櫃把它拿來時咯咯笑，似乎很喜歡這件衣服。我環顧四周尋找內衣，但是沒有找到。我站起來，感到頭很痛。我應該服用那顆維他命B12……還是B6的。光從羅伯特已經起床準備早餐這一點，就證明它是有用的。

我刷了牙，穿上乾淨的內衣和褪色的牛仔褲，扣上釦子，然後輕聲下樓前往廚房。

當我經過辦公室打開的門，看到羅伯特站在我的書桌前，低頭看一份打開的病人檔案，我臉上的笑容消失了。那是約翰·亞伯特的檔案。我昨天換衣服準備去參加喪禮時，把那份看到一半的檔案留在桌上。在我的注視之下，他正準備要翻開那一頁。

「你在做什麼？」

他抬頭看我，即使聽到我的口氣仍保持鎮定。「我記得妳昨天說妳是布魯克的朋友。」

我進入辦公室，對他毫無歉意的態度感到更加生氣。「這是病人的機密檔案。」

「這是約翰・亞伯特的機密檔案。」他指著檔案說。「約翰是妳的病人？」

「請你立刻離開。」我迅速地對他說。當我想到他看到的內容，原本朦朧而溫暖的感覺都消失了。這種情況的責任歸屬是怎麼樣？我把病人的檔案打開放在桌上，不過這裡是我私人的住處。他是否觸犯了任何法律？我呢？

他放下檔案，離開我的書桌。

「你在這間房間裡做什麼？」我闔上檔案，在上面套上橡皮筋。「你都做這種事嗎？跟別人上床，然後偷看她們的東西？」

「我要看有沒有工作上的簡訊，可是手機沒電了。」他用下巴比了比我桌上的電話。「我沒有帶充電器，妳的廚房又沒有電話。我到這間房間才找到電話，然後注意到他的名字。對不起。」

我打開抽屜，把檔案塞進裡面。「請你立刻離開。如果你的手機沒電，我可以幫你叫計程車。」

他沒有動，讓我更加憤怒。

「你知道我有保密的義務。你對於你的顧客應該也有類似的義務吧？」我說。

「妳應該要告訴我，約翰是妳負責治療的對象。」

「為什麼？」我發出壓抑的笑聲。「你只是我在酒吧遇到的陌生人。我並不欠你病人的機密資訊。」

「已故的病人。」他說。

「這不是重點。我在法律上的義務仍舊沒有改變。」我把雙臂交叉在胸前瞪他。

「好吧。」他繃緊下巴的肌肉，終於說，「妳不需要替我叫車。謝謝妳的招待。」

他拿起掛在椅子上的外套走向前廳。我留在原地，聽著他的皮鞋踏過前廳，出了大門。當門關上，就聽見細微的「喀喳」聲。廚房裡有東西在冒煙。

我拿起電話聽筒，在撥號音中盯著電話上的按鈕，然後伸手按下重撥按鈕。螢幕上顯示區碼為310的陌生號碼。我屏住氣，聽電話響了一聲，接著進入「克拉斯特與凱文律師事務所」的語音信箱。

我掛斷電話。看來他應該是打到他的公司。克拉斯特與凱文……我在走向前廳的途中停下來，急促地吸了一口氣。我突然想到羅伯特是誰。

羅伯特・凱文——蓋伯的父親。

第七章

羅伯特・凱文在葛文的私人車道盡頭停下來，左右張望，檢視這個安靜的社區。這是一個很棒的社區，每一家的院子都管理得很好，車子停在停車場的門內。羅伯特很喜歡葛文整理得有條不紊的房屋。她的房子很有個性，風格優雅卻具有銳利的感性。書櫃裡塞了骷髏頭造型的文鎮，化妝室掛了一幅裱框的血跡印刷圖案，牆壁是濃郁的海軍藍色，室內處處都擺了書，每一件藝術品背後似乎都有故事。羅伯特想要知道那些故事，以便深入了解那位傑出而性感的女性——在計程車後座發出具有感染力的笑聲爬到他身上、與專業的外表形成強烈對比的女性。

然而當他看到葛文桌上的檔案，他對葛文的好感就頓時消失了。他只讀了幾頁就被葛文打斷，不過仍足以了解到葛文與約翰的諮詢內容屬於很私人的性質——私人而充滿暴力。

他回頭看了一眼那棟都鐸式兩層建築，然後左轉走在馬路上，咒罵自己不該讓手機的電力耗盡。他昨天在搭計程車的時候，並沒有注意到周遭的方位，不過他還是往北方走，希望沿著這條路能夠走到社區出口，附近最好還有加油站或購物中心。他把外套緊握在左手，走到馬路上有遮蔭的一邊。即使到了十月，加州的氣溫仍舊熱到誇張。

如果他兒子還在，一定會笑他。蓋伯會說些俏皮話來笑他搞砸了，還會問他為什麼要跑出來，而不好好跟葛文談一談。如果他說他試過要談，可是葛文不但拒絕對話還一直提保密義務，蓋伯就會指出羅伯特也做過相同的事。

這是實話。他處理客戶（有些客戶惡劣到極點）的事務已經二十年，從來沒有背叛過他們。話說回來，他也沒有碰過一夜情的對象翻他的工作檔案。他想到如果遇到那樣的情況自己會有什麼反應，就不禁皺起臉孔。他並不是擅長冷靜反應的人。

一輛貼了史丹佛貼紙的 Volvo 駛過。羅伯特看著這輛車駛離，不想招手攔下陌生人的車。前方有一條小路的路標上寫著「俱樂部會所」，上面還有一個小箭頭。那家店應該不會很遠才對。

這個社區感覺很熟悉，跟蓋伯第一任女友住的社區很像。她的父母親舉辦了七月四日派對，並幾乎是強迫羅伯特參加。他當時正在處理曾騰堡的案子，快要連站立的力氣都沒有，不過他還是去了，在那裡痛苦地忍受了三小時，一再反覆同樣的話題：洛杉磯電光隊、森林大火、選舉。無聊的對話不斷圍繞著這些主題打轉。

如果娜塔莎還活著，一定會跟他一起去參加那場派對。娜塔莎喜歡那樣的社交場合。她可以拿著一杯飲料站在人群中，對愚蠢的言論哈哈大笑，彷彿那是她聽過最機智的句子。雖然她總是在對方離開到聽不見的地方之後，就把那個人批評得體無完膚，但神奇的是，她從來不會給人留下虛偽的印象。羅伯特並不喜歡她的這一點——她總是喜歡在背後說別人的壞話或評斷他人。

羅伯特繞過彎道，看到那間高爾夫俱樂部。他跨過人行道邊緣，踏入寬敞的車道，加快腳步想要立即前往有電話和空調的地方。他看了一下手錶，擔心在這麼早的時間酒吧是否已經開始營業。

此刻他最需要的就是飲料。

＊ ＊ ＊

酒吧已經開始營業，但沒什麼人。羅伯特點了蘇格蘭威士忌，服務生便咕噥了一聲回應。他在凳子上往後仰，伸展背部的筋骨，聽到骨頭發出「喀啦」的聲音，便嘆了一口氣。他的年齡已經不適合長時間做愛，而且昨晚是他這麼久以來第一次那麼……活躍。

葛文在床上的表現很驚人。她既熱情又貪婪，但也相當自信。當羅伯特注視著她時，她並沒有遮掩自己，也不會為她大腿上的橘皮組織道歉。她的自信或許是來自成天坐在殺人犯對面。

羅伯特的心情變得陰沉。他把飲料拉得更近。

「……充滿淚水的重逢。」

他瞥了電視一眼，剛好看到一家人擁抱在一起的影片結尾，心情變得更差。

酒保雙手放在腋下，靠著吧檯對他說：「真是太神奇了。」

「是啊。」羅伯特盯著杯子。史考特・哈登奇蹟般歸來，是他最不想聽到的新聞。

「你也聽過這則新聞吧？那個失蹤的孩子——就是警方原本認為被連環殺手拐走的那個孩子，竟然從那傢伙身邊逃出來了。」

那個失蹤的孩子——不是蓋伯。他沒有順利逃出來。史考特・哈登實在是太幸運了。

當播報員重述逃脫與重逢的經過，羅伯特的情緒更加激動。當畫面轉換為血腥紅心殺手過去的犯行，他便迅速喝下剩下的稀釋飲料。蓋伯的名字被提到時，他重重地放下杯子，掏出皮夾，拿出一張二十美金鈔票放在吧檯上。「謝謝。」

「不客氣。」

當他再度聽到蓋伯的名字，心中便產生憂慮：他們是不是正在播放那些照片？那張蓋伯的雙腳從防水布底下露出來的照片？或是沾滿血跡的印了字母的夾克？

羅伯特走出大廳，從門口看到一輛計程車正沿著車道駛過來。他舉起一隻手招了那輛計程車。他閉上眼睛，卻無法揮去那張照片的景象——在那張一再被拿出來的照片中，他的兒子穿著足球隊服，朝著鏡頭微笑。那張照片是在他被殺害的八個星期前拍攝的。

第八章

妮塔・哈登原本以為她的兒子會變成皮包骨，但不知怎麼搞的，她的兒子卻變得更加健壯。此刻他坐在書房的翼背休閒椅上，白色襯衫緊貼著他布滿已結疤的香菸烙痕的胸膛。坐在他對面的艾瑞卡・佩慈警探調整錄音機上的旋鈕，然後把它放在膝上。她是在史考特失蹤時第一個到他們家的警探，並且在他失蹤的期間，一再傾聽喬治與妮塔無數的質問、哭訴及抱怨。

「如果你覺得疲倦或想要休息，儘管跟我說。如果你需要好好思考某個問題，也可以慢慢來。」這位警探坐在椅子上湊向前方，注意力完全集中在史考特身上。

「好的，謝謝您。」史考特是個很有禮貌的孩子。這都多虧了喬治的教育。史考特還在念一年級的時候，就懂得說請、謝謝。妮塔看到他摸著自己英俊的臉孔側面，心中油然升起自豪。

「我們會錄下這段對話，以免遺漏掉任何部分。」另一名警探坐在第三張椅子上。這位艾德・哈維警探身材高大魁梧，戴著眼鏡。他總是帶著一副「滾開！不要妨礙我們做事」的態度，讓妮塔感到憤怒。現在史考特回到家了，艾德的態度就轉變為懷疑，不過妮塔不知道他在懷疑誰。

妮塔靠在牆上，雙手交握，看著艾德拿汽水給史考特。史考特不喜歡喝那個牌子的汽水。於是妮塔離開客廳，匆匆前往廚房。她從雙門大冰箱拿了一罐沙士，匆匆回到書房，悄悄走過去把它放在史考特身旁的桌上。

「媽，謝謝妳。」史考特對她微笑。

艾瑞卡清了清喉嚨，說：「史考特，你現在感覺如何？」

史考特露出靦腆的笑容說：「我很好。很高興回到家裡。」

艾瑞卡發出短促的笑聲。「那當然了。有打算要做什麼嗎？」

「我媽今晚要做義式千層麵，讓我很期待。吃完之後我們要看《終極警探》。」

妮塔建議他看一部比較不那麼暴力的電影，但史考特翻了白眼，並拉攏喬治支持他。事實上他也不需要花太多工夫。妮塔無法拒絕他任何事情。此刻妮塔只要看到他，心臟好像就要炸裂了。

光是想到他回到同一個屋頂之下，妮塔內心就充滿安心與喜悅而睡不著覺。她曾提議過要搬一張折疊床到史考特的房間，但是被她的丈夫堅定地搖頭否決。

艾德插嘴說：「那是一部很棒的片。我超愛布魯斯・威利。」

「是啊。」史考特拉開沙士的拉環。

對話停頓片刻。妮塔把重心移到另一隻腳上。

「史考特，你失蹤了四十四天。」艾瑞卡按出筆芯。「關於你被拐走的那一天，你記得多少？」

「每件事我都記得。正確地說，是在我失去意識之前的每一件事。接著我就只記得自己回到家裡了。」

「好吧，那就請你告訴我，在你失去意識之前記得的最後一件事。」

「好的，那天我們有一場足球賽，對手是哈佛西湖中學。」史考特抓了抓後腦杓。「比賽之後，呃，我去淋浴，然後很多人在討論要去吃東西，所以我就拿了自己的用具，到我的卡車那裡。」

史考特的卡車是他十七歲生日的禮物。這是一輛很大的銀色四門車，裝了越野輪胎和噪音很大的引擎，不過他卻很喜歡這輛車。在他失蹤的期間，妮塔會爬到這輛車上，坐在車裡好幾個小時，因為想念他的氣味而深深吸入空氣。

「可是你沒有走到卡車那裡？」艾德問。

「我走到了。有一輛車停在我的卡車旁邊。那是，呃，在我們學校教科學的湯普森老師的車。」

「是這個人嗎？」艾瑞卡從她膝上的檔案夾中拿出一張照片。照片中是一名五十多歲的男人，留著整齊的白色鬍鬚，髮際線後移，臉上帶著和藹的笑容。這是正式的教職員照片。他穿著有些皺的白色襯衫，胸前掛著夾在掛繩上的名牌。妮塔瞪著這張照片。這就是拐走她兒子的怪物。這個男人折磨並殺害了另外六個男孩。她在比佛利高中想必和這個男人擦身而過好幾次，卻沒有特別留意過。她身為母親的直覺究竟跑到哪去了？她怎麼會沒有聽見直覺的吶喊，看到巨大的聚光燈照在那個男人的臉上？

「沒錯，就是他。」

問題在於她變得鬆懈了。她以為史考特有一百七十磅的健壯體格，而且基本上已經接近成年人，因此就不會有危險。她再也不會做出如此愚蠢的假設。

艾德問：「當時發生了什麼事？」

「他要從行李箱拿出某樣東西，所以我就彎下腰去幫他，這時他拿某個東西戳我的脖子。我不知道那是什麼，不過我立刻就像這樣被擊倒了。」史考特彈了一下手指。

艾瑞卡問：「你醒來的時候在哪裡？」

史考特猶豫了一下。他把汽水舉到嘴邊喝了一口，然後瞥了一下他的母親。「呃，我在一間房間裡。我被綁在一張床上。」

妮塔盯著他的雙眼，直到他避開視線。妮塔感到胃在痙攣。史考特失蹤的這幾個星期當中，當警方越來越確信與血腥紅心殺手有關，便告訴哈登夫婦其他被害人的狀況。妮塔想到那些驗屍結果的細節，便情不自禁地發抖。

史考特一直都是個純潔無邪的男孩。他沒有認真交往的女友，不過這些年來曾有許多迷戀的對象。在他失蹤之前，妮塔會把手放在聖經上發誓他是童貞。此刻，妮塔的視線落在他的手腕上。在替他準備一盤食物、協助他洗熱水澡之後，那是妮塔第一個替他處理的傷口。當史考特在浴室的時候，妮塔打電話給艾瑞卡，結果那位警探幾乎對她尖叫，要她立刻阻止史考特洗澡，以便保留證據。

但史考特身上很髒，而且他知道是誰拐走他的，為什麼還需要證據？重要的不是證據，而是療傷。警察應該結束問話，不要來騷擾他，好讓他能夠在自己的家人身邊，回到正常的青少年生活。

「你知道那棟屋子在哪嗎？是不是這一棟？」艾德拿出一張照片。史考特看了照片。

「也許吧。我離開的時候只顧著要趕快跑，沒有回頭去看那棟屋子。」

妮塔仔細地觀察他，注意到他用食指搓著自己的臉頰。這是他的小動作之一。妮塔皺起眉頭，思索他在撒什麼謊。

艾瑞卡問：「你是在一間臥室裡嗎？那裡是不是他的臥室？」

「應該不是。我不認為他住在那裡。我大多數時間都被下藥，所以我不確定。」

兩名警探彼此對看一眼。

「你們必須逮捕他。」妮塔開口。「以防他逃走，或是跑到這裡來。」

艾瑞卡看著她說：「我們有派警員跟隨藍道爾・湯普森。我們正在申請搜索令，以便搜查他的屋子。別擔心，他不會離開我們的視線。」

史考特問：「如果他說他沒有做呢？如果我跟他的證詞互相矛盾怎麼辦？」

「那就要看證據說話。」艾德說。「不用擔心。」

史考特點頭，但他似乎半信半疑。妮塔湊向前說：「你們已經問很多問題了。他現在很累，如果你們還有問題，必須要在我們的律師在場的情況。」

她先生在門口注視他們，對她這句話點頭表示同意。喬治原本想要立刻打電話給律師，但妮塔與他爭辯，主張最重要的是要讓那個老師趕快被抓起來。她送兩位警探到門口，和艾瑞卡擁抱道別，並在那位女士的耳邊輕聲說

「謝謝」。她停留在門口，回頭看自己的兒子。史考特仍坐在椅子上，回頭瞥了她一眼，然後立刻又移開視線。

妮塔感到更加不安。她兒子有事隱瞞警方。

他到底隱瞞了什麼？為什麼要隱瞞？

第九章

「克拉斯特與凱文律師事務所」和「創新藝人經紀公司」位在同一棟大樓內。這意味著羅伯特・凱文經常在電梯裡遇見名人。這一點曾經讓他贏得兒子很大的景仰，不過那是在他兒子還會在乎這些事的孩提時期。等到他兒子成長到青春期，這樣的魔法就消失了，取而代之的是無趣的表情，只有在聽到錢、自己的車，或是女孩的話題時才會產生興趣。

總有一天，他會把所有的工作檔案都燒毀，搬到海邊的小屋。他會穿條衝浪褲，戴一頂棒球帽，一整年都不刮鬍子。他會處理海灘使用權和租借押金的案子，為布滿沙子的雞尾酒吧擔任律師，而他們會用酒類飲料和椰子蝦來支付律師費。他會把這棟光鮮亮麗的建築、熨燙得筆挺的西裝……等等全都拋在腦後。

「你又在做白日夢了。」在電梯裡站在他身旁的辦公室接待人員這麼說。這位年長女性的臉上露出笑容。「讓我猜猜看，你夢到阿魯巴？」

「我現在想的是烏拉圭。」電梯的門打開，他便伸手按住門，示意她先出去。「那裡的稅率比較低。妳想要跟我一起去嗎？」

這位有三個孫子的莊嚴祖母發出笑聲踏出電梯。「我連開車四十五分鐘到好市多，都沒辦法說服弗瑞德一起去。本世紀內大概是不可能看到他坐上飛機了。」

他們繞過轉角，穿過高大的玻璃門，進入律師事務所的大廳。

「馬汀在嗎？」羅伯特掏出鑰匙串，找到自己辦公室的鑰匙，插入門鎖。在事務所三名合夥人當中，他是唯一多加一層防護的人，不過他不在乎。這就是他跟葛文那種人的差別。他不會把檔案放在外面，讓任何人都有機會看到。像那樣的疏忽，就會導致案子敗訴、機密洩漏，毀了自己的事業。

「他從七點就在這裡了。」

「真是難得。」

羅伯特開了燈，把鑰匙拋到桌上，然後前往合夥人的辦公室。當他進入辦公室時，馬汀正在打電話。馬汀看到他，伸出一根手指示意「等我一下」，並用下巴比了比辦公室盡頭的會議桌。羅伯特坐在其中一張旋轉椅上，從棄置在巨大桌子邊緣的盤子裡拿了一個黏膩的甜甜圈。

「那裡面有加椰子。」馬汀打完電話之後警告他。「我敢打賭，喬伊一定跟我的太太合夥要讓我減肥。」

「我喜歡椰子。」羅伯特邊吃邊說。

「是啊。」馬汀拿起領帶末端檢視，並用指甲摳上面的一個斑點。他回頭看羅伯特，停頓一下，說：「我想你應該聽到史考特·哈登回家的消息了。」

「我聽到了。」羅伯特擦了擦嘴巴。「有一位警探打電話給我。」

「他們有沒有任何線索？」

「事實上，那個男孩說犯人是他的老師。警方找了那傢伙盤問，葛倫法官今天早上也給了他們搜查令。」

「警方有沒有找到證據？」馬汀把雙手放在肚子上，專注地看著羅伯特。

光是他們兩人，就已經讓數百名被控訴的嫌犯免於坐牢，而大多數的情況都是因為缺乏某樣證據，最終成為決定判決的關鍵弱點。

「他們在他家找到一個鞋盒。」羅伯特注視著馬汀的雙眼。「裡面有那些男孩的紀念品，其中也包含蓋伯的。」

馬汀露出苦澀的表情。「羅伯，我很遺憾。」

「沒關係。」羅伯特吃完最後一口甜甜圈，勉強咀嚼。那名警探說的話縈繞在他腦中：**他們在盒子裡發現蓋伯的頭髮。那些頭髮吻合他的DNA。另外還有一些東西，包括鑰匙圈。我們需要請你過來指認。**羅伯特開始咳嗽，然後把嘴裡的食物吞下，努力用平靜的聲音說：「他們要送這位老師到中央監獄，並以犯下所有六件凶案的罪名來起訴他。」

「這樣啊。」馬汀挑起深色額頭中央的濃密白眉。「那太好了。這一來應該也能稍微平復你的心情。」

羅伯特沒有說話。

「怎麼了？」他的合夥人湊向他。「你在想什麼？」

羅伯特搖搖頭說：「我感到不太對勁。這一切太簡單了。史考特順利逃出來，一路回到家而沒有被那傢伙抓到，而且他又剛好認識那個凶手？血腥紅心殺手的其他被害人都不是比佛利高中的學生。凶手為什麼要打破慣例？為什麼要拐走能夠指認他的男孩？太危險了。」

「你想要得到理由，卻忘了血腥紅心殺手也是個人。人的性情是反覆不定的，不要用檢察官的角度來看這件事。」

「我必須這麼做。我指出的是他們也會指出的問題。」

「羅伯特……」馬汀警告他。

「目前還沒有足夠的證據能夠指控他。只有一個青少年的證詞，還有一個有可能是被栽贓的盒子——」

「拜託。」馬汀的聲音冷靜而具有安慰作用。他成為加州最成功的律師之一不是沒有理由的。他光是利用語調的起伏，就能夠左右陪審團的心情。「已經有被害人的指認和證據了。那傢伙就是犯人。我們會確保他付出必要的代價。」

「我擔心事實上不是他。」羅伯特靠向椅背，交叉手臂，準備迎接他的合夥人對他接下來的話做出的反應。他整晚沒睡，思索著湯普森被逮捕的經過及不利於湯普森的證據。那傢伙需要律師，而公設辯護人一定都不願接下這個燙手山芋。在牽涉到蓋伯的事情上，馬汀總是對他格外寬容，不過他接下來提出的要求想必不會太順利：「我想要當他的辯護律師。」

馬汀盯著他很長一段時間，然後發出笑聲。「你在開玩笑嗎？」

「我說過，我不認為他是犯人。」

「沒有，你剛剛說你擔心他不是犯人。」

「好吧。」羅伯特嘆了一口氣，修正他的說法：「我不認為他是犯人。」

他的事務所合夥人湊向桌子，以雷射般銳利的視線盯著他。「我們在討論的是殺害蓋伯的凶手。我把你的兒子看成自己的兒子。如果你說要拿小刀執行正義，我反倒會更支持你。羅伯，『你不認為』並不是好理由。你如果不打算割掉那混蛋的睪丸，只想讓他接受審判，那也沒關係，可是你說要當他的辯護律師？」馬汀仔細打量羅伯特。「如果換成另一個人，我大概會認為你想要故意害他打輸官司，不過憑你的道德感不可能會做這種事。」

「我並不是別有用心。我不認為他是凶手，這就意味著警方已經停止尋找真凶。」羅伯特聳聳肩，希望自己的說法能夠得到信任。「我今天下午就要聯絡法院，申請面談。」

馬汀嘆了一口氣。「羅伯，你是個成熟的大人。你比任何人都更熟悉這個案子。不過這樣感覺很糟糕。我不知道該對你說什麼。」

「你不用對我說什麼。我不是在請求允許。」羅伯特把紙巾揉成一團，丟入馬汀桌旁的圓形垃圾桶中。他必須在馬汀問更多問題之前結束這段對話。馬汀會提出一針見血而無從逃避的質疑，而羅伯特絕對沒辦法回答，畢竟他完全沒有合理的理由要牽扯進湯普森的案子——除非是站在法庭中的另一邊。

「好吧，不過我得再提出最後一件事。這是很大的利益衝突。」馬汀站起來，繞著桌子踱步，雙手交叉在寬闊的胸前，壓住他那條血紅色的領帶。「你要是打輸官司，他就會告我們，說你故意搞砸。他會說你破壞證據並誤導證人，沒有好好替他辯護。」

「我不會輸。」

馬汀發出受挫的笑聲。「我是不是錯過了什麼？你認為那傢伙是無辜的？好吧，那就讓警方和公設辯護人來處理。你涉入這個案子絕對沒有任何好處。」

「我必須跟他見面，看他要說什麼。當他的辯護律師，我才能得到和他面談的機會。」羅伯特捏了捏馬汀厚實的肩膀。「如果我不相信他的說詞，我就會退出。你知道我一定會退出。」

馬汀搖頭說：「他不會希望你來替他辯護。我無法想像他會跟他殺害的男孩父親討論自己的行為。」

羅伯特沒有說話。他花了整個晚上，盡可能挖掘關於湯普森的一切。湯普森在高中擔任科學老師，開的車是五年車齡的 Honda Accord，住在兩房的破屋裡。他絕對無法拒絕洛杉磯頂尖刑事律師替他辯護的機會——不論那位律師的兒子是誰。羅伯特鬆開馬汀的肩膀，走向門口，不過在他的合夥人說話時停下腳步。

「新聞媒體會為了這件事中傷你。我知道你認為他是無辜的，但是如果他不是怎麼辦？如果真的是他殺死蓋伯和其他男孩怎麼辦？」

羅伯特拉開門並回頭看馬汀。他希望自己能夠對馬汀說出一切。「你儘管相信我吧。」

身材高壯的馬汀皺起眉頭說：「這就是問題所在：我不相信。」

第十章

我站在餐桌前，端詳著一片拼圖與盒子上的照片，想要找出吻合的部分。克萊門汀在我的雙腳之間穿梭，尾巴掃過我的膝蓋後方。我把腳移開，對她說：「克萊，別這樣。」

她跳到一旁的椅子上喵喵叫，想要引起我的關注。我把盒子放在桌上，摸摸她的頭，低頭看著拼圖板。

今天不是個好日子。我排在兩點鐘的病人沒有聯絡就爽約。要不是因為我幾乎偏執地懷疑自己身為心理學家的能力，否則我大概會對這樣的變化感到高興。

我以前不會為了這種事情憂慮。我總是有些過於自負，自認只要我揮揮筆、張開嘴巴，就能說出很漂亮的話，讓病人的大腦隨著我的意圖來運作。然而自從約翰和布魯克死去之後，我越來越相信自己的情感雷達暫時（或者永久地）故障了。

就拿我最後一次和約翰的會談為例。他當時為了布魯克大發雷霆。我記得他坐在我對面，滔滔不絕地怒罵那個他認為他太太在約會的男人，口水還噴到我的臉上。

我並不相信他的說法，不過我的工作不是判斷他的太太是否清白，而是過濾並分析他的想法。絕大多數的信任問題源自於現實生活的經驗，最早可以追溯到孩提時代。約翰只要話題一轉到他的青春期就會停下來不願多談，更加證明他的信任問題是一種自然防禦機制。如果當初我的心理學音叉沒有走音，我應該會停止花費力氣去診斷他不安全感的根源，而專注在更顯著的可能性上——也就是他的憤怒會不會失控成為實際的暴力行為。

客廳的電視開始播放遊戲節目。我轉向螢幕，看著主持人走向舞臺，一路和觀眾擊掌。

我對於婚姻總是抱著醜惡的假說：在婚姻中的某個時間點，配偶中的一人會暗自希望另一人死掉。

這個假說並不受到歡迎。當我在心理學活動或論壇上提出這個觀點，一定會引起爭論。某些醫生會氣急敗壞地一口否認，堅稱他們結婚四十多年，從來沒有希望過他們的配偶死去。不過在他們內心深處，在他們壓抑並假裝不存在的幽暗角落……我知道這個念頭（願望）總是會在最真實而脆弱的時刻若隱若現。對大多數人來說，這個念頭稍縱即逝，不過對於像約翰這樣的人來說，這個念頭就像尖銳的碎片——這片碎片埋在皮膚深處破裂，除非把整塊皮膚剝開，否則不可能除去它。沒有人願意這麼做，因此這個部位就開始潰爛及感染，殺死並吞噬周圍健康的組織，造成持續的抽痛，支配所有想法和行動，最後甚至控制整個人。

我聽約翰談過太多次傷害布魯克的念頭，以至於這些話已經形同背景噪音。我對這些言論已經麻痺。我接受約翰幻想著要殺死布魯克這件事，但因為不相信這種事會實際發生，因此不再對這個想法感到震驚。他們已經結婚十五年，如果約翰真的想要殺害布魯克，一定早就下手了。就算他認為布魯克有外遇又怎樣？一年前他也曾經幾乎同樣憤怒。當時布魯克把車停在山坡上，卻沒有確實拉起手煞車，結果導致轎車滑下去，撞上一輛停著的車。

這不是我的錯。我把一塊五邊形的拼圖塞入適合的位置，內心默默念著這句話，希望這是真的。

這不是我的錯。我曾在約翰面前為布魯克辯護，替布魯克說話。我提起他們在一起的過去，並指出他的不安全感是毫無根據的。

這不是我的錯。也許她真的是因為心臟病發作而死的。

我舉起葡萄酒杯喝了一大口，讓柔順的梅洛紅酒在我舌頭上停留一陣子，然後才吸入喉嚨。

這時門鈴響了。尖銳的叮咚聲打斷我的思緒。我轉頭看門，克萊門汀則從我身旁衝到沙發底下躲起來。

＊＊＊

羅伯特站在門口的階梯，手中拿著花束。我在玄關停下腳步，內心有些猶豫。

時間已經很晚，快要九點了。對於不速之客來說，這個時間太晚了。話說回來，不論在任何時間，我都很堅持不願迎接突來訪客的原則。我可以悄悄退回去，繞過轉角進入黑暗的大廳，不要靠近窗戶，希望他能夠放棄而回家。

「葛文。」他把手放在門上。「我可以透過玻璃看到妳。」

他當然可以看到我。我原本希望昏暗的室內光線能夠掩護我，不過我最近的運氣不是很好。我忍住想罵髒話的衝動，打開門閂。

「嗨，羅伯特。」看到他拿著粉紅色鬱金香花束，臉上帶著懊悔與歉疚的表情，我盡可能用最冷淡的語氣打招呼。我已經好幾年沒有收過花束了。我從他手中接過花束，努力壓抑自己想把臉埋在花中聞香氣的衝動。

「我知道時間很晚了，不過我還是想要道歉。」

我因為手中捧著花，沒有太多餘力去擋住門，於是就用最不帶感情的語調對他說：「請便。」

「我不應該看那份檔案，也不應該進入妳的辦公室。老實說，我甚至不應該沒跟妳說一聲就自己準備早餐。對不起。」

我細細玩味他的道歉，覺得這段話具有足夠的誠意。換作更強硬的女人，或許會針對某些關鍵點爭辯，痛斥他的行為，摘下他送的花束的花扔回他臉上；不過外面很冷，我穿的睡衣短褲不夠暖和，沒辦法對抗從敞開的門湧入的冷空氣，而且面對經歷喪子之痛的人，也很難狠下心來。我對他說：「好吧，謝謝你送的花。」

他似乎對於我這麼輕易就接受道歉感到驚訝，接著緩緩點頭，從門口往後退。「沒什麼。我真的感到很抱歉。」

「嗯。」我在門廊燈下檢視他。他穿著西裝，不過這套西裝沒有背心。他的領帶鬆開，掛在脖子上，襯衫最上方的釦子沒有扣上。他看起來很需要食物和睡眠，而我能夠提供他其中之一。

我往後退，撐著打開的門對他說：「要不要進來？我有千層麵。如果你肚子餓了，我可以幫你加熱。」

他靦腆地微笑。這個表情在他英俊的臉上更顯魅力。他慢條斯理地說：「那當然——只要能夠有妳相陪。」

＊＊＊

羅伯特吃了三塊千層麵，接著開始挑戰拼圖。我翹著二郎腿坐在有椅墊的餐桌椅上，看著他的雙手在拼圖板上移動，就好像天才兒童在玩魔術方塊一樣。

「另外還要考慮旅行的問題。」他把一塊深色的拼圖拼入邊緣的框內。「我不想要在旅途中擔心牠們在狗舍的籠子裡是否安全。」

他正在列舉不想要養寵物的理由。這些理由當然都有道理，不過前提是只把寵物當成無意義的物品，而不去想到牠們為你的生活帶來的喜悅。

「你多常去旅行？」我轉動葡萄酒杯，看著暗色的液體沿著杯子的側面流動。

「不常。」他承認。「我去年夏天去過太浩湖。不過誰知道，哪天我還是會去旅行。」

「那當然。」我喝了一口酒。「你是個和工作結婚的工作狂。我看過很多上癮的人，基本上是不會去旅行的。你應該也很清楚吧？」

他露出嫌惡的表情。

我拿起一塊拼圖，檢視上面的圖案。「關於你兒子的事，我感到很遺憾。」

在羅伯特離開之後的幾天裡，我上網搜尋了關於他的資訊。他優異的法庭紀錄以及法律上的榮譽，在第六頁搜尋結果之後就埋沒在全國新聞、新聞稿，以及無數要為蓋伯．凱文尋找線索、伸張正義的影片和貼文中。新聞搜尋結果有一半是來自蓋伯失蹤的期間，另一半則是在發現他的屍體之後——蓋伯的屍體在柏本克（Burbank）的回收場被發現，胸前被刻上拙劣的心形，生殖器被丟到垃圾當中。這是血腥紅心殺手的註冊商標，而蓋伯也成為他正式的第六名被害人。

他從拼圖抬起頭，我們四目相接。在酒吧昏暗的燈光下，我並沒有看到他的悲傷全貌。痛苦縈繞在他的眼中，拉扯他的面部，在他垂頭喪氣的身形中顯得沉重。

我曾經治療過失去孩子的父母親。他們的悲傷永遠不會消失。羅伯特會越來越擅長掩飾它、偽裝它，但它會一直存在。失去孩子就好像失去一隻手或一隻腿，只要一動身體就會想起這件事，直到生活中的持續調整成為自己的一部分。

他緊閉嘴巴，接著說：「妳不用感到遺憾。再多的遺憾也無法喚回他。」

沒錯，光說空話也沒用。我改變話題：「你很了解最新的辦案情況吧？」

「嗯。」他在那堆無處可去的拼圖中挑選。「妳對血腥紅心殺手的凶案熟不熟悉？」

殺人犯是我熱中的主題，因此我當然打從一開始就關注這起洛杉磯最著名的連環殺人案。我從椅子稍微站起來，拿起葡萄酒瓶，在自己的杯子裡倒了更多酒，沒有問便替他的酒杯也倒滿酒。「這是我的專長範圍，所以沒錯，我的確對這些凶案抱持專業上的興趣。」

「我們相遇的那天晚上，妳說過妳曾經多次在法庭提供專家證詞。」

「沒錯。」

「像是心理側寫嗎？」

「有時候會做。」他想要說什麼？

「有做過連環殺人犯的心理側寫嗎？」

「只有在念書的時候做過。」

他沒有說話，我等候他思考。這時我發現拼圖上可能的連結，便把手中的拼圖拼上去。

「我想要委託妳工作。」

「做什麼？」

「首先是血腥紅心殺手的心理側寫。」

以我對這名殺手的犯案知識，可以在一天之內寫出還算可以的側寫，但那大概不會是羅伯特想要的東西。我問他：「為什麼？」

「我兒子死在他手中。我還需要其他理由嗎？」他瞪著我，質疑我提出這個問題。

「不需要。」我緩緩地說。「可是你的兒子是在九個月前被發現的。為什麼等到現在才要做心理側寫？警方已經抓到凶手了。」

「我在九個月前並不認識妳。」

我喝了一口梅洛紅酒，替自己爭取幾秒鐘的時間。這並不是意味著我不想接下這份工作。

事實上，我迫不及待地想要把他趕出門，然後削尖我的鉛筆開始振筆疾書，但我感到有哪裡不太對勁。我必須要找出到底是什麼問題。

「你有你兒子的案件檔案嗎？」

他不應該持有那份檔案，那份檔案對他來說是殘酷無比的東西。然而他自信的態度讓我猜到也許他有。

他點頭了。

啊！我想像到每一張驗屍照片、每一則非正式的案件筆記，都會造成他內心的創傷。我努力不表現出震驚的樣子。

「我有他的檔案，而且很快地就可以給你其他幾名被害人的檔案——在接下來的幾天裡。」

其他被害人的檔案？一想到有機會檢視關於六名被害人的所有細節，我不禁吸入一口氣。「你要怎麼拿到那些檔案？」

「我就是有辦法拿到。」

我懷疑地皺起眉頭。「好吧。」如果他說得是真的，如果我能夠看到血腥紅心殺手所有六名被害人的資料……那會是所有精神科醫生的夢想。更棒的是，凶手已經被關起來了。只要能夠得到他的律師團隊許可，我就可以去跟他面談，做出完善的心理分析。

我知道自己正在注視著羅伯特。我在椅子上坐正。「好，我願意接受這份工作。」我努力不在聲音中透露出興奮的心情，但這句話仍舊難掩我內心的興奮。

他抬起嘴角，但那不是笑容，而是失望。我還來不及理解，他便說：「我明天會把蓋伯的檔案副本帶來給妳。」

「那真是再好不過了。」我看見他丟下一片找不到適當位置的拼圖。

「我要先回去了。謝謝妳的招待和食物。」

我站起身說：「別客氣。我也要謝謝你的花束。這束花很美。」兩個有禮貌的人，圍繞著一個死去的青少年。

「謝謝妳沒有當著我的面摔門。」羅伯特在玄關停下來，俯身溫柔地親吻我的臉頰。他臉頰上的鬍碴擦在我的肌膚上，我聞到他身上散發著和我們見面那天晚上一樣的氣味，只是沒有酒吧的菸味。這個氣味很好聞。

「晚安。」他離開我，走出門，才踏出一步就絆到，不過立刻穩住腳步。

「小心，晚安。」我撐住打開的門，直到他走過一半的門前踏腳石，走向停在車道的一臺發亮的黑色賓士。我把門關上，鎖上門鎖，並伸手拉上門閂。

我回到餐廳，收拾杯子和空酒瓶，然後關上燈，把拼圖留在原處，打算改天晚上再來完成。我站在水槽前方，把薰衣草洗碗精擠在新海綿上，然後開始洗他用過的盤子。

他是個有趣的男人，有很高的EQ。他能夠猜到我內心的想法，更勝於我能夠猜到他內心的想法。他很巧妙地把自己的情感隱藏在外表的魅力之下。我爸會說，他把他的同花牌藏在胸前。這個說法的確很契合。他有一段悲傷的過往，但除此之外……還隱藏了更深層的祕密。我無法掌握到這個祕密是什麼，而這一點讓我抓狂。

或許我感覺到的只是原始的吸引力。我的身體為他的存在失去平靜。當我們道別時，我必須努力克制自己不湊向前去親吻他。

我拿起一塊毛茸茸的擦碗布，擦拭紅色的陶瓷盤子表面。我也必須面對另一種可能性：當我得知他和血腥紅心殺手的關係之後，他對我的吸引力更增加了。現在他僱用我來做心理側寫，讓我興奮到幾乎感覺肌膚嗡嗡作響。

事業就是由這樣的機會來建立的。如果湯普森是凶手（各方面的報告似乎都顯示他就是凶手），那麼在接下來的幾十年當中，這些事件就會成為心理學家研究的對象，分析他的動機、歷史、思考轉變為行動的週期性。

湯普森會被拿來和羅尼・富蘭克林、約瑟夫・詹姆斯・迪安傑洛（註4）比較，而我得以深入了解每一個細節。羅伯特給我這樣的機會……誰還管那些鮮花和性高潮。

這是很大的禮物，幾乎令人難以置信。他有全部六個被害人的檔案？他說他能夠拿到檔案時，那份自信讓我相信他的話。

他的自傲、眼前的機會，還有我們在一起的那天晚上的回憶——翻攪的床單、炙熱而激烈的嘴脣——這一切都讓羅伯特一直縈繞在我腦海中。這樣

註4　羅尼・富蘭克林、約瑟夫・詹姆斯・迪安傑洛：Lonnie Franklin Jr.（一九五二～二〇二〇）與 Joseph James DeAngelo（一九四五～）都是美國連環殺人凶手。前者因為在一九八八年到二〇〇二年似乎沒有犯案，被稱為沉睡殺人魔（Grim Sleeper）。後者於七〇年代與八〇年代在加州犯下多起案件，直到二〇一八年才被逮捕。在尚未破案的期間，因為記者 Michelle McNamara 在報導文學《I'll Be Gone in the Dark》中的稱呼，被稱為金州殺手（Golden State Killer）。

的執著並不是很健康的。

那個悲傷的男人受到很大的打擊。

蓋伯・凱文死了，另外還有五個無辜的男孩也死了。

有一個怪物必須為此負責，而我不應該一想到能夠研究那個怪物就垂涎三尺。

我打開櫥櫃，把盤子疊在其他盤子上方。

六個男孩死了，很快地，我就能夠得到闡明原因的線索。

第十一章

次日，當我送四點半約診的病人到大廳時，看到羅伯特的身影便停下腳步。這位身材很高的律師站在雅各的桌前。我立刻注意到他手上拿的那疊厚厚的檔案。我回頭瞥了一眼我的病人。他是個對於母親懷有未解心結的偷窺狂。「傑夫，我們下禮拜見。」

傑夫．馬文點點頭，然後直接走向階梯。

「摩爾醫生。」羅伯特帶著大男人的自信，緩緩地向我走來。「妳現在有時間嗎？」

「當然。」我打開沉重的辦公室門，並對雅各點點頭。「如果有人打電話給

「喔，我當然知道。」他轉向我，手中拿著兩個杯子。「如果某個病人對自己或他人會造成立即的危險，妳就有義務要向當局報告，對吧？」

他提出問題的方式很耐人尋味，每一個問題感覺都像是在指控。這或許是在法庭質問證人幾千個小時的副產品，但也可能是某種根深柢固的傾向，習慣把他人想成最壞的情況。我略過想要提出心理分析的衝動，點點頭說：「是的，如果病人有可能對自己或他人造成傷害，我們就必須要通報。」

「從妳的病人來看，我猜測妳以前曾經變通過這項規定。」他在我面前的座位坐下，把杯子舉到嘴前。

他說這些話有什麼用意？我翹起二郎腿，但他的視線仍停留在我的臉上。考慮到我的裙子長度，這是很驚人的專注力。這條裙子幾乎已經接近不符專業形象的邊緣，我也很少穿它，不過當我想要測試一個男人時，這是很好的工具。羅伯特通過了。我沒有理會他的評論，瞥了一眼他放在桌上的筆記本。這是一本厚厚的紅色筆記本，中間綁了橡皮筋，把它緊緊封閉。

「你為什麼要問保密原則的事？」我把自己的筆記本放在我們之間的桌上，在座位上放鬆姿勢，希望這個新的肢體語言能夠緩解他肩膀上的緊張。

然而他並沒有放鬆，甚至眉頭皺得更深了。「我只是想知道能不能信任妳。」

我拿起羅伯特放在我面前的那杯咖啡。「在我們這一行，這是必要條件。如果病人無法相信我，就無法談他們的問題了。」

「他們會告訴妳自己做的事？」

我擺出不耐的表情。這個常常遇到的問題讓我感到惱火。「當我們談到罪惡感時，有時會提到他們的行為。」我用雙手握住馬克杯，感受陶瓷舒適的熱度。「對某些人來說，談話有助於治療。」

羅伯特緊閉嘴巴。我仔細觀察他，試圖理解他問這些話的用意。在他的行業中，某些程度的迴避是可以預期的，但他的語氣中不僅僅是好奇，也不僅僅是不信任，其中還帶有尖銳的……憤怒。這一點很耐人尋味。

我直接問他：「你為什麼要問這些問題？」

對於我的問題，他只是指著檔案夾說：「那是蓋伯的檔案。如果妳有任何問題，就告訴我吧。」他把領帶拉直，沒有注視我的雙眼。換成另一個病人，我會認為這是欺瞞的跡象，不過在眼前的狀況，我會判斷為悲傷。

這件事對他來說很重要，重要到讓他親自在交通尖峰時間開車到這裡，帶來全新的蓋伯檔案副本。我起身拿起這份檔案，取下橡皮筋並打開檔案夾，用指甲滑過將內容分類的一整排彩色標籤。「你把這份檔案拿給幾位心理學家看過？」

「心理治療師？沒有。」

「我們不喜歡這個稱呼。」我溫和地告訴他，並翻開標註「證據」的標籤。看到這一頁當中排列整齊的物品，我的血液便開始沸騰。

「抱歉。」

「除了對凶手念念不忘之外，還有更好的方式來療傷。」我很渴望要研究這份檔案，仔細閱讀每一頁，尋找隱藏的線索。我非常喜歡線索，而這也是我之所以要放下檔案、把注意力放回羅伯特身上的原因。他在給我線索，只是我似乎無法理解它們。

「療傷並不是我的主要目的。」

「也許你應該更重視它。不論你想不想承認，這個星期殺害你兒子的凶手落網，對你的心情會造成很大的影響。」

「妳不用對我做心理分析，只要讀他的檔案，然後告訴我妳的想法。」

我發出一聲乾笑，對他說：「對他人做心理分析是我的工作的一部分。」

他的視線變得更銳利。「不是這份工作。」

「要做出適當的心理側寫，我需要的不只是他的檔案。」我坐回沙發上，不理會檔案夾發出的沉默吶喊。「你說過你能夠弄到所有其他被害人的檔案，不是嗎？」

「沒錯，不過妳先看看他的檔案，確定自己是否能夠接受它。」

我瞥了一下手錶，注意到距離下一個約診時間只剩下十五分鐘了。「我能否接受不是問題，不過我的時間很緊迫。我需要幾天的時間來閱讀所有內容。」

「我們相遇的那天晚上，妳說過妳的專長是具有暴力傾向的病人。」

「沒錯。」

他的膝蓋以快速的節奏顫動。當我注視時，膝蓋就停下來了。這是一種跡象。我把這個跡象和他迴避視線的雙眼及帶有敵意的口吻歸類在一起。這意味著挫折，或者是焦慮？

他湊向前方，把前臂放在膝上，如我所願地注視我的眼睛。這是一種具有侵略性、幾近審問程度的對峙，不過我樂於接受。他問我：「妳為什麼要把時間花在社會上最骯髒的東西上面？」

「我並不把他們看成骯髒的東西。」我誠實地回答。「對我來說，他們也是人。我們都在與心中的惡魔交戰。他們來到我的辦公室，是因為他們試圖要修復心中邪惡的部分。我可以認同這樣的願望。你呢？」我挑起眉毛問他。

他注視我的雙眼好一陣子，然後站起身，扣上自己西裝外套的釦子。他的動作當中具有多年訓練培養出的決定性。「我不需要妳來分析我。妳只需要去閱讀蓋伯的檔案，然後把妳初步的想法告訴我。」

「說實在的……我想我應該拒絕這項委託。」我坐在原位。「你可以把檔案帶回去。」

這是很惡毒的舉動，而且考慮到這是我最近的記憶所及最渴望的一份工作，這也是一場賭博。不過我還是得冒這個風險，來檢驗他到底有多需要我。專家那麼多，但他卻來到我的辦公室，把檔案放在我的桌上。為什麼？

他停頓片刻，接著轉身面對我，臉上帶著明顯的挫折感。「我要委託妳做這份工作，但是妳要拒絕我？」

「接受這份工作有可能存在著利益衝突。」

「那是——」他清了清喉嚨，重新說：「什麼樣的利益衝突？」

「我們曾經上過床，所以我不算是完全沒有偏見的第三者。你或許會太過重視我的意見，或者我也可能因為我們之間的關係而不夠中立。」

這是很合理而傑出的觀點。當我開始對可能接下的計畫興奮時，我的良心便提出這個觀點。

羅伯特聳聳肩說：「那只是一夜情而已。我們並沒有很深的關係。」

我的自尊心稍稍受到打擊，不過我以微笑掩飾心中的傷痛。「而且你處於悲痛的心情當中。」

「那又怎麼樣？」

我平靜地說：「失去心愛的人有可能侵蝕你的內心。檢視那些犯罪場景的照片，對殺死兒子的凶手念念不忘……我只想確定你不會被悲痛吞噬。」

他的嘴上露出扭曲的嘲諷笑容。「談這些已經太遲了。」他跨步向前，拿起那份檔案。「不過如果妳不願意接這份工作，那就請便。我會去找其他的專家。反正在這個國家還有很多心理學專家。」

他等候我回應。接下來有很長一段時間，我們都在做沉默的反向心理競賽，最後我輸了。

我舉起一隻手說：「給我幾天的時間，還有任何你能夠取得的其他被害人檔案。」

他把檔案遞給我，然後像一隻從獵物屍體從容離開的獅子般，以閒散的姿態走出辦公室。

我低頭注視那份檔案夾，接著又看了一下手錶。距離下一個約診時間還有八分鐘。我只能稍微瞄一下檔案內容。

第十二章

洛杉磯張開雙臂歡迎史考特回來，每個人都想要得到他的情報。史考特在妮塔陪伴之下出現在當地新聞，接著又接受《人物》雜誌採訪。他母親跟著他做頭髮、化妝、檢查麥克風，在攝影機前接受採訪。在一次次的表現中，史考特的故事說得更流利，態度也更有自信。然後在離開鏡頭之後，他就會退回自己的臥室玩手機，對生活毫無興趣。

此刻妮塔坐在一間綠色的房間裡，手中拿著一杯冰的無糖汽水，注視著一整排螢幕中的史考特。在她身旁，戴著鑽石鼻環和愚蠢耳機的製作助理大聲讚美史考特。

「妳的兒子是個英雄。他竟然能夠在那樣的情況下逃脫，還能勇敢地說出自己的故事。」

「沒錯，他真的是英雄。」妮塔看著螢幕上的兒子。當他轉頭面對另一個主持人時，臉上露出酒窩。史考特的行為的確很勇敢。話說回來，他從小就很勇敢。在他六歲的時候，家裡的院子出現一條大蛇，當時他想都沒想就抓住蛇尾巴，把蛇拉起來。

鏡頭切換到採訪者的臉。「我知道重述當時的經過對你來說是一件痛苦的事，不過你可以告訴我們的觀眾，你是如何逃脫的嗎？」

史考特低下頭，就如他每次遇到困難問題的時候那樣。攝影機掃過一群全神貫注、面帶關心的觀眾。妮塔想起她第一次聽到史考特回答時的情景。當時他們在家裡寬敞的餐廳裡，銀器仍舊放在管家先前擦拭它們的料理臺上。室內的燈光很暗，窗簾緊閉，遮住花園裡美麗的風景。那原本是她夢想中的家，但現在那裡永遠都會是她失去兒子、接著又重新找回他的地方。

「他當時用鎖鍊把我拴起來。」他摸摸自己的手腕下方，彷彿是在回憶鎖鍊的束縛。「他鎖住我的手腕和腳踝。」

妮塔聽過這段經歷十幾次，不過還是勉強自己留下來。既然她兒子能夠撐過這段煎熬，那麼她應該也能夠聽下去。

那個怪物綑綁她兒子時，讓他赤身裸體——這一點是史考特在媒體採訪時沒有說出來的。妮塔為了自己慶幸這樣的省略而感到內疚。警方並沒有告訴新聞記者，血腥紅心殺手的被害人曾遭到性虐待。有鑑於此，再加上考量到其他被害人的家屬，他們一家人和警方共同決定不要說出這項資訊。

「我把他拿來給我吃飯用的叉子藏起來。他通常會看著我吃，不過那次他沒有，好像是在接電話或做其他事情。」

史考特每次說到這裡就會變得遲疑。妮塔的姊姊是學校諮商師，曾經說過在極大的壓力和心理創傷之下，有可能會失去部分記憶。妮塔問過史考特有沒有空白的記憶，但他搖頭說沒有。妮塔也問過他要不要去見他的阿姨，但他還是搖頭。

他唯一沒有拒絕的，就是電視採訪。他接受太多的電視採訪。對他來說，接受那麼多採訪並不健康。他需要休息、療傷，和他的家人與朋友在一起，但是他似乎很享受這一切——包括每次錄影時在外面等他的群眾、大量寄來的 email 與信件、社交網站上的粉絲。在他逃出來之後的這兩個禮拜，他變得格外執著於粉絲人數，每一個小時都要檢視增加多少，並且在每次達到新的高峰時顯得很得意。當他的粉絲人數增加，便開始接到各種邀約。

他現在成了網紅（不論這代表什麼意義）；他會收到各種產品，每天都有十幾箱不同的包裹寄來，內容包括椰子油、乳清蛋白飲料，或是牙齒美白組合；他也開始賺錢——光是在鞋子工廠拍攝採訪影片，就得到一萬美金的收入。

成為眾人矚目的標的似乎讓他很愉快。如果妮塔被綑綁在地下室七個星期，或許她也會渴望得到眾多粉絲對她尖叫。或許她也會迴避她母親的擁抱。

「我折彎叉子的尖齒，插入手銬鉤住的部分。我可以示範給你們看。」

這是他的表演時間。主持人就像其他所有人一般，立刻接受這個點子。工作人員拿來一個廉價的手銬，看上去大概可以直接用手拉斷，不過史考特依舊做著解開手銬的程序。當他解開手銬、得到觀眾的歡呼時，他的笑容變得更燦爛了。

「這麼說，一支叉子就擊敗了血腥紅心殺手。」採訪者以誇張的聲調喊。

「接下來發生什麼事？」

接下來，根據史考特的說法，他在房門後方等候血腥紅心殺手端早餐過來，把對方推倒在地上，然後衝出屋子的前門，一路跑了五英里回到家。當他蹣跚地穿過自己家的大門時，他已經脫水並筋疲力盡。

他現在變得跟以前不一樣了。妮塔不會對家人以外的任何人說出這樣的感想，但事情就是這樣。不過經過那樣的折磨，誰不會變得不一樣呢？在他的新衣服底下，留下永遠不會消失的傷痕，記錄著他受到的虐待——肉體虐待、精神虐待、性虐待。

「真是太棒了。」妮塔身旁的女人說。「令人難以相信。」

妮塔注視著史考特臉上燦爛的笑容，以及他站起來走出舞臺時對觀眾揮手的動作。

這個陌生人說得沒錯。這一切真的很棒，但也很……令人難以相信。史考特在對某件事撒謊，但妮塔仍舊不知道那是什麼。也許這並不重要。也許史考特只是說出任何能夠在心理上封閉事實的內容。妮塔感覺到胃部的疼痛變得更加劇烈。她按著肚子，希望疼痛能夠消失。

「哈登太太？」一名助理出現在房間門口。「我現在可以帶妳到史考特那裡。」

妮塔順從地起身，對那名女士揮手道別，走過成排的椅子，壓下心中開始憂慮這場惡夢還沒結束的恐懼。

第十三章

我坐在桌前，花時間仔細閱讀蓋伯的檔案，檢視從他的社交網站帳號拍下的照片。表面上看來，他的個性似乎很好，沒有粗魯的回應或卑劣的貼文。根據這份檔案，他沒有已知的敵人，不過由於他的失蹤很明顯地屬於血腥紅心殺手的犯案，因此我懷疑警方花費多少心力去調查動機。羅伯特的兒子是個迷人的高三學生，家境富裕，生活一切都很完美，直到有一天……

他失蹤了。

蓋伯是在星期三失蹤的。根據設置在他就讀的昂貴私立學校門口的閉路監視器影片，他在大約四點離開學校。攝影機捕捉到他那輛古董1969

Mustang 沒有打方向燈就左轉，並消失在畫面之外。接下來捕捉到這位瘦削足球選手的身影，是在 In-N-Out 漢堡店的得來速。他在那裡點了雙倍套餐及大杯的七喜汽水。

在這個階段，並不知道他後來去了哪裡。他的汽車在比佛利中心後方的停車場被發現。這個地點不在監視器的覆蓋範圍之內。車內遍布著幾百個不同人物的指紋，因此沒有任何調查意義。就如一名警探所說的，要找出誰不曾在他的車內或許反倒比較容易。車內沒有血跡，鑰匙留在前座底下。

手機三角定位的位置在地圖上到處亂竄，最後在陌生人的皮卡車後方被找到。司機並不知道手機被放在這裡。

蓋伯就如在他之前的五名青少年，消失在這座城市當中。

我往後靠在椅背上，拉開辦公桌的中間抽屜，拿出一包我收藏在裡面的小熊軟糖。我挑出一顆綠色的小熊。

我對於蓋伯的失蹤所知不多。雖然我幾乎讀遍所有相關新聞，但是當時媒體已經開始厭倦死亡事件。這些被害人都非常相似：長相俊美、聰明、擅長運動，而且家境富裕，然後他們一個接著一個都死了。當蓋伯失蹤的時候，洛杉磯市民都對已知無法避免的情況變得有些麻木：一具赤裸而殘缺的屍體。

整座城市的居民因為哀悼而陷入情感倦怠，因此停止繼續關心。他們開始睜一隻眼閉一隻眼，對於尋人海報視而不見，對家屬的巨額獎金和落淚懇求感到厭倦。

我吸吮著一顆紅色小熊。整座城市與媒體或許變得厭倦了，但我從來沒有厭倦過。我貪婪地吸收所有關於凶案的資訊。

我靠在椅背上翻到下一頁，驚訝地發現這部分的內容聚焦在他的家人。當我看到他的母親七年前過世，便俯身向前，沒有理會咖啡壺的鈴聲。在看新聞報導時，我並沒有注意到他失去母親的狀況。我想到羅伯特沒有戴結婚戒指，提及他過世的妻子時也立刻轉移話題，不願多談細節。這一點感覺是不容跳過的重要事實，尤其是考量到她的死因——**槍殺**。我盯著警方報告上的這些字，用力眨眼，以免被自己的眼睛欺騙。

嗯，這一點很耐人尋味。

第十四章

我坐在家裡的圓形餐桌前，看著克萊門汀在桌上伸展，尾巴在攤開的一堆照片上捲起來。我把湯匙插入大罐的花生醬中，挖出一大坨奶油狀混合物，並檢視娜塔莎・凱文的死亡報告。

有些家庭的命運受到詛咒，但也有些則是經過精心設計。我可以從這份檔案中看出，羅伯特同時失去太太與兒子的機率引起了懷疑。這上面有一頁又一頁詳盡的警探筆記、對羅伯特的多次詢問，另外還有將他太太的檔案從懸案調出、重啟調查的紀錄。

娜塔莎是一位很美的女人。更正確地說，是很性感——這是男人會對她做出的描述。她的身材苗條，金髮，一雙高挺的巨乳肯定隆過胸，不過只要看起來漂亮，誰在乎是否天然。我自己的大胸部只會讓我看起來很胖，而不是誘惑他人。

我把湯匙插回罐中。話說回來，羅伯特似乎很喜歡這對乳房。我把手肘擠在一起，看著我的胸部飽滿地隆起，在毛衣的V領底下露出乳溝。

克萊門汀打了個呵欠，伸出手掌將一頁檔案掃到地板上。我彎下腰撿起這一頁，接著又重新檢視檔案。娜塔莎是在羅伯特離開城市的時候被槍殺的，當時蓋伯在樓上睡覺。她的胸膛上有一個近距離擊發的槍傷。次日早晨，女僕發現她的屍體時，十歲的蓋伯仍舊在他的房間裡，房門從外面被反鎖。

房門從外面被反鎖——有人在這句話底下畫了兩條線，並在旁邊寫下「盤問凱文」。

我心想，這很合理。誰會有小孩子臥室房門的鑰匙？

我很難將檔案中的悲傷父親兼鰥夫，和那個在酒吧中跟我搭訕的男人聯想在一起。他會以靦腆的笑容說笑話，在計程車中親吻我的脖子，把我的手腕壓在床上、並在我身上移動，在我耳邊低語，替我準備早餐時偷窺我的病人檔案，然後又捧著一束鮮花來向我道歉，並以完美的紳士姿態離開。

他這個人必然具有兩面性。他既是浪漫、性感的單身男人，也是個強硬的訴訟律師——走進我的辦公室要求保密，毫不猶豫地打開約翰的私人檔案，並且隨時能夠取得兒子死亡的細節。

具有兩面性並不代表他是狂人。我也具有兩面性——在家和在工作時會有不同的面貌。大多數人都是如此。

克萊門汀發出呼嚕聲想要引我注意。我撫摸她露出來的肚子，撥開她暗黑色的毛。

檔案中針對殺害娜塔莎的嫌犯，有一份冗長的名單。律師並不是很受歡迎的人物，而刑事辯護律師有可能受到原告與被告雙方的怪罪。嫌犯名單包括羅伯特沒有辯護成功的罪犯，以及被他指控的罪犯。我翻閱兩頁的嫌犯名單，其中大多數都經過審視並排除，但還剩下一些……我的手指停在其中的一個名字。

詹姆斯・惠透——這個名字讓我想起一段往事。他是我早期的病人之一。當時我還是住院醫師，並且無酬工作。他在農場長大，故鄉是……我閉上眼睛，試圖想起十五年前的事。好像是南達科塔州？我記不得了。我當時資歷還很淺，沒有特定專長，詹姆斯是接受法院命令要他改善憤怒管理而來的。他並不是個簡單的病人，而我又膽小並缺乏自信——這是很糟糕的組合，導致最終需要另一名更有經驗的員工來接手。

即使到現在，想到他當時把雙手放在自己的光頭上對我奸笑、亂糟糟的紅色鬍子底下嘴角上揚的樣子，我的臉頰仍舊會發燙。他往後靠在塑膠椅的椅背上，對於我提出的問題有一半都不回答，以淫穢的眼神打量我的全身。我不需要心理學的學位，也知道那意味著什麼。

我移動手指，露出寫在他的名字旁邊的文字：**沒有不在場證明。無法確認目前的下落**。

這並不代表什麼。名單裡有一半的名字都有類似的註明。我從腦中驅走關於詹姆斯的回憶，繼續閱讀這份名單。上面沒有其他我認識的名字。

羅伯特在他太太過世那一天，人在舊金山。他能提出記載他名字的飯店帳單，以及一張在牛排店用餐的信用卡收據。他點了一份帶骨菲力牛排、一瓶葡萄酒，以及巧克力慕斯，價格高昂。他付小費時很精確地算準二十%，連一分錢也不差。

檔案中還有一些電話及訪談紀錄，全都引用了沒有包含在內的檔案號碼及名字。我翻到檔案夾的最後一頁，嘆了一口氣，把它放在一旁，然後重新拿起那罐花生醬。

我整理了一下時間順序：羅伯特和娜塔莎認識。從法律學院畢業。從事三年的刑事法律工作。他太太懷孕。兩人育有一個孩子，也就是蓋伯。蓋伯十歲時，娜塔莎遭到殺害，至今沒有破案。過了七年，蓋伯被綁架，然後被殺害。過了九個月，羅伯特跟我上床，後來又來到我家，委託我替他兒子的凶手做心理側寫。

我又吃了一口花生醬，思緒飄盪在時間軸上。檔案的其餘部分都放在我面前，厚厚一疊專門記載蓋伯遭到綁架與殺害。我今晚沒有足夠的心力去讀它。我需要看垃圾節目，在浴缸滾燙的熱水中放入一匙浴鹽，泡上很長一段時間。

我站起來，關緊罐子的蓋子，把它放回櫥櫃。克萊門汀正要去舔我用過的湯匙。我把她趕走，對她說：「住手，回地板上。」我把湯匙拿到水槽，把上面的花生醬洗掉。這時我聽到手機細微的鈴聲。我回到餐桌，打開雅各寄給我的簡訊。這位接待員很少會在非上班時間聯絡我，因此我做好準備，預期會看到他明天早上無法上班的通知。

妳看過這個了嗎？

這段文字之後是一則新聞的連結。我點了連結，打開網頁。

血腥紅心殺手找到律師

藍道爾・湯普森的法律問題獲得解決，而他找到的律師會讓你感到吃驚。這名為了洛杉磯六件謀殺案遭到逮捕的嫌犯，找到了羅伯特・凱文替自己辯護。後者是刑事律師，也是……聽好了……血腥紅心殺手第六位被害人蓋伯・凱文的父親。

羅伯特．凱文的法庭紀錄相當優異，而他的律師費也很驚人。這位高中老師怎麼會有錢支付他每小時四百美金的費用呢？答案是他無法支付，也因此羅伯特．凱文將免費為他辯護。

如果你為這樣的安排抓頭感到不解，你並不孤單。我們找到了這位大律師請他說明。

凱文說：「我相信湯普森是無辜的，因此才會替他辯護。相信我，我的確想要替我的兒子之死討回公道。如果讓一個無辜的人為這起案件坐牢，正義就無法伸張。」

這是什麼鬼……我滑到文章頂端，重新閱讀一遍，然後又打開新的瀏覽器視窗，搜尋湯普森的律師，想要確認這篇報導是在開玩笑。

然而這不是玩笑。已經有十幾則相關報導，全都是在過去幾個小時中刊登的。羅伯特要擔任湯普森的辯護律師。我的心理側寫將被用在為湯普森辯護，而不是為了起訴他。

我反覆思索這個消息，從各方面來檢視它。羅伯特沒有理由要保護殺死自己兒子的男人，更不用說這將會是被標註上「無效審判」與「上訴」的巨大法律糾紛。

我注視蓋伯的檔案。打開的資料夾似乎從餐桌上嘲笑著我，裡面是關於蓋伯死亡的可怕細節。

他的父親在玩什麼遊戲？為什麼要把我拉進來？

第十五章

羅伯特第一次與湯普森會面，是在四名警衛的監視之下進行，為時不到十分鐘。他提出為湯普森辯護的意願，兩人簽署了文件，然後便分道揚鑣。羅伯特回到比佛利山莊，湯普森則拖著腳步回到自己的單人牢房，腳鐐在經過寬敞的走廊時發出鏗鏗的聲音。

此刻，在得到許可與適當保護之下，羅伯特回到男子中央監獄。他經過安檢與收監區，在一間私人會面室等待湯普森。他的座位與湯普森的座位之間，隔著一塊兩吋厚的玻璃。他坐在小型折疊桌前，利用這段寶貴的時間調整手錶上的日期。

湯普森被認為是高危險的囚犯，因此在接受審判之前會被單獨囚禁。對於像他這樣的人來說，單獨囚禁是一項恩典。一般囚犯會以特殊的方式來迎接暴力戀童癖罪犯。

門打開，兩名制服人員引導湯普森進入。湯普森坐到唯一的椅子上，嘆了一口氣。

警衛說：「你們談完之後就敲敲門。」

「這間房間是私密的嗎？」羅伯特向警衛確認。

「我們會從玻璃窗監視你們，不過這裡沒有攝影機或麥克風。」

羅伯特點頭說：「謝謝。」

「你們有一小時的時間。」警衛走出去關上門，響起堅硬的「喀啦」聲。

這名有可能被判三個無期徒刑的科學老師狐疑地打量羅伯特。「又是你？」

「沒錯，又是我。」羅伯特打開平板電腦。「我們要來看看你的案子的初步細節。」

湯普森湊向前，摸著自己的白鬍鬚說：「我想要離開這裡回家。我養了一隻狗，我需要有人去確認牠沒事。」

「當地的寵物救援組織接收了你的狗。他們會照顧牠，直到你被判刑或釋放。如果你被判刑，他們就會替牠尋找領養的人。如果你認識有人可以照顧牠，我可以替你安排。」

湯普森用食指摸著上唇上方的白毛。「你要免費為我做那種事？這是你說的。」

「沒錯，完全免費。」

「這太奇怪了。」湯普森喃喃地說。他咳了一陣子，喉嚨裡似乎有痰。

「我們事務所也會接許多公益性質的免費案件。」

「是啊，那當然。」湯普森尖銳地回答，「但是我們在談的是你兒子。他被某個傢伙殺死了，不是嗎？」

羅伯特從筆插抽出平板電腦的觸控筆。「沒錯，他被殺死了。我們第一次見面的時候，我就告訴過你。」

「好吧，我當時有些心不在焉。不過在那之後，我有時間去思考。」湯普森把椅子挪向玻璃，壓低聲音說：「你怎麼知道不是我幹的？」

「你不用說悄悄話。沒人會聽到我們的談話內容。」

湯普森的膝蓋抖動，碰到桌子底部。「你兒子——叫什麼名字？」

「蓋伯。」

湯普森用他的粗手指敲打著桌面，對他說：「我沒有孩子，不過我有一個跟我很親近的姪子。呃……我無法想像你的感受。」

他的確不能。沒有人能夠想像，而且羅伯特也不會希望任何人有同樣的感受。娜塔莎之死唯一值得慶幸的地方，就是她不需要跟羅伯特經歷同樣的痛苦。

「他是在……」湯普森的手指停下來，重新抬起頭注視羅伯特的眼睛。

「多久之前……呃，被帶走的？」

這個男人對血腥紅心殺手經歷的無知令人感到尷尬。話說回來，如果他對這些事件很清楚，羅伯特也不會來為他辯護。

「他是在九個月前死的。」

湯普森點點頭。「那麼，呃——」

「我們必須從頭檢視對你不利的證據。」

「我甚至不知道他們怎麼找到證據的。」

這個人真是愚蠢到令人感到挫折。他要不是不願意、就是無法理解自己有可能被判無期徒刑。要是在一年前，依照先前的法律，他有可能要等著接受致命的藥物注射。

「好吧，我們得解決兩件事情。第一，史考特指認是你綁架了他，並且把他囚禁七個星期。」

「他在說謊。」湯普森斷然地說，雙手交叉在他的桶狀胸前。「我對警探說過了。」

「他有任何理由要說謊陷害你嗎？你教過他嗎？有沒有當過他？或是為了某件事在走廊上斥責他？」

湯普森吸了鼻涕，然後用囚犯服的袖子擦了擦鼻子。「我沒有教過他。你問我知不知道他？我當然知道。他是那種孩子……你也知道他們那種類型。」他隔著遍布刮痕的玻璃注視羅伯特的眼睛。「他以為沒人能夠指責自己，總是遲到，而且能夠和校花交往。他們很引人注目。」

他描述的或許是史考特，但也同樣適用於蓋伯。蓋伯擁有孩子氣而毫不認錯的笑容，使他的每一個舉動都顯得無傷大雅。他渾身散發自信，周圍總是環繞著成群女生，每一小時都打電話給他，在晚餐時間傳簡訊給他，並且在社交網站上的每一則貼文留言。

「可是……」湯普森抓抓後腦杓說，「即使我知道那孩子是誰，我也沒有……這麼說吧，我不認為我跟他有過任何交流。我也不知道，也許我對他吼過，叫他去上課，或是不要在走廊上奔跑之類的。也許。」

也許？陪審員不喜歡聽到「也許」。不過此刻羅伯特沒有去指出這一點。

「警方問過你，在每一個被害人被拐走及被棄屍的晚上有沒有不在場證明，而你回答——這是從你的訊問當中引用的：『我不知道，我應該是待在家裡。』」羅伯特抬起頭看湯普森。「我們必須找到更好的回答方式。」

湯普森在堅硬的塑膠椅上搖晃身體，腳鐐碰在一起發出聲音。「我自己一個人住，晚上通常都在看書或改考卷。我不知道要跟你說什麼。除非你能夠找我的狗替我作證，否則也只能叫他們相信我。」

「這一點很難辦到，畢竟他們找到了那個盒子。」羅伯特在平板電腦上找出那張照片——那張讓他的怒火上升到幾乎無法控制的照片。那是一個小木盒的特寫照，裡面裝滿了各種殘忍的紀念品：一號被害人的駕照。割下來的耳垂。從二頭肌割下的一片帶有刺青的肌膚。背面刻著畢業日期的手錶。一張拍立得照片，上面是一個臉上有瘀青、嘴唇裂開、眼睛腫起而無法張開的男孩——這就是蓋伯。

「嗯。」湯普森幾乎沒有去看那張照片。「他們說那是在我家找到的。」

「放在你的床底下。這東西怎麼會跑到那裡？」

湯普森攤開雙手說：「誰知道？我並沒有檢查床底的習慣，除非我的眼鏡掉到那裡。你會檢查嗎？任何人都有可能把它塞到那裡。」

「那些人要怎麼進入你的屋子？」

他沮喪地搖頭說：「你到底是站在哪一邊？」

「我是在提出反方的論點。你在審判中會被問到這些問題。」

「聽我說，我沒有拐走或傷害任何人。」湯普森怒吼。如果他像這樣表現，陪審團中很有可能會有人相信他。他們只需要拉到一個人。

「我再問一次，外人要怎麼進入你的房子？」

「只要打開門走進去就行了。」他挑釁地說。「我沒有任何值錢的東西，沒人會搶劫我。我有時候會鎖門，不過也常常沒鎖。如果天氣很好，我也會打開窗戶。不能因為這樣就起訴我。」

他不需要被起訴。當一個人為了六起謀殺案被關進牢裡，民事訴訟根本就無關緊要。他被指控的是六起謀殺案、七件綁架案，另外還有重傷害及預謀攻擊。

不論他知不知道，不論羅伯特是否替他脫罪，他的人生都已經完了。

我，請你先讓他們留言。」

羅伯特進入我的辦公室時，我聞到隱約的昂貴古龍水氣味。他在辦公室內停下腳步，檢視這間房間。「這間房間很不錯。」

「我們簽租約時很幸運。要是在今天簽約，就得付三倍的租金了。」我坐在小沙發旁邊一張低矮的皮椅上。

羅伯特注意到房間角落的早餐吧，問我：「妳不介意我喝杯咖啡吧？」他把檔案夾放在我桌上。

「當然不介意。事實上……」我湊向前，拿起邊桌上幾乎已經是空的馬克杯。「你可以幫我也倒一杯嗎？」

「當然。」他伸手拿我的杯子時，手指擦到我的手指。我們彼此對看，接著我鬆開馬克杯的把手。

他轉身走到咖啡壺前停下來。「妳既然是一位醫生，那麼我們之間的對話應該也受到醫病之間的保密義務保護吧？」

這個問題很耐人尋味。「你既然委託我工作，那麼我的確有保密義務，不過我相信你應該也知道，這樣的保密原則是有限度的。」

第十六章

妮塔站在史考特的門前，把耳朵貼在門板上，努力要聽見她的兒子在說什麼。

她無法聽出談話內容。聲音太低、太細微，幾乎像是悄悄話。史考特從來就不說悄悄話。他會播放大音量的音樂、大聲說話，當遊戲等級上升或贏得比賽時會發出歡呼，但他從來就不說悄悄話。

妮塔輕輕敲門，他的聲音就停止了。「史考特？」妮塔呼喚他。

室內傳來挪動物品的聲音及踏在木地板的腳步聲，接著史考特打開門，從狹窄的門縫窺視她。「幹麼？」

「你還好嗎？我好像聽到有人在說話。」

「我只是用手機在看影片。」他露出靦腆的笑容。「很晚了，媽，妳去睡吧。」

他說得沒錯，現在已經快接近凌晨兩點。幾個星期前，她會吃一顆安眠藥，然後上床緊挨著喬治，在枕頭上流口水；不過在她的兒子回家之後的新生活當中，她必須等到史考特熄燈、從門板下方傳來平穩的打呼聲，否則就無法入睡。而這通常要等到凌晨三點或四點。

「好吧。」妮塔不情願地說。她很希望史考特能打開門讓她進去。他從什麼時候變得像這樣只打開一條縫隙？他在房間裡藏了什麼？妮塔通常會懷疑是女孩，不過自從他回到家之後，那些女孩似乎都不在他身邊了。仔細想想，就連他的朋友也沒有出現。他以前明明有那麼多朋友。

也許這就是屋子裡仍舊感覺很空的理由。妮塔一直在等它恢復活力。以前這裡總是充滿動作與聲音。她會絆到史考特隨便丟在廚房的棒球袋，抱怨他把書本放在料理臺上、把喝完的汽水罐亂丟在視聽室、敞開的洋芋片包裝把螞蟻引到食品儲藏櫃。另外還有那些孩子——她以前在星期天早上起床時，就會發現有好幾個史考特的朋友在客廳裡昏睡。那個叫萊爾夫的孩子在他們的客房住了兩個月，整個足球隊和棒球隊似乎也都有他們家的大門密碼，並且自動從冰箱裡拿任何東西，包括啤酒在內。

他們都跑到哪裡去了？一開始的幾天裡，他們會打電話來並造訪他們家，但史考特央求不要見他們。他說他很忙、很累。妮塔順從他的意思，畢竟在經過那些折磨之後，他當然不會想要立刻見任何人。可是現在呢？已經過了兩個禮拜，史考特也能夠輕鬆自在地出現在電視攝影機前，或是在社交媒體上和新的粉絲聊天，但他卻沒有回覆現實中的朋友任何簡訊。

喬治一再告訴她不要管太多。或許他是對的。就算史考特變得疏遠，那又如何？畢竟他安全地回到了家。妮塔是在自尋煩惱，忘記自己的幸福。

她道了晚安，走下階梯前往她和喬治的臥室，發誓不再去想這件事。不過她知道，史考特剛剛在和某個人說話。即使隔著厚厚的門，即使他的聲音很模糊，她也聽得出史考特在哀求某個人回電。

第十七章

在我過去十年的諮詢工作中，我給過超過一千張工作用的名片，但沒有一張像這張讓我這麼痛苦。我低頭看著從約翰·亞伯特的皮包找到的名片。這張照片依舊放在證物袋裡，回到我的桌上。在它下方的，則是我不願見到的東西——沒有保護套的搜查令。

「這杯咖啡怎麼搞的？是不是加了薄荷？」薩克斯警探低頭注視淡藍色的馬克杯。那杯咖啡想必是雅各替他倒的。

「如果是從大廳拿的，那麼你猜對了。如果你不喜歡，可以把它倒掉。」

我翻開搜查令的第一頁，檢視適用的部分，希望在簡短而精確的文字中遇見奇蹟。依照這份搜查令，我必須回答有關亞伯特先生心理狀態的問題，以及任何我所知的犯罪行為，但我不需要交出他的檔案。**感謝上帝！**

「沒關係。事實上還挺不錯的。」他從放在一起的椅子中拉出一張，把它面向我的辦公桌。「妳可以留著那份搜查令。那是給妳的副本。」

「謝謝。」我禮貌地說。

他坐下來，打開記事本。「我們更深入調查了約翰・亞伯特這個人。」薩克斯警探瞥了我一眼。「他是個有趣的傢伙。」

「怎麼個有趣法？」

他咧嘴笑了，對我說：「拜託，醫生，我們別玩遊戲了。我得到對妳的搜查令，現在讓我們開門見山地說話，好嗎？外面還有很多壞蛋等著我去抓。」

是啊，不過我也必須保護自己的事業。要是布魯克的親人控告我疏忽，我的財務和職業都有可能毀了。

「我並不想玩遊戲。」我說，「不過你不能隨便發表一個評論，就要我滔滔不絕地提供資訊。你可以問我問題，讓我來回答你。」

他的表情變得不悅，開口說：「我們有三件針對亞伯特先生偷窺的通報。

對於他的變態行為，妳能提供我什麼樣的資訊？」

「什麼？」如果下巴有可能張得太大而掉下來，我此刻的下巴應該已經掉下來了。在十二個月的諮商當中，我完全沒有聽過這種事。「他在偷窺誰？」

「不同的貴婦。通常是被監視器拍到的。妳該不會要告訴我，妳對此一無所知吧？」

我無辜地舉起雙手。「我可以在法庭上作證。老實說，我感到很震驚。我——」我停下來，不想繼續透露約翰的隱私。

「怎樣？」

「你確定是他嗎？」

「七年當中有三位不同的女士提出三次通報的對象？」他點頭說，「沒錯，怎麼了？」

我擺出苦澀的表情。「這並不符合他的人格類型。約翰是個非常講究精確與秩序的人。他會徹底思考某件事，有時候會過分執著。至於他的性傾向，首先我得指出，你的搜查令是針對布魯克和約翰的死。我不認為他外在的性強迫症或偏差行為與此有關，不過我並不介意回答這個問題。答案很簡單：

約翰並不像你說的是個性變態。至少他沒有告訴過我。」

「妳沒有察覺過嗎？他有沒有說過任何不適當的話，讓妳感到不自在？」

我搖頭說：「我很驚訝他竟然會去跟蹤女人。要說的話，他的注意力完全放在自己太太身上。他對我基本上沒有表現過任何性慾。」

「他在場的時候，有沒有讓妳感到過不安？妳會不會擔心他對妳的私生活產生反常的興趣？」

「完全不會。」

「也就是說，他不是性變態。」薩克斯警探看著我的眼神似乎並不相信我的說法。

我攤開雙手表示無知。「至少我不知道，也沒察覺過任何跡象。」我保持溫和的語調，沒有說出其餘意見。由於約翰持續懷疑自己的太太與其他男人不軌，我常常猜想他是潛在的雙性戀或同性戀者。不過這只是我純粹的猜測，在法庭上絕對站不住腳。認定一個想要殺死太太的人是基於無法被她吸引、或與她產生性行為的挫折感，未免太過簡單而草率。此刻我如果說出這樣的假說，不僅會傷害約翰，也會對薩克斯警探的調查造成不良影響。後者似乎仍舊沒有明確的調查範圍與焦點。

我小心地嘗試危險水域。「你到底在調查什麼？」

他端詳著我說：「我也不是很確定。我感到有哪裡不對勁。包括廚房現場、他接受心理治療這一點……還有其他事情。」

我皺起眉頭問：「其他事情？」

他聳聳肩，這回輪到他迴避我的問題。「我還有最後一個問題——至少是目前最後一個。」

來了。一切都要毀滅的時刻終於來臨。這是結束的開始。我努力不讓自己顯得僵硬或退縮。

「上次我來這裡的時候，我問過有沒有任何理由懷疑這不是自殺。」他看著我。「妳當時說，『就我所知沒有』。這是引用妳說的話。」

我點頭說：「沒錯。」

「妳仍舊堅持這個意見嗎？」

「當然。」他還在這一點上打轉嗎？他還在質疑約翰的死，而不去懷疑布魯克的心臟病發作？

「讓我稍微改變一下問法。如果我告訴妳，約翰死於刀傷，妳會不會懷疑是自殺？」

這是個有趣的問題。我對他微笑，享受這場心理遊戲。「他的太太死在他身旁，不是嗎？」

「先別管這一點。」

我嘲諷地說：「不可能不去管這一點。」

「大部分的丈夫在太太死於心臟病發作的時候，都不會自殺。」

他說得很有道理，不過我反駁：「正確地說，是大多數情感穩定的丈夫，不會因為他們太太死亡而自殺。」**除非殺死太太的就是那個丈夫**。「不過約翰的情感並不穩定……」我說到這裡停下來。「或許『穩定』不是正確的說法。回到你的問題，如果你告訴我約翰死於刀傷，那麼我首先想到的應該跟所有人一樣，懷疑是有人刺死了他。」我湊向前繼續說，「但是如果你告訴我布魯克先死了，那麼我會立刻懷疑他是自殺。百分之百，毫不猶豫。」

我把前臂放在桌上，對這些假設感到興致盎然。

「除此之外，還有什麼樣的可能性？布魯克死掉之後，有人忽然出現，殺死約翰？」我擺出譏諷的表情。「不可能。不過另外還有一點是你必須注意的——」我仔細地選擇接下來的說法。「——那就是，約翰對於布魯克懷有不健康的情感聯繫。布魯克的死對他產生的影響，會跟其他正常丈夫的情況不一樣。我同意當太太過世時，丈夫的標準反應不會是自殺，但如果是約翰呢？」我靠回椅背。「那就很有可能了。」

「哈。」

對於我所有精采的分析、複雜的文字與表達遊戲，他只回了比咕噥稍微好一點的一個字。我並不期待起立鼓掌及歡呼聲，但也不能這樣吧？

「我來提出一個瘋狂的想法吧。」他放下咖啡杯說。

我等候他發言，脈搏加速。

「布魯克殺死約翰，然後心臟病發作。」

我發出笨拙的笑聲。「不可能。」

「不可能？」他挑起深色的眉毛。

「不可能。」我搖頭回答，然後停下來，確認這樣的膝反射回應是正當的。有沒有可能約翰把自己黑暗的幻想告訴她，或是試圖殺死她，而她為了自衛而殺死了約翰？

這種假設不無可能，然而放在更有可能的真相（亦即約翰毒死了她之後再自殺）前方，就顯得太過薄弱。我絕對不容許警方玷汙布魯克死後的名聲。如果有需要，我會破壞與約翰的保密協定，並賭上我的名譽。我搖頭說：「絕對不可能。」

「好吧。」薩克斯警探起身。「我也說過，這是個很瘋狂的理論。謝啦。如果還有任何問題，我會再跟妳聯繫。」

我抽出仍放在塑膠袋裡的名片遞給他。「給你。」

他收下名片，伸出手說：「摩爾醫生，謝謝妳撥空幫忙。」

「歡迎隨時聯絡。」

我看著他走出去，暗自祈禱他不要再回來。

第十八章

「妳感覺不一樣了。」梅瑞迪絲從泰式餐廳的菜單上方打量我。

「我剪頭髮了。」我把壓膜的菜單翻到背面。「我甚至不知道這上面一半的料理是什麼。」

「那就點蝦仁炒飯吧。」這時女服務生端來一碗豬肉蒸餃，梅瑞迪絲便往後靠向椅背，對服務生點了一連串的菜名。

我跟著點了餐，然後看著服務生離開。「我本來想要剪瀏海，不過還是沒有勇氣，所以就剪了不一樣的層次。」

「不是因為髮型的關係，是因為妳的光輪。」

我內心很想告訴她，我不信她那套新時代（New Age）（註5）狗屁理論，不過還是克制住了。那一套或許對卡拉巴薩斯（註6）的家庭主婦有用，不過如果我叫我的任何一個病人去摩擦正能量石，一定會成為笑柄，在一個星期之內失去工作。

「我是認真的。妳怎麼了？」

「我只是壓力有點大。」我勉強回應。

「為了那個死掉的殺妻凶手？」她拿了三包替代糖拍打著手掌。

我環顧這座戶外庭園，確定沒有人在偷聽。「小聲點，梅瑞迪絲。」

「沒人在聽。」她揮手否定我的憂慮。「跟我說吧，妳是不是還在為了那場自殺懷著罪惡感？」

「是沒錯，不過那不是主要原因。」我看著一對情侶從座位站起來。「我在替新客戶做心理側寫。」

註5 新時代：New Age是一種融合東西方宗教、神祕學、占星術、替代療法、哲學、環保等各種元素的風潮，特色是崇尚靈性並追求自我實現等。

註6 卡拉巴薩斯：Calabasas，美國加州洛杉磯縣的一座城市。

梅瑞迪絲拿起一個水餃並沾了醬汁。「幫起訴方還是辯護方？」

「辯護方。」我詳細地告訴她羅伯特委託我的過程，但沒有提到我們喝醉酒的那夜激情。

梅瑞迪絲聽我敘述這段過程時，眼睛瞪得越來越大。「等等。」她迅速吞下滿嘴食物，問我：「他僱用妳，可是在那之後，妳就沒有再跟他談過話？」

「沒有。」

「為什麼？」

「我有留言給他的辦公室，可是他沒有回電給我。」

「我看到這傢伙的新聞報導……」梅瑞迪絲緩緩地說，「他的兒子是血腥紅心殺手的被害人之一吧？好像是第五個？」

「第六個。」我告訴她。

她瞪大眼睛，連結這些要素。「而且他很性感，對不對？」

我承認：「他長得很英俊。」

她反駁我：「不對，他性感得不得了。妳應該拋開死氣沉沉的樣子，像騎一匹得獎駿馬那樣駕馭他。」

我努力保持輕鬆的態度。「總之，我——」

「天哪，這真的是越來越有趣了。」她推開水餃，湊向前方，一雙綠眼珠充滿好奇的光芒。「你們已經做過了吧？」

「我沒有像駕馭一匹得獎駿馬一樣，替他裝上馬鞍騎他。」我嘲諷地說。「感覺比較像是得了關節炎的老太婆在玩遊樂園的巡弋飛椅。」

她拍手哈哈大笑。「我的天哪，妳真是個淫蕩的女人！」

我不禁臉紅。這畢竟是我這十年以來在性愛方面的最高成就。我不敢相信我守住這個祕密這麼久。對梅瑞迪絲來說，通常只要有人內褲一落地，她就會立刻嗅到不檢行為。

「所以這不是壓力。」她重新拿起筷子說，「是性方面的滿足帶來的光彩。除非那是令妳失望的經驗？」她把視線掃向我做確認。

我臉紅了，努力不去想到那天晚上的性高潮。「非常滿意。」我向她保證，「不過我還是覺得是壓力的問題。我已經好幾個禮拜沒有好好睡覺了。」

她的回應被電話打斷。當她接起電話時，我拿起茶壺，替自己倒了一小杯茶。

沒有接到羅伯特的通知讓我感到有些不快。姑且不論我們之間的性關係，我接受了他的工作委託，並且等著他寄來他答應我的其餘被害人檔案。話說回來，在過去五天裡，他成為加州史上最知名的凶手的辯護律師，此刻他的辦公室想必正忙著應付蜂擁而至的媒體電話、證據開示，以及聽證前的準備吧。我在語音信箱的留言大概已經被大量其他訊息淹沒。

「檔案裡面有什麼？」梅瑞迪絲結束她的通話，輕鬆地把話題從我的性經驗移開，就如同她先前推開餃子一樣。「妳開始心理側寫了嗎？」

「我沒有足夠的資料可以進行。我必須看到所有被害人的檔案，我應該可以拿到這些檔案才對。」怪不得羅伯特會這麼有自信他能夠拿到檔案。如果湯普森成為他的顧客，那麼他的確可以入手大量資訊。

「血腥紅心殺手的檔案，對妳來說就像是黃金吧？」

「我知道。六件謀殺案。」我露出微笑。

「妳可以稍微收起開心的表情嗎？」

我聳聳肩。這是一件令人興奮的事，尤其是因為凶手已經被抓到了。我這麼說，梅瑞迪絲便緩緩點頭，心中顯然想著某件事。

「妳覺得他為什麼要為湯普森辯護？我看過新聞，不過妳真的相信他說的，說他認為湯普森是無辜的嗎？」

這是目前最重要的問題。我嘆了一口氣說：「我不知道。如果有人殺了我的小孩，我不可能跟那個人待在同一間房間，而不挖出那傢伙的眼睛。所以就這方面來看，我想他應該真的相信湯普森是無辜的。但是問題是，他怎麼會知道？」

「除非他就是真凶。」梅瑞迪絲提出這個假說。

「他殺死了他自己的兒子？」我搖搖頭。十年以來對於連環殺手的研究告訴我，他們不會在第六次犯案時找上自己的孩子，然後還繼續犯案。

「別這樣看我。首先，這世上的確有人會殺死自己的小孩。再來，羅伯特有可能是血腥紅心殺手，可是沒有殺死他的兒子。也許蓋文——」

「蓋伯。」我糾正她。

「也許蓋伯是因為其他原因死的。只因為他是個年輕英俊的小夥子，大家都以為他是被血腥紅心殺手殺死的，於是他爸爸就用同樣的方式處理他的屍體。」

我把視線從進入餐廳的一對情侶移開。那個男人緊緊抓住他女友的肩膀。那個女人如果還沒有對男友感到不滿，大概很快也會了。我思索梅瑞迪絲的假說。這個假說或許不無可能。「這太誇張了。」

她聳聳肩說：「為什麼？因為他在床上表現得很好？相信我，動作越棒，就表示這傢伙越不穩定。」

我笑出來。「好吧。」我試著依照她的推論來陳述：「也就是說，妳認為蓋伯是因為其他原因死的。羅伯特是真正的血腥紅心殺手，可是史考特卻不知為何指控湯普森，於是羅伯特就挺身要為他辯護，理由是羅伯特雖然以殺害青少年為樂，但是還沒有泯滅良心，不願看到無辜的人為自己的罪行坐牢。」

「或者他也有可能殺死自己的兒子，然後布置成像是血腥紅心殺手下的手，不過這一來他就得把兒子囚禁一個月以上……」梅瑞迪絲皺起眉頭，承認：「好吧，看來這個假說有些邏輯問題。」

「有很多的邏輯問題，基本上根本毫無邏輯。」這時我們的開胃菜來了，我便把我的茶移到旁邊。

在接下來的半個小時裡，我們吃東西、談論糟糕的電視節目和這一行裡的政治，沒有再提到死去的青少年。

這是很好的休憩時間——不過當我走出餐廳檢視自己的手機，這段休憩時間就結束了。

我有一通未接電話和語音留言。羅伯特總算回我電話了。

第十九章

語音留言是來自羅伯特的祕書。她要求我在明天早上七點這種鬼時間去見羅伯特。我回電話給她，原本堅決拒絕，不過最終還是被她高貴而具有母性的語氣說服，同意在七點半見面。

經過另一個難以入眠的夜晚，我穿上保守的高領連身裙，搭配我最高的一雙高跟鞋，然後又花了十分鐘費力地把我茂密的頭髮梳成法式包頭。我迅速趕到比佛利山莊，提前十五分鐘進入羅伯特辦公室所在的大樓豪華而令人生畏的入口。我搭電梯上樓，走出電梯便看到一名莊嚴優雅的年長女性，在克拉斯特與凱文律師事務所門口等我。

「摩爾醫生。」她親切地對我開口。「羅伯特在會議室等妳。」

羅伯特坐在長桌的尾端，把手機放在耳邊。他的雙眼立刻看到我。他沒有露出笑容，也沒有任何反應。我把皮包放在第一張椅子上，然後坐在第二張。我翹起二郎腿。這一回，他的視線順著我的腿往下滑。

我可以感覺到他的視線的熱度，沿著我的小腿滑到我的腳踝。我把雙臂交叉在胸前，裝出冷漠的態度。雖然我們曾經上過床，不過我們現在是生意上的關係。不論在我或他的行業，這都是不可跨越的一條線。

他打完電話，對我說：「要是妳還沒有聽說，我現在是湯普森的辯護律師。我這裡有其餘六名被害人的檔案可以給妳看，其中也包含史考特的。妳看完蓋伯的檔案了嗎？」

就這樣，他直接跳過尷尬的話題。我針對這樣的迴避態度思索片刻，決定目前先不要去追究。

「我看完了。」我從皮包裡拿出檔案。「你太太的檔案也在裡面。」

「然後呢？」他面無表情。我猜如果在撲克桌上碰到他當對手，一定很難應付。

「我看過了。」

「我知道妳會看。」他從座位起身走過整張桌子，來到我的座位前方。他把整個人的體重靠在桌上。「妳看起來很累。」

我皺起眉頭，為自己今天早上特地花工夫打理儀容感到惱怒。「謝謝。」

「我並無意要冒犯妳。」他的聲音變得稍微低沉，讓我想起他在計程車裡湊近我的時候，他的胸膛很溫暖，身上隱約散發著古龍水的氣味，聲音沙啞而性感。當他親吻我的頸部，我立刻就投降了。

我把這段記憶拋開，對他說：「我的確很累。你要是一大早就開一堆會議，也會變得跟我一樣。」

他的嘴角抽動，但沒有露出笑容。他拿起蓋伯的檔案緩緩翻閱，檢視內容。接著他從檔案上方注視我，問：「妳有什麼看法？」

我老實告訴他自己的意見：「看到你經歷的喪失，如果換成我，大概沒辦法保持正常吧。」

他低頭看檔案，接著緩緩把它放在旁邊的桌面上。「摩爾醫生，工作是唯一能夠讓我保持正常的東西。」他的注意力回到我身上，眼中的態度非常明確。「工作，還有偶爾的分心。」

我此刻不敢讓自己隨便說出話來。我以前從來沒有被顧客誘惑過，但我正面對這個全新而危險的領域。我們已經知道彼此的身體如何契合，知道彼此的喘氣聲與高潮時的呻吟，還有在彼此身體之間粗暴但溫柔的心跳。

依照正常的情節發展，他會走向我，我會靠過去，向他讓步並屈服；然而我清了清喉嚨，回到那個尷尬的話題：「你為什麼要替湯普森辯護？」

他抓住桌子銳利的邊緣。「因為我相信他是無辜的。」

「為什麼？」

「這就是我要請妳來證明的。」他朝著檔案夾點點頭。「除了關心我的心理健康之外，妳對殺害蓋伯的凶手有任何看法嗎？」

「你沒有回答我的問題。我不是在問你要如何說服陪審團他是無辜的，而是在問你為什麼相信。」

「摩爾醫生，我以觀察他人維生，這一點跟妳很像。」他露出笑容，但他的眼睛沒有笑。

我搖頭說：「不對，你是以操縱他人維生。你操縱他人去遵循或相信你的說法。你會玩弄情感，有時甚至還會玩弄事實。」

他咯咯笑，說：「妳對律師的觀感很差。好吧，我早就習慣這樣的態度了。老實說，我對心理學家也沒什麼好感。我會做好我的工作，妳也要做好妳的工作。現在是妳在迴避我的問題。妳對殺害我兒子的凶手有什麼看法？」

他的語氣斬釘截鐵。也許他是對的。我來到這裡已經過了十分鐘，卻什麼都還沒有告訴他。我的確建立了一些理論，不過在只看到六分之一證據的情況下，很難確切地說出任何事。

「我必須看到其他檔案，看出特定的模式。我現在所知不多，只知道凶手很聰明，也很有耐心。他會事先計畫，而不是憑衝動行事。」這時我心中產生一個新的想法。我早該在得知他要擔任辯護律師時想到這件事：「你要傳喚我到證人席上嗎？」

「這一點要看妳在看過證據之後怎麼想。如果妳的結論符合我的想法，那麼我的確會請妳到證人席。」他的眼神接觸就像一種藥物，在我身上停留過久的時間。

「如果我認為湯普森有罪呢？」

他發出一聲乾笑，不過我看不出這有什麼好笑的。「如果妳認為他有罪，我就不會請妳上證人席。」他把蓋伯的檔案推回來給我。「留著吧。我會把其餘檔案的副本寄給妳。等妳看過那些檔案，我可以替妳安排和湯普森見面。」他站起來。當他經過我身旁時，他的西裝褲布料掃過我赤裸的膝蓋。

我起身轉向他問：「你為什麼要找我？」

他停下來，說：「這是妳第二次問這個問題。」

「上次我問你的時候，我以為你想要找人替殺害你兒子的凶手做心理側寫，可是現在不一樣，面對的問題更大。你有可能在為了釋放一名凶手而努力。這會造成其他人的生命危險。」

「我兒子當時也遇到生命危險。只要我還活著，我會花每一天的時間，讓每一個原本可以避免他死亡的人，還有造成他死亡的人付出代價。」他用充滿憎惡的眼神怒視我，讓我不禁倒退一步。

「我們曾經上過床。」我提醒他。「交叉質詢的時候，對方可以利用這一點來降低我的證詞可信度。你可以找其他心理學專家，避免承受這樣的風險。」

「沒有人會發現這件事。我沒有告訴任何人。」他端詳著我問：「妳有跟其他人說過嗎？」

「有，我告訴了一個同事。」我為了承認這一點而羞愧並臉紅。

「妳相信那位同事嗎？」

「相信。」

他聳聳肩說：「那就沒問題了。」

這樣並不會變得沒問題。這是錯誤的。蓋伯才死了九個月，他就要為湯普森辯護；而我一邊抗拒著吸引力，一邊在挖掘他生命中最隱密的細節。

我們就像一輛破車，沒有打開車燈就在高速公路上急馳，駕駛盤也被鎖住。我可以繫上安全帶，或是伸手打開警示燈，但我卻無法讓這輛車熄火，也無法打開車門跳車。

災難即將來臨——我只是還不知道那會是什麼樣的災難。

第二十章

當妮塔發現史考特小心翼翼地關上門、避免讓門撞上門框時，他正要踏上側門廊。

「史考特！」妮塔高喊。

史考特臉上閃過一絲罪惡感，但旋即被青少年特有的倦怠眼神取代。

「嗨。」

「你要去哪裡？」

「我只是要開車去兜風而已。我想我會順路經過學校。」

比佛利高中——那裡是他被綁架的現場。他現在已經沒有到這間私立學校上課。學校每個星期會寄來他的作業，並提議要對他進行輔導與特別協助。這樣的提議充滿歉疚的意味。學校的教職員之一要為這一切負責——那個在教師休息室吃甜甜圈的男人，把點燃的香菸壓在她兒子的胸膛上，強暴他，並且連續好幾天把他赤裸裸地綁在床上。

妮塔提議：「我開車載你去。」她把皮包掛到肩上，拉開門，以便讓自己擠出去。

「不要，妳說過蘇珊會過來。」史考特阻擋她的去路。

「我不需要在這裡等她。」妮塔揮手要他不用擔心。蘇珊已經替他們家打掃十年，即使沒有妮塔幫忙，她也知道應該要專注打掃哪裡。不過妮塔還是在心中記下來要傳簡訊給她，提醒她要把閣樓風扇葉片上的灰塵清乾淨。

「媽，我可以自己開車。」史考特舉起他的卡車鑰匙。妮塔明明記得這些鑰匙被鎖在保險箱裡。

她反駁說：「汽車的電池沒有充電，而且你已經一個月沒有開車了。」

「爸昨天換了一顆新電池。」

該死的喬治。他應該知道妮塔不希望史考特開車。她還沒有做好心理準備。她無法忍受看著史考特開車離開，並且有可能永遠不會回來。

「反正我也得去雜貨店一趟。」她用手肘推開門走出去。「我今晚要做水果披薩，做你喜歡的草莓和芒果口味。我們去學校之後，可以順路去雜貨店。」

「媽，別這樣。」

妮塔注視史考特的雙眼，無聲地懇求讓她跟去。史考特不需要去學校。他可以下個星期，或是下下個星期再去。她還需要幾天的時間來戰勝占據在她心中的恐懼。

「我愛妳，可是我需要離開這棟屋子幾個小時，過過正常人的生活，好嗎？我不需要監護人陪同。」

「答應我，你不會離開卡車。」妮塔苦苦哀求。「你只能開車兜風，要是爆胎或拋錨了——」

「我不會離開車子。」史考特謹慎地把她引回屋裡。「我過幾個小時就會回來。」

「一個小時。」妮塔反駁他。「開車到學校只需要十分鐘。一個小時就夠了。」

史考特發出呻吟，回她：「好吧。」

「我愛你。」

他咧嘴笑了。這個笑容感覺跟以前幾乎一樣。「媽，我也愛妳。」

妮塔看著他轉身大步走向車庫。遠處的車庫門拉起來，露出他的卡車。

他們應該要替他買輛Volvo轎車的。Volvo的轎車在每個安全評等都有五顆星。現在還不會太晚。妮塔昨天才在看那些轎車。史考特的卡車隨時有可能翻車。那些輪胎太大了，車身重心很危險，能見度也很差。而且他的收音機總是開太大的音量。放那麼大聲的音樂並不安全，他會聽不見喇叭聲，或是有人警告他的叫聲。

妮塔聽到柴油引擎發動的巨大噪音，思索著喬治不知道有沒有替車子加汽油。這一帶的加油站應該很安全，不過如果史考特選擇風景好的路線回家，然後停靠在有問題的區域……

「別瞎擔心了。」喬治走到她身後，一隻手攬住她的腰。「我看得出妳的表情在說什麼。」

她站在原地，看著史考特的卡車向前駛去。「我真不敢相信，你竟然幫他那輛卡車換了電池。他不能自己一個人在外面開車——」

喬治沒好氣地說：「難道妳寧願讓他偷偷溜出去，然後在某個地方沒電嗎？你得相信他不會有事的。」

妮塔離開他的懷抱，走向自己的書房。當史考特的卡車發出隆隆聲駛過他們的車道，她便加快腳步。

喬治喊：「妮塔？」

她在書桌前坐下，打開筆記型電腦並按下電源開關。她把頭髮綁成緊緊的馬尾，不耐地盯著螢幕，然後打開網頁瀏覽器，登入一個追蹤軟體的網站。看到地圖上出現藍、紅、綠色的點，她便鬆了一口氣。

史考特的手機裡裝了追蹤位置的應用程式。這支手機是在他回來之後新買的。他原本那支手機在他被綁架的那天晚上留在足球袋裡，沒有派上用場。妮塔不惜花錢替他買新手機，另外也買了追蹤器，裝在他最喜歡的鞋子底部、自行車座位底下，還有背包和錢包裡。

她不會再失去史考特了。她深深吸入一口氣並數到十，放鬆緊張的情緒，然後注視著那群小點沿著他們家所在的街道移動，前往高中的方向。

如果只是一個小時，她還能夠應付。她會在這裡盯著史考特的行蹤，一有什麼風吹草動就立刻報警。等到史考特回來之後，她會服用足夠的贊安諾（Xanax），把這起造成極大壓力的事件淹沒在幸福的藥物海洋中。

「妮塔。」喬治來到她的辦公室敞開的門口。史考特回來的那天早上，他待在情婦的住處。妮塔以崩潰的形式面對史考特的失蹤，而他則以投入其他人懷抱的方式度過難關。妮塔並不怪他，畢竟總得有人繼續維持他們的生活，繼續賺錢，支付帳單並付薪水給員工。這些都由喬治來處理。而且自從史考特回來之後，喬治就一直待在她身邊，衣服上沒有其他女人的氣味，半夜也不會為了神祕的差事出門。「我們去花園裡坐坐吧。外面的風景很漂亮。」

「我沒辦法出去。」妮塔點了一個按鍵，把畫面切換到衛星影像。畫面中央有一個小風車慢慢旋轉。

「他不會有事的。他只是——」

「他為什麼不會有事？」妮塔抬起頭看她先生。「因為他是個成年人？可是他當時還是被拐走了。因為這一帶是很安全的社區？他的學校也一樣。」

喬治溫柔地說：「湯普森已經被抓起來了。他被關在監獄裡。史考特不會有事的。」

多麼愚蠢的說法！史考特並不安全，而最令人抓狂的是，妮塔無法保護他。他在家裡不安全，在外面也不安全。無知是幸福的，當妮塔對此一無所知時，生活簡單多了。

喬治咕噥了幾句，然後離開。妮塔在變得安靜的書房盯著螢幕上的地圖。那群小點已經移動。她放大螢幕，接著瞇起眼睛。史考特為什麼在聖塔莫尼卡往南行駛？學校應該在反方向才對。她準備要打電話給史考特，但還是克制了。史考特知道他母親的偏執與恐懼，但要是他知道妮塔在追蹤他的行動，一定會氣瘋。

她採取別的做法：透過軟體檢查史考特的手機。他的手機電力充足，定位也打開了。妮塔告訴自己，**他不會有事**。他只是開車到處兜風，反正他也沒有任何理由要去學校。他大概想要去過了西木大道的那家漢堡店的得來速。妮塔踢掉她的楔型鞋，把一雙光腳放在桌下的小腳凳上，強迫自己鬆開死抓不放的滑鼠。

她的治療師和喬治都告訴她，她的憂慮是不健康的。她對於假設問題和危險的偏執，使她在情感上疲憊不堪。而且根據南・辛格特里（她在看過一部 Netflix 紀錄片之後就成了視覺化大師）的說法，一直想像並擔心某件事發生，有可能會讓那件事真的發生。聽到這個說法之後，妮塔便斷絕與南的聯絡。她現在不可能不去想到史考特有可能碰上的危險。她不希望因為自己的想法有可能導致未來事件而承受罪惡感。

史考特仍舊繼續在開車。他的路徑很奇怪，先是往南，接著又往東。妮塔看著他駛過塞普爾維達大道，接著進入威尼斯大道，然後轉入一條住宅區的巷子裡，最後迴轉並停在該街區的半路上。妮塔盯著小點，預期當史考特下車時，這些小點也會跟著移動，但這些小點留在原處。過了一分鐘，接著又過了兩分鐘。

妮塔看著時鐘計算時間。也許史考特是為了回覆一則簡訊而停車，或者是為了打電話給她，或是為了檢視 GPSM，搞清楚自己目前在哪以及該如何回家。

妮塔緩慢而克制地吐出一口氣。這沒什麼好驚慌的。如果史考特在那裡待太久，妮塔可以隨時打電話給他。

綠色的點變成紫色。妮塔皺起眉頭，把游標移動到上面，想知道發生了什麼事。

定位服務在通話期間停止運作。

他在講電話。妮塔總算鬆了一口氣。史考特為了安全起見，特地停下車講電話。這些年來，妮塔一直叮嚀兒子不要邊開車邊講電話，不過她一直以為史考特沒有聽進去，畢竟她和喬治也常常違反這一條規則。

紫色的點再度變回綠色，接著開始移動，離開其他的點。這意味著史考特的手機離開了卡車。這顆小點不規則地在街上一會兒往左、一會兒往右，看起來就像史考特在踱步一樣。過了很長的一段時間，它才再度回到卡車上。

妮塔皺起眉頭，切換畫面並調出他的手機通話紀錄。

今天的活動紀錄是悲慘的空白，只有最近的一通電話，打給一個陌生的號碼，通話時間不到一分鐘。

妮塔原本想要打到這個號碼，不過還是決定先把這個號碼丟入搜尋引擎。在搜尋結果出來時，史考特的卡車終於移動了。一群小點在住宅區的巷子中央迴轉。

奇怪的是，這個電話號碼屬於聖地牙哥的一家不動產仲介公司。妮塔突然想到一件事，搜尋史考特停車位置附近的地址。在他停車地點（特瑞斯路二十二號）的對面，果然有一棟房子在這家公司的待售清單當中。史考特一定是看到院子裡的招牌而打電話。

妮塔點點頭，為自己獲得這麼多資訊感到勝利的喜悅。

但是還有一個問題……他為什麼要做這種事？他只是在隨興開車的途中，因為好奇而打電話嗎？還是說他真的打算要買一棟屋子？

第二個選項感覺很荒謬。他才十七歲，（依照妮塔的看法）還會繼續跟他們一起住至少三、四年。而且他沒有工作，如果沒有妮塔或喬治的簽名，絕對不可能申請到貸款。

好吧，所以唯一的解釋就是他剛好開車經過，不過這個假說也有本身的漏洞。除非前院有一名辣妹，否則史考特不會去注意屋子，當然也從來沒有打過電話給招牌上的不動產仲介公司。妮塔盯著追蹤軟體，看到她兒子的卡車正沿著回程的路開往他們家。

「給妳。」喬治手中拿著一杯冰葡萄酒進入辦公室。他來到妮塔的桌旁。妮塔趁他還沒有看到螢幕畫面便關掉視窗。喬治把玻璃杯遞給她，她便露出感謝的笑容接受了。

「謝謝。」她喝了一口酒。

「對不起，我背著妳替史考特安排他的卡車。」

「我只想知道，你有沒有幫他加油。」

「我有。」喬治捏了捏她的肩膀，要她放心。「妮塔，他不會有事的。」

妮塔點點頭，讓喬治伸出一隻手攬住她。她不會把那通打給不動產公司的電話告訴喬治——至少現在不會。要等到她弄清楚他們的兒子究竟在搞什麼再說。

第二十一章

我花了兩天時間沉浸在那些檔案當中，被死亡包圍。

如果湯普森就是血腥紅心殺手，那麼他已經殺死了六名男孩。六人死亡，一人逃走。我的工作是要根據我手中關於血腥紅心殺手的資訊，做獨立的評鑑。這意味著我要拋開之前對湯普森的任何知識，以毫無偏見的態度做出心理側寫。

既然我手中已經掌握到這麼多資訊，這一點應該很簡單才對。每一件凶案都有完整的案件檔案，自從我念博士班以來，我就沒有拿到過這麼多資料了。

我站在辦公室裡，盯著隔開我和梅瑞迪絲辦公室的牆壁。原本掛在牆上的兩幅裱框的印刷品已經取下，靠在小沙發上，讓我有充裕的空間可以運用。我已經用粉筆畫縱線，把牆壁分成三區，每一區都有六呎寬。第一區標上「犯罪現場」，第二區標上「被害人」，第三區標上「可能嫌犯」。我盯著每一區的內部。

每一個連環殺手都有形成理由。

有些是無法控制自己的暴力衝動。他們和其他人的任何互動都有風險，而他們在這樣的風險中勉強控制自己，直到爆發為止。在爆發之後，他們會歷經某種重新啟動的過程，然後繼續前進。殺人對他們來說就像進食，能夠滿足一段時間的飢餓，直到他們必須再度吃東西。這類的凶手往往比較馬虎，依照自己的方便犯案，在選擇被害人時有可能較難預測。

也有一些人則是具有反社會人格，把其他人看得一文不值。殺人對他們來說不是為了取樂，而是為了解決問題。如果有人妨礙到他們，或是造成他們生活中某些不愉快，他們就會像對待一隻蚊子一樣對待那個人——殺掉，彈到一邊，然後繼續前進。他們不會為了殺人而悲傷、後悔、玩味，而且除非這起殺人導致某些後果或需要收拾善後，否則也不會再想起這件事。

另外還有尋求注目的類型。他們享受的是殺人帶來的權力感，渴求媒體關注，想要看到流淚的家屬及恐懼。他們樂於得到惡名，喜歡和警察玩貓追老鼠的遊戲，並相信自己比大眾聰明。這類凶手往往是親切而樂於助人的鄰居，受到大家喜愛，沒有人會相信他們會傷害任何人。他們會將自己的凶案展現在大眾面前，並且會根據對媒體造成的影響，以及是否能夠得到傳說地位來做決定。

我初步的動作很簡單，首先要收集所有資訊——這一點已經完成了。接下來，就要確認這些凶案共通的特徵及細節。

這些凶案有很多的共通點，尤其是在「被害人」的項目。我一邊瀏覽檔案、一邊在牆面寫下細節並釘上照片，使牆上布滿工整的白色文字及圖片。這些被害人的性質基本上都是千篇一律的：七名高三學生，都是運動健將，身材瘦削，肌肉適中，英俊，白種人。他們的人緣都很好，家境富裕，並且很受喜愛——他們在自己的學校都是萬人迷。就犯罪特性來看，他們都屬於低風險的被害人，住在安全的社區，沒有從事危險活動。他們在學校不是霸凌者或混蛋，也不會兼差販毒，沒有加入幫派，敵人很少或幾乎沒有。

每個被害人都是從不同的學校被帶走的。這一點意味著計畫性。凶手想必在綁架之前就曾事先跟蹤被害人，並從一群學生當中謹慎地挑選對象。

我迅速瀏覽所有資訊。這一切乍看之下似乎很有條理，但是在全部看完之後，卻會發現其中有許多不連貫之處。不過我還是得到了進展。我已經掌握了事件的大致輪廓，接著就要依照時間順序，深入研究每一件凶案。我讀到第三個男孩的案件，開始看出某種模式。我緩緩地喝了一口茶，注視著第二名被害人特拉維斯·帕特森的照片。

這些男生都是從公共場所被帶走的，每一次都是在戶外，通常是在停車場。殺害行為不會發生在拐走的地點。相反地（而這一點是這個謎題當中最令人煩惱之處），血腥紅心殺手會把他們帶到另一個地方，囚禁六到八個星期之後才殺害，並將他們的屍體遺棄在第三個地點。

三個地點會造成很大的風險。凶手有可能在三個地點留下ＤＮＡ，在三個地點被抓到，並且必須運送被害人（屍體）兩次，冒著被監視器拍到、遇到車禍，或是在途中讓被害人逃走的風險。

至於這些男生的原型，或許因為某種非常私人的理由觸動了凶手的情感。我的猜想是，凶手在高中時期曾經歷極大的心理創傷，影響到他的心智成長。最有可能也是最簡單的想法，就是他曾經被和被害人特質很像的男生罷凌。從血腥紅心殺手的性虐行為來看，他或許曾經遭到那名罷凌者猥褻或性侵，也可能是曾經單戀對方或感受到對方的性吸引力而掙扎。這樣的吸引力有可能繼續發展，也有可能遭到拒絕。不論是哪一種情況，都有可能造成仇恨或不滿足，而這樣的情感一直醞釀之後終於爆發，導致這一連串的凶殺案。

這時辦公室的門緩緩打開，梅瑞迪絲探頭進來。「妳在忙嗎？」

「我只是在想事情。」我坐在沙發上，雙腳拗到身體下方。

「我替妳帶來了一些巧克力。」

「既然如此，那就搬一張椅子坐下來吧。」我拍了拍身旁的墊子。「進來之後關上門。」

「有什麼需要保密的東西嗎？」她走進來，看到我寫滿筆記的牆壁便停下腳步。「哇哦，妳的病人對這些有什麼反應？」她指著牆壁，然後把一包M&

M巧克力遞給我。

「我這個星期都在會議室跟他們會談。」我拿了那包巧克力，倒出一把色彩繽紛的巧克力。

「很好，畢竟這樣有些嚇人。」她用下巴比了比那些筆記。

「那當然。」我伸直雙臂，把頭轉向旁邊，舒緩繃緊的肌肉。「我盯著這些東西都快變成鬥雞眼了。」

「拜託！」她發出冷笑。「這不是妳最愛的嗎？那些完整的案件檔案？」她瞥了一眼那疊綠色檔案夾。「我很驚訝沒有隔著牆壁聽見妳高潮的聲音。」

聽到這個粗俗的比喻，我笑出來。「我沒有興奮到那個地步。不過這的確是歷史性的事件。能夠參與調查這些案件，並且窺見案件的內容……」我搖搖頭。「讓我想要結束私人診療的工作，加入警方。」

「妳不是認真的吧？」她懷疑地看著我。「需要我來提醒妳，妳一年賺多少錢嗎？」

我發出呻吟。「金錢不是一切。不過……」我讓步了。「妳說得沒錯。我覺得那是很誘人的工作，不過沒有認真考慮可能性。」

「妳已經在正確的崗位上了。受到律師委託，可以說是兩全其美的情況。」她注視著牆面。「『犯罪現場』是指什麼？」

「那一欄放的是我從證據和驗屍得知的所有訊息。通常不會有這麼多，不過在這次的案子裡，可以從驗屍結果了解被害的男生被囚禁期間發生的事。」

「什麼意思？」

我湊向前，從那疊檔案夾中拿了諾亞・瓦特金的檔案。「妳看。」我停下來，問她：「妳吃過午餐了嗎？」

「只吃了能量棒，不過別擔心。」她拍拍自己的肚子。「我有一個鐵胃。」

我打開檔案夾。「根據他頭髮的藥物測試，可以看出他在被囚禁的八個星期當中，幾乎是持續被下藥。說到時間，他是被囚禁最久的。後來凶手開始縮短囚禁期間。要不是因為他越來越急於殺人，就是因為他能夠更快得到自己想要的東西。」

「天哪！」她伸手拉起諾亞被殺害的現場照片。「他們被發現時，都是這樣的狀態嗎？」

「嗯。」我把頭轉開，還沒有準備好去看諾亞的屍體恥辱的姿勢。那是為了造成最大視覺衝擊而被擺出的姿勢。

「每次犯案都一樣嗎？」

「幾乎都一樣：雙手雙腳張開，生殖器被切除，胸膛上刻著紅心。」我把一撮頭髮塞到耳後。「而且總是有一根小指頭被切除。有時候也有其他手指被切除，不過總是會有一根小指頭被切除。」

梅瑞迪絲問：「那為什麼不稱呼那個凶手『小指頭殺手』？」

「警方並沒有向媒體透露這個細節。」

她咀嚼這些資訊。「也就是說，那傢伙收藏了被害人的小指頭跟生殖器？」

我搖搖頭。「生殖器每次都被遺留在棄屍地點的某處，彷彿沒有經過思考，任意被丟棄在那裡。」

「哇！」她把照片還給我。「這代表什麼意義？」

「妳是性治療師，應該由妳來告訴我吧？」

「那個男生是在還活著的時候被肢解的嗎？」

「切除身體部位是在死後進行的，不過那顆紅心是在他們生前刻上去的。」

「他們的死因是什麼？」

「勒殺，死亡的過程顯示了凶手的些許仁慈，不過從這些被害人經歷的一切來看，這樣的仁慈未免來得太晚了。」我帶領她了解屍體上的折磨痕跡：菸頭烙印、瘀青、顯示遭到性侵的肛門撕裂傷、手銬與束縛的痕跡。

梅瑞迪絲皺起眉頭。「那些被害人在被拐走之前，有多少性經驗？」

我停頓一下，然後說：「我不知道。我還沒有在目前看過的檔案上看到有提及這一點。妳為什麼這樣問？」

她搖頭說：「不知道，我只是在猜，這會不會也是模式的一部分。」

「這一點值得深入調查。」我把注意力放回牆面。「妳還有什麼想法？」

她嘆了一口氣說：「死後切除生殖器、在長期囚禁期間折磨和肛交……不知道，我很好奇那個逃出來的男生……是叫賽斯？還是史考特？」

「史考特。史考特．哈登。」

她點點頭，繼續說：「妳得去看看他怎麼說。那個綁架犯有沒有對他造成影響？有沒有照顧他？有沒有在事後替他治療？……不對，等一下。」她懊悔地搖頭。

「怎麼了？」

「我忘了妳是受僱於辯護方。妳沒辦法從史考特的證詞挑選自己想要用的部分。如果他指認某人是凶手，你們卻說那傢伙是無辜的，那麼史考特說的其他內容又有什麼意義？他說的內容如果可信，那麼你們要辯護的那傢伙就有罪，而他要是不可信，那麼問他話也只是浪費時間。」

她說得沒錯。我手邊關於史考特的資訊幾乎都得忽略。「不論如何，我好像都只是在浪費時間。」

「嗯，不過妳可以得到很大一筆報酬，而且妳很享受這項工作的每一秒鐘。」她聳聳肩。「驗屍照片和心理側寫？拜託，妳簡直就是在天堂。」

我咧嘴笑了。「好吧，妳說對了。我很享受這項工作。很糟糕嗎？」

「很糟糕。不過我昨晚也邊想著新來的病人邊自慰，所以我們會一起下地獄。」她把注意力放回牆上。「好吧，妳有什麼想法？」

「我不知道……」我緩緩地說，「不論這個凶手是誰，他的問題足夠給三個人來分攤了。另外我也得考慮到，他在布置屍體的時候，有可能是故意要誤導大家來引起注意，或是想要唬弄所有人。」

梅瑞迪絲聽到這個想法思索片刻。「妳認為切除生殖器和刻上紅心，都只是裝模作樣而已？」她在沙發上轉向我。

「刻上紅心絕對是一種名片。」我表示肯定。「他想要出名。他想要在每一次的犯案中得到榮譽。至於其他的部分……」我嘆了一口氣。「則不是很一致。」

我試著依照邏輯順序整理自己的想法。「犯罪都有標準的心理強化作用和內在動機。」我指著巧克力說，「就像巧克力。妳為什麼會想要吃巧克力？」

「因為很好吃。」她配合我的提問回答。

「這是妳以為自己想吃巧克力的理由。每個人被問到這個問題，都會有這樣的反應。不過當——」

「我了解什麼是隱藏的刺激物。」她打斷我的話。「我之所以想吃巧克力，是因為我的身體渴求糖分。妳之所以吃它，是因為喜歡它的味道。雅各之所以吃它，是因為他習慣把東西放入嘴裡。我媽之所以吃它，是因為她需要多巴胺來安撫憂慮的心情。」

「沒錯，回到原先的話題，每個人犯案會有不同的理由。通常是為了取樂，不過是不同種類的樂趣。囚禁時間的長度顯示凶手具有控制傾向，也就是從對被害人的支配得到樂趣。束縛、強暴、赤裸的屍體……聽起來具有性的意味，但更重要的目的是讓被害人感到無助，好讓凶手感到更有控制力。」

「我不太明白這跟巧克力有什麼關聯。」

「我正要解釋。在血腥紅心殺手的凶案當中，死亡本身幾乎是仁慈的。過程很快，勒死他們直到他們失去意識之後死亡。這是達到目的的手段跟帶來樂趣的活動之間的對比。我吃巧克力的原因，是因為我肚子很餓，而且我喜歡巧克力的味道更勝於第二個選擇。」我用下巴比了比放在邊桌上吃到一半的燕麥棒。「凶手殺人，是因為喜歡殺人更勝於其他選擇，不過在這一切的時間表當中……」我把手揮向大量的檔案、筆記和照片。「死亡的過程很短暫，幾乎不像是一個事件。在那個特定行為當中，幾乎沒有任何的樂趣。這讓我推論，凶手殺人的觸發點，是因為對被害人感到厭倦，準備前往下一個階段——展現屍體並得到媒體關注。」

「或者也許是因為這個凶手就是個混蛋。」梅瑞迪絲露出微笑。

我不理會這個意見。「死亡階段在最後一次殺人時產生變化。其餘被害人的死亡過程都迅速而仁慈，但是蓋伯的死卻不一樣。」

梅瑞迪絲的笑容消失了。「什麼意思？」

我湊向前說：「前五名被害人是被勒死的，但是蓋伯雖然死於窒息，卻不是被勒死的。」

「什麼？他是被淹死的嗎？」

「他是遭到水刑。」

梅瑞迪絲露出驚嚇的表情。「像是CIA那種水刑？」

「沒錯，這是非常痛苦的死亡方式，過程大概很漫長。這是為什麼？」我看著房間另一邊的牆壁。蓋伯的照片釘在諾亞的照片旁邊。「為什麼蓋伯的情況不一樣？」

這時傳來很響亮的敲門聲，我們兩人都嚇得跳起來。門緩緩地打開，雅各把頭探進來。「梅瑞迪絲，妳約在四點的人已經到了。」

「我馬上出去。」她起身之後，又看了一眼那些檔案。「至少我知道妳這兩天在幹什麼。妳什麼時候要再跟那位律師見面？」

「今晚。」我轉動手錶，以便看到蠔式錶殼。「約在五點。他的辦公室在鬧區，所以我很快就要離開了，免得遇到塞車。」

「嗯哼。」她毫不客氣地迅速打量我。「香奈兒的套裝，沒有穿褲襪。我媽會感到很驕傲。」

梅瑞迪絲的母親曾是洛杉磯最惡名昭彰的鴇母，因此我直接依照字面上的意思解讀這句話。「這不是那種見面。」

她把一顆紅色巧克力放入嘴裡。「不過還是很容易侵入裙子。妳的胸罩是前扣式的嗎？」

我不理會她的暗示，拿起我的空茶杯。「我以後不應該再跟妳談我的性生活了。」

「哈！」她發出笑聲。「親愛的，那不是真實生活，而是在安靜的房間裡放的一個屁。這就是為什麼它會那麼臭。相信我，要是妳擁有我的性生活，就不會繼續想著那傢伙了。妳會去找下一個壯漢，然後就結束了。」

「拜託，別把一夜情跟一個屁比在一起。而且我沒有繼續想著他。至少不是以戀愛的形式。」

她對我會心一笑。「哦，親愛的，妳懂的是凶手，我懂的是性愛方面有所欠缺的病人。妳絕對在想著他，而且這也沒什麼不對的。」她堅定地指著我說，「只是不要飢不擇食。」

羅伯特是美食。也許我的確很飢餓，但是他是帶給我喜悅的天才廚師。我努力克制沒有回應，繞過桌子尾端對她說：「妳可以告訴雅各，我很快就要離開辦公室嗎？看看他有沒有事要找我。」

「好啊。」她把空的糖果袋揉成一團，然後注視著我的那堆檔案。「祝妳好運。」

我等她離開之後，打開抽屜櫃，想要拿出我放在那裡以防脫線的備用褲襪。我盯著收縮膜包裝的褲襪好一陣子，然後關上抽屜，把它留在那裡。

那才不是一個很響亮的屁。太可笑了。

第二十二章

我的辦公室看起來就像精神病房，但羅伯特的辦公室則整理得井然有序。我把皮包放在他的私人會議桌上，檢視這間房間。這間房間非常男性化，有深色的木質裝飾，採用強有力而濃郁的色彩，唯一缺少的就是牆上的動物頭裝飾了。我盡量避免去做心理分析，不過這間房間的裝飾就像一隻狗在牆上撒尿，標示領域並彰顯羅伯特的主導權。

他正在打電話，聲音很低，椅子轉向窗戶，於是我趁機在室內到處走動。這間房間很大，很明顯地是在展示地位，空間大到可以容納會議桌、好幾張椅子，以及他的大辦公桌。室內也有一個書櫃。我停在書櫃前方，驚訝地發現上面放的是小說而不是法律期刊。第二層放了一個裝有打氣機的小魚缸，裡面有一隻金魚呆呆地看著我，金魚身後有一個藏寶箱緩緩打開。

一隻金魚——這倒是很有趣。

「摩爾醫生。」

我轉身看到羅伯特已經打完電話，正面對著我。

「醫生今天過得如何？」

「還好。」我回頭看水族箱。「你養了一隻魚。」

「沒錯，有一位美女告訴我，我應該去養一隻寵物，所以……就這樣了。」

我承認他很圓滑。他對多少女人說過類似的話？幾十個？幾百個？

我再度轉向他說：「你總是做『美女』叫你做的事嗎？」

「這要看是哪位美女。」他這句話雖然說得很輕鬆，但我看得出他臉上的疲憊。他站起來繞過桌子，對我說：「坐下吧。那雙高跟鞋一定讓妳很不好受。」他在一張很大的皮革扶手椅坐下，於是我也跟著坐下。「目前為止，妳的分析進行得怎麼樣？」

「我還不確定。」我承認。「我快速瀏覽了所有凶案，現在正在依照時間順序細讀每一件案子。我目前讀到一半，正在閱讀第三名被害人。」

「諾亞。」

「沒錯。」我注視著他的五官，看出其中帶有僵硬的緊繃感。他不需要心理側寫。他需要的是治療悲傷的諮商師，以及到遠離血腥事件與死亡青少年照片的地方度假。我問他：「你讀完所有檔案了嗎？」

「是的。」

「說實在的，你沒辦法讓自己對這場悲劇變得遲鈍。看其他男孩的死，並不會讓蓋伯的死變得更輕鬆。」

「這樣能夠幫助我。」他嘆了一口氣。「畢竟我不是唯一失敗的父母親。」

「你們都沒有失敗。你應該知道這一點。」

「是啊，不過有太多的小決定有可能改變結果。如果凶手沒有見過蓋伯，就不會帶走他了。」

我搖頭說：「你不應該陷入這樣的想法。對於你責備自己的每一件行動和決定，你應該去看自己的意圖才對。你一直都——甚至連現在也是——盡自己最大的努力要保護他。」

他勉強擠出笑容說：「葛文，我不需要諮商師。我想知道妳有什麼發現。」

他並不知道自己需要什麼，但是我沒有資格去強迫他接受治療。我轉為辦公的模式。「我看了足夠的檔案，可以粗略地描述這名凶手，不過當我讀完所有資料，仍舊有可能會改變這個描述。」

他似乎因為話題改變而稍微鬆了一口氣。「繼續說吧。」

「你對於扎根理論的方法學熟悉嗎？」

「不熟。」

「這是從資料當中歸納出模式、並從資料中產生理論的方法學。對於每一個被害人，我都建立了一份要素清單，其中包含被害人、環境、殺害過程，以及被害人從被拐走到死亡這段期間受到的治療等要素。另外還有棄屍狀況。」我仔細觀察他，思索是否應該在遣辭用句上更小心一點。

他點點頭，眉頭專注地皺起來。於是我繼續說下去。

「當我有了每件凶案的詳盡清單，就可以找到它們之間的共通點，建立模式。不僅針對凶手的一致性，也針對他的不一致性。他對待被害人的手法是否有改變？對象的年紀變得更大或更小、更純真或較少經驗……」我聳聳肩。「目前為止，這些被害人相似到詭異的地步。這就是模式。這一點強烈顯示，兇手要不是把較年輕時的自己投射在被害人身上，就是把他過去遇見過的人投射在他們身上。」

「哪一種比較可能？」

「他過去遇見過的人。」我立即回答。「很有可能是某個曾經傷害過他、造成他心理創傷的人。從被害人被囚禁的期間來看，他受到的凌虐或許維持很長一段時間，有可能延續好幾年。」

「好吧，還有呢？」

「犯案現場經過設計，並且非常乾淨，沒有指紋、ＤＮＡ、輪胎痕跡，或是證據。這些犯罪現場顯然是計畫過的，並且非常謹慎地執行。從犯罪現場和準備屍體的過程來看，我們面對的是非常細心、並且有秩序的人物。這個人很有耐心，也喜歡玩心理遊戲。那些展示自己殺害對象的兇手從一開始就想要得到矚目，而且或許從一開始就計畫了一系列的謀殺。他們對自己的犯案相當得意，並且相信憑自己的能力能夠躲過警察。」

我停頓一下。「即使沒有讀完檔案，我對兇手的這些特質也很有信心。」

羅伯特輕蔑地點頭，顯得不為所動。「好吧，那又怎樣？一個自大、有秩序、喜歡心理遊戲的人物——妳的描述符合這層樓一半的人，包括我在內。告訴我更多資訊吧。」

在接下來的部分，我必須描述凶案細節。雖然是輕描淡寫的描述，但我非常明白自己面對的是悲傷的父親。「我在想凶手可能是雙性戀或同性戀，但是過著異性戀男人的生活，並且對自己的性傾向抱持強烈的羞恥與自我厭惡。」

「妳是根據他和被害人之間的性行為來判斷的嗎？」羅伯特問這個問題時並沒有畏縮的態度，但他採用「性行為」而非「強姦」這樣的說法，本身就是某種情感顯現。

「是的。」我感到猶豫。「蓋伯的性傾向如何？」

他皺起眉頭說：「異性戀。」

「你確定嗎？」

他在椅子上動了一下，心中燃起怒火。我可以看到他刻意讓自己平息下來的瞬間。他能夠像那樣完全封住自己的情緒，實在是太神奇了。如果我能夠把這套行為教給我的病人，我應該會被譽為天才。話說回來，這樣的情緒控制並不是很健康。蒸氣衝出來，才能讓水壺中的沸水溢出。他把一隻手疊在另一隻手上，問我：「妳為什麼這麼問？」

「如果所有被害人都是同性戀，或是有同性戀傾向，那就能夠告訴我們很多關於血腥紅心殺手的事，以及他為什麼挑選那些男孩。」我停頓一下，又說：「還有，我也想要找出蓋伯的死法和其他人不同的原因。」

羅伯特用食指揉了揉嘴脣，然後在座位上坐正，說：「妳指的是乾溺水吧。」

「是的。」我想要道歉。我很討厭這段談話的方向，不過是他開啟這段旅程的。如果他要替湯普森辯護，將來就得面對更多像這樣的討論。「這是很明顯地加強了攻擊性。更加殘暴，造成更大的痛苦，並激發更多的情緒。這顯示著失去控制。問題是，為什麼？為什麼是蓋伯？」

「理由絕對不是因為蓋伯是同性戀。」羅伯特諷刺地說。「我根本沒辦法讓他遠離女生。在他被拐走的兩個星期前，我們還在擔心他的女朋友是不是懷孕了。現在……」他嘆了一口氣。「我一直在想，要是她真的懷孕，就能生下和他擁有同樣的眼睛、同樣的笑容的嬰兒——」他的聲音變得沙啞，於是清了清喉嚨。

我迅速接著問：「蓋伯會不會喝酒？他會吸毒嗎？」

「他會喝酒，不過沒有喝很多，大概就是在高中派對上喝的。至於毒品……」他擺出苦澀的表情說，「我確定他曾經在某個階段吸過大麻。至於其他更硬性的毒品——我很小心地觀察他，知道他並沒有吸食的習慣。」

「好吧，這一點很有幫助。」我想到辦公室裡大量的手寫筆記，其中有很多旁邊都註記了很大的問號。我思索著還要跟他分享多少。「我感覺……好像有哪裡怪怪的，不過我還不確定那是什麼。」

這句話吸引了他的注意。早知道我就不應該說出任何還不確定的事情。他問：「什麼東西怪怪的？」

「我說過了，我還不知道。我只是有這樣的感覺。我不知道那是被操作的證據，或是欠缺的線索，不過有某樣我無法掌握的東西。」我聳聳肩。「也有可能什麼都沒有。也許只是我搞錯了。」

「妳也可能猜對。」

是的，我有可能猜對。該死，我猜對了。一定有哪裡不對勁。每次我想要在兩個想法之間畫線連起來，總是會有些許偏差。我漏掉了某樣東西。如果不趕快弄清楚那是什麼，我的頭髮就要掉光了。

＊＊＊

半小時之後，我坐在會議桌前用紙吸管吸著健怡可樂，瞥了一眼坐在對面的羅伯特，問他：「你希望我在檔案中怎麼處理史考特的證詞？」

「完全略過。」他邊說邊用紙巾擦嘴巴，手中拿著從大廳熟食店買來的義大利潛艇堡。「他在說謊。」

「針對什麼說謊？」我反問。「你不認為他是被拐走的？」

「不，我認為他是被拐走的。不過在關於湯普森的事情上，他說了謊。」

「為什麼？」

「他為什麼不會說謊？」他反問。「他被加州近年來最惡名昭彰的連環殺手抓走，誰知道凶手拿什麼來威脅那孩子？每個人都以為那孩子是逃出來的，但是如果不是呢？如果是凶手放他走的怎麼辦？」

「放他走？」我皺起眉頭。「為什麼要放他走？」

「妳才是心理學家。」他放下手中的潛艇堡，拿起汽水。「假設妳確定是凶手放他走的，那麼為什麼要放他走？妳對於其中的動機，能夠提供什麼樣的心理分析？」

我嘆了一口氣，咬了一口自己的三明治，思索這個想法。我緩緩咀嚼，然後吸了一大口汽水，把食物沖進肚子裡。

「凶手不會放他走。凶手以更殘暴的手段殺死第六個被害人，卻放走了第七個？這並不——」這時我想到一個可能性（雖然機率很低），因此停下來。「等等，如果凶手真的放走了他……」我姑且承認這個假設，「雖然這樣的可能性很低，不過如果是真的，那麼就是事先計畫好的。凶手這麼做有特定的理由。由我來猜的話，就是某種退場機制。凶手必須放走史考特，以便……」

我閉上眼睛，試圖理解血腥紅心殺手為什麼要做這種莫名其妙的事。這是跟當局玩的某種遊戲嗎？

「以便讓史考特可以指控其他人。」羅伯特堅定的語氣讓我張開眼睛。這位律師正在點頭，似乎很滿意這個說法。「他要找一個代罪羔羊。」

「哇哦。」我舉起一隻手。「這樣太跳躍了。別忘了湯普森屋子裡那些戰利品。」

「那有可能是被人栽贓的。而且警方還沒有找到手指。」

我皺起眉頭。「你是指被害人的小指？」

「嗯，警方徹底搜查過湯普森的屋子，沒有發現任何DNA證據，也沒找到小指。妳說血腥紅心殺手做事很有秩序，事先計畫過犯罪的每一部分吧？所以這就是他的計畫：放走史考特，讓他指認另一個人。」他打開一包洋芋片，挑起眉毛看著我，要我對這個想法提出異議。

我雖然不願承認，不過這個假說並不誇張。我猶豫了一下，然後說：「目擊者證詞很有說服力。」

「很有說服力？」羅伯特搖搖頭。「去他的！它們的效力太強大了。相信我，我每天都在面對陪審團。如果史考特在法庭上控訴湯普森，說湯普森脫光他的衣服、把他綁在床上，效果絕對勝過在垃圾場找到的頭髮纖維。在那之後，警察就會停止調查，缺乏證據也不再重要。」

「所以這就是你的辯護方式？」我收拾我的垃圾塞入袋子裡，然後越過桌角要去拿他的垃圾。我們的膝蓋碰在一起。「你想說史考特在撒謊？」

「妳曾經拿叉子打開過手銬嗎？」

「沒有。」我回答。「你呢？」

「沒有人做過。這是不可能辦到的。」他舉起一隻手。「好吧，不是不可能，不過沒辦法一隻手辦到。而且看看那些驗屍照片，留在手腕上的是繩索的痕跡，不是手銬。這些男孩是雙手張開被綁在床上，不是雙手湊在一起被鎖在散熱器上。」

「這個說法太勉強了。」我爭辯。「你做了太多誇大的假設。」

「葛文。」他稱呼我的名字，引起並維持我的注意。「如果我猜對了呢？」

如果他猜對了，就意味著兇手仍然逍遙法外，嘲笑著我們。

史考特成為媒體寵兒，湯普森被關在單人牢房裡，而兇手仍舊是自由的。這是個嚴肅而可怕的想法，畢竟羅伯特說對了一件事：警方此刻並沒有在調查。

他們放鬆心情在慶祝破案。

「如果你搞錯了，結果還讓湯普森得到自由——那怎麼辦？」

「我沒有搞錯。」

他注視著我的眼睛。有一瞬間，我看到他的痛苦。赤裸而未經過濾的悲傷，沉重地壓在他駝起的肩膀和繃緊的脖子上。

也許他搞錯了，但他是個受傷的父親，而我無法為此爭辯。

第二十三章

三天後，我坐在休息室的吧檯前，看著史考特對著貼了27頻道標籤、裝了絨毛的麥克風說話。

「這是我在生命中得到的第二次機會。」十七歲的青少年說，「這讓我想要做一個更好的人，才不辜負賜給我的這個生命。」他朝著鏡頭擺出笑容。這個男孩無庸置疑長得很帥。他擁有所有能夠迷倒十幾歲女生的特質，而這一點也能從他旺盛的人氣得到證明。昨晚我去看他的社交網站，震驚地發現他的粉絲人數已經接近一百萬。

雅各發出噓聲，喝光他的 Mello Yello 汽水。「這傢伙太愛鏡頭了。我敢打賭，他一定每天晚上都在鏡子前面練習這些臺詞。」

我並不反對他的說法，不過去謾罵一個唯一躲過其他六名被害人恐怖結局的青少年，感覺是不太對的。「不論是不是太做作，他說得沒錯。」我邊說邊把手伸進微波爐爆玉米花的袋子裡。「他的確逃過死劫。經過這樣的遭遇，很多人都會對人生產生不同的態度。」

梅瑞迪絲原本坐在桌前看著手機，此時抬起頭說：「你們有沒有注意到，他在這些採訪當中其實什麼都沒說？」

我注意到了。前一天，我看了所有能找到的他上過的電視和收音機節目。梅瑞迪絲說得沒錯，他略過他被囚禁的期間，也幾乎沒有提及那個據說把他關起來的男人。

採訪者繼續問：「在湯普森綁架你之前，你跟他有多少程度的交流？」

「哈登先生不會回答這個問題。」史考特的律師胡安・梅蘭德茲踏出一步打斷對方。雅各再度發出噓聲。我咧嘴笑了，享受著整整一天花在死亡檔案之後的輕鬆時刻。

我讀到第四名被害人，不得不休息。這一切實在是太悲慘了。六名聰明而具有才華的生命被奪走，六個家庭——父母親、兄弟姊妹、祖父母——的生命也無可挽回地被破壞。這都是為了什麼？為了一個變態傢伙的扭曲樂趣。那個人物是湯普森嗎？我亟欲調查他，看看他是否符合我的側寫，但還是忍住了。我不能讓他的真實面目左右我的分析，因此我在腦中把自己對這個男人的知識隔離開來，必須再過一陣子才能解封。

梅瑞迪絲若有所思地說：「我不了解他為什麼要上這麼多節目。我每天打開電視都會看到他。他不是應該在家跟他的爸媽在一起嗎？」

「他是個有機會成名的青少年。」我抓了一把爆玉米花放入嘴裡。「還有，他也許在迴避情緒低潮。他會在不久之後碰上這個情況，然後就會崩潰。不過他現在仍舊在藉由這一切來讓自己分心。」

我們看著鏡頭切換到各個被害人的照片集錦。我看著那些此刻已經牢記在心中的青少年臉孔。蓋伯的照片出現了。當我看到他是如此神似羅伯特，心情就變得很沉重。他們擁有同樣深色的頭髮、同樣精明的雙眼。他長大之後一定會成為令人心碎的傢伙，就像他爸。

在節目開始報導湯普森之前，我便把椅子從吧檯推開。「我得回去工作了。雅各，我在一點跟路克・埃騰斯有約。」

雅各扮了一個鬼臉，壓扁喝完的汽水罐。「是啊，最好是他會來。那傢伙是個混蛋。」

我對此無話可回。路克的確是個混蛋，而且是我的病人當中最反覆無常的。他在前兩次會談時都爽約，而這樣的行為對他來說很普通。他會有一陣子定時來會談，然後離開城市，或是一整個月都爽約，然後又突然出現，彷彿什麼事都沒發生。

我並不在意。跟他會談很耗費心力，而且他也會毫無怨言地支付爽約的帳單。我從罰款賺到的錢跟從看診時間賺到的一樣多。

「他今天早上打電話給我，所以我想他應該會過來。」路克今天一大早的電話是他典型的風格，簡短而苛刻，在三十秒鐘內咆哮著要我告訴他約定時間，然後就唐突地掛斷。

「妳要在會議室見他吧？」

「嗯。」我把爆玉米花的袋子丟到垃圾桶裡，喝完剩餘的汽水。梅瑞迪絲喃喃地說了聲再見，注意力仍放在電視上。

＊　＊　＊

路克・埃騰斯穿著亮紅色的褲子和印有渦紋的襯衫，坐在我對面。他是個活生生的矛盾。要是我必須替他做心理側寫，其中一定會有很多問號和空白。

路克有強烈的不安全感和被拋棄感，外加三倍的無法控制的憤怒。當他的妹妹兩年前訂婚時，路克受到刺激而放火燒了她的車子，當時他們兩人都在車裡。路克無法妥善處理壓力與高漲的情緒，也因此他此刻正處於換氣過度的狀況。

「呼吸。」我堅定地指示他。「把雙手圈在嘴巴前方，把空氣吸進肚子裡而不是胸膛裡。」

他費力地喘氣。

「現在停止呼吸十秒鐘。」

他對此搖頭，雙手仍圈在嘴巴前面。我挑起眉毛看著他，說：「路克，相信我。停止呼吸十秒鐘。這樣可以讓你重新調整心情。來吧，我跟你一起做。」我誇張地表演吸氣的動作，並停止呼吸。他猶豫了一下，然後跟著我做。

我舉起一根手指，接著舉起兩根，和他一起停止呼吸並數到十，接著緩緩地吐出氣，並提醒自己雅各就在門外。如果路克從桌子對面撲向我，至少也要花一分鐘才能把我勒死。

當我拒絕在平常的地點、也就是我的辦公室與他會談之後，他的恐慌症就發作了。他指控我在會議室裝竊聽器，於是我提議把我們的會談延後到下星期，到時我的辦公室就會恢復秩序，但他拒絕了，說他必須現在跟我談，因為有事發生了。當我問他發生了什麼事……就變成這樣了。

他的喘息逐漸得到控制。我坐在原位，看著他把頭靠回旋轉椅上並大口吸氣。他向來就有戲劇性的天賦。在我第一次跟他會談的時候，他曾非常用力地敲我的桌子，害我的筆筒都倒了。我猜他之所以生氣，是因為我收的費用。想到他的財力，這一點實在很好笑。埃藤斯家族是巨大批薩連鎖店的創立者，在全球有四萬兩千個外送及外帶門市，而路克・埃藤斯是埃藤斯家族的長子。我一開始不知道這個數字，不過路克每當感受到自己的男子氣概與權威受到質疑時，就會大聲吼出這個數字，而這種事又常常發生。

多虧路克是埃藤斯家族的一分子，要不然一般人在他妹妹遭遇到那種事之後，一定會被關進監獄。他必須請律師團隊來說服法官那場火是「意外」，另外也得請整形外科團隊來修復那場火造成的傷害。即使過了兩年，我仍舊看得出他的下巴邊緣肌膚移植的痕跡，以及左眼周圍的傷痕。他的妹妹在他點燃火柴之前，被他澆了汽油，因此傷勢更嚴重。羅拉後來和她的未婚夫搬到佛羅里達，因此我沒有跟她談過。她還對路克申請限制令，但路克已經違反了兩次。

路克的呼吸穩定下來。我繼續等待。

我們開始會談已經過了二十分鐘，我仍舊不知道他究竟遇到什麼刺激性的事件，不過我希望可以在接下來的三十五分鐘內解決它。

又過了三分鐘。路克通常不會拖延時間。他隨時都會——

「妳知道那個被抓到的連環凶手嗎？」

我把手指攏在一起說：「知道。」

「妳有什麼看法？」

我謹慎地挑選接下來要說的話。「我沒有什麼看法。他被拘捕了。」

「他是妳的病人嗎？」他的呼吸開始變得費力，眼睛張大，情緒逐漸失控。這並不是好跡象，尤其對於像路克這樣的人來說更不好。

「不是，他不是我的病人。」**現在也不是**——我告訴自己。委託我的是羅伯特，不是湯普森。

「妳知道嗎？他是我以前的**老師**。」他嘲諷地說出這個詞。

我眨了眨眼睛。「他是你的老師？在比佛利高中？」

這並不是太大的意外。有錢家的小孩都去比佛利高中或蒙布里耶高中。路克比史考特大了十歲，不過湯普森在那裡教科學課已經超過二十年。

路克從座位起身，走向我。我透過會議室的玻璃牆瞥了一下外面，看到雅各在看我們。我注視他片刻，接著把注意力放回路克身上。

他在我面前停下來，皮帶釦擦在會議桌上。他湊向我，近到我可以聞到他的口臭。

「接待員提到他的名字，所以他是妳的病人嗎？」他發出嘶嘶的聲音，唾液噴到我的下巴。

也許我應該讓這傢伙因為過度換氣而死掉的。

「路克，你必須離我遠一點。」我平靜地說。

「那個變態，」他冷冷地說，「把他的——」

會議室的門被用力打開。「沒事吧？」雅各問。路克轉向他。我趁機把椅子往後滾動並站起來。

我在視野邊緣看到路克的雙手握緊拳頭。他的情緒開始高漲。雖然我不認為他會傷害我，不過雅各就另當別論。

「路克，我們改天再繼續談吧。」我繞過桌子尾端，讓桌子保持在我和路克之間，並且把雅各推到走廊。

我回頭看路克，對他擺出我最冷靜並安撫人心的笑容。「如果你要在今天繼續這場會談，就打電話給我吧。你有我的電話號碼。」

他從嘴脣之間吁出憤怒的氣息。我想起在汽車失火後的媒體報導。影片中，他的妹妹在擔架上尖叫。我轉身直接走過接待區，朝著梅瑞迪絲的辦公室前進，並示意雅各跟隨我。梅瑞迪絲正在講電話。我進入她的辦公室之後就關上門並鎖上。

她立刻掛斷電話。「發生什麼事了？」

「也許沒事，不過為了保險起見，還是打電話給警衛，請他們過來吧。」

她撥了樓下管理室的電話，轉達訊息。我把耳朵貼在門上，努力想要聽出走廊上的動靜。我聽到咆哮的聲音，接著是敲打木頭的聲音。那是一扇門。當我聽到更大的撞擊聲，便挺直背脊，警覺變得更高。這個聲音不是來自大廳，而是來自梅瑞迪絲的牆壁另一邊。

路克進入了我的辦公室。

第二十四章

我首先擔心的是我們的第三位合夥人，馬修。那位嬌小的精神科醫生外型就像田鼠一樣。我用氣音呼喚梅瑞迪絲，要她打電話到馬修的手機，希望馬修此刻關在辦公室裡並鎖上門。路克不應該去找馬修。要找的話，他看到我的牆上都是血腥紅心殺手的筆記，一定會產生誤會來找我才對。

「發生什麼事了？」梅瑞迪絲來到我身旁問我。「我是指，除了妳顯而易見臉色蒼白以外。」

「他在我的辦公室裡。」

「所以呢？」

「他跟湯普森有過節。他剛剛才問我是不是在替湯普森辯護。」

「妳沒有。」

「沒錯，可是——」我把手揮向自己辦公室的方向。「他看到我目前的工作，一定不會這麼想。」用粉筆寫在牆上的被害人名字、分類標題、筆記、排列整齊釘起來的犯罪現場照片——他絕對不會錯過這些。我抬起頭豎耳傾聽。路克很安靜，或許是站在原地盯著這一切。

警衛為什麼拖了這麼久都還沒過來？

梅瑞迪絲輕聲問：「我可以問一下，那傢伙的問題是什麼嗎？」

我回答：「我希望我有一個簡單的答案。」以非專業的說法來說，路克是一個行走的火車事故。以專業的說法來說，應該把他視為反覆出現的共變特徵模式，而不是單一的診斷類別。

「不過他有暴力傾向吧？」

「他常常會失控發脾氣。」然而他不只是發脾氣而已。在他爆發之前，會有預謀的過程。在他妹妹的事件中，他事先買了兩個罐子，裝滿汽油，然後在他妹妹的工作場所外面坐著等了兩個小時，等她走出來。在這兩個小時當中，他的憤怒不斷增長，並發展為堅定而致命的決心。「沒錯。」我修正說法：「他非常暴力。」

這時傳來一陣敲門聲，讓我們都嚇得跳起來。梅瑞迪絲低聲說：「不要說話。」

「摩爾醫生？布蘭克納醫生？我是警衛室的巴特。」

我立刻扳開門鎖，把門打開一條縫，看到警衛站在外面。「你們抓到他了嗎？」

「他們在電梯前方攔住他，帶他到管理室。」巴特摸了摸他的光頭，然後又抓抓後腦杓。「他說他沒有做任何壞事，只有打破一盞燈而已。他說妳可以寄帳單給他。」

「好吧。」我拉了拉上衣，對於我們像小孩子一樣躲在辦公室裡感到不好意思。「瑞克醫生——我們的精神科醫生，他也沒事嗎？」

「我沒事。」馬修靦腆地從角落探視我們。「為了應付埃騰斯先生破門而入的情況，我制訂了緊急計畫，不過他沒有撞破我的門。」

「我反倒希望他撞破門。」巴特從腰帶取下對講機說，「這樣我們就可以報警，指控他攻擊我們。像現在這樣，我們只能讓他離開。」他把對講機舉到嘴邊，下達指示。

「沒關係。」我抱著自己的身體。「我只希望他離開這裡。你能想辦法讓他不要回來嗎？」

「嗯，我們會把他加入黑名單裡。別擔心，醫生，我們會保護你們。」

我們會保護你們——這是不可能的。巴特的團隊很優秀，而他們的存在也是我選上這棟大樓的原因，可是他們能做的只有這麼多，而且他們的保護也只到大樓門口為止。

警衛走向電梯之後，梅瑞迪絲問我：「妳還好嗎？」

「嗯。」我沮喪地用手梳了梳頭髮。「我不希望讓你們陷入危險。」

「別這麼說！」她揮了揮手。「妳得忍受我那些變態病人在等候室盯著妳看，而我們都得忍受馬修那些憂鬱的病人。妳有沒有在電梯裡跟他們聊過天？我敢打賭，他們的憂鬱具有傳染性。」

變態——我想起路克陰沉的表情。他當時氣憤地說，「那個變態把他的——」

湯普森對他做了什麼？路克的脾氣不是最近才出現的。他一輩子都有這樣的脾氣。要是湯普森在他還是青少年的時候騷擾他，他一定會反抗。

梅瑞迪絲戳了我一下。我勉強回到對話。「妳說得對，當我們得應付妳的病人把洗手間的護手霜全部用光，誰還在乎有人的喉嚨被割斷呢？」

她笑了，眼角擠出皺紋。「沒錯，看吧？」

「我要去看一下我的辦公室變得多糟。」我感激地對他們笑了笑，然後離開梅瑞迪絲的辦公室，進入我原本以為是自己聖殿的地方。

室內還算整齊，只有玫瑰金與玻璃製檯燈被摔破在我的書桌旁邊。從衝擊的力道和向外灑出的玻璃碎片來看，檯燈應該是直接被摔在地面。路克應該是把這盞燈高高舉過頭頂，再摔向暗色的木地板。

我很喜歡這盞燈。這是我搬到這間辦公室時，我媽媽送給我的禮物，因此是無法取代的。我蹲在外殼被撞碎的檯燈前方，把手圈起來，收拾地上的碎片。

「給妳。」雅各拿了我平常放在咖啡機旁邊的銀色垃圾桶過來。「妳為什麼不讓我來收拾就好了？」

「不用了。」我將一把玻璃碎片倒入垃圾桶裡，從他手中拿走垃圾桶。「我來處理就好，你得回到服務臺。」

他猶豫了一下，然後點頭。我繼續收拾，盡可能撿起所有碎片，留下一些粉狀的碎屑，留待每兩個星期來一次的清潔人員來處理。我站起來，環顧一百八十度，試著用路克的角度來看整間房間。寫滿細節的牆面、照片、散落各處的檔案、忘在我先前坐著的椅子旁邊的咖啡杯——我走到書桌後面，用挑剔的眼光檢視上面的東西。我的行事曆是闔上的，電腦鎖上並進入睡眠。便條紙上畫了些塗鴉並寫了幾行字，不過除了我以外沒有人會看得懂。在電話機旁邊，羅伯特的名片靠在我的鎮紙上。我皺起眉頭拿起這張名片。路克看到這張名片了嗎？如果他看到了，對他來說會有什麼意義嗎？

我來不及再度考慮就拿起電話筒，撥了羅伯特辦公室的電話號碼。

「克拉斯特與凱文律師事務所。」

「請找凱文先生。」

「可以請問您有什麼要件嗎？」

「我是葛文醫生，是關於藍道爾・湯普森的事。」

「請稍候。」

電話中響起柔和的旋律。我把一張椅子拉向書桌，然後坐下來。我閉上眼睛，緩緩吐氣，提醒自己剛剛對路克說過的話：用腹部呼吸，放輕鬆。他不是第一個對我發飆的病人，也不會是最後一個。

「嗨。」

羅伯特熟悉的招呼聲在我心中激起愚蠢的情感。我說：「很抱歉打擾你。我知道你很忙。」

「沒關係。有什麼事？」

「或許沒什麼問題，不過我還是想要跟你說一聲，以防萬一。有個病人剛剛離開我的辦公室。他的名字是路克．埃騰斯。他對於湯普森被捕一事有些過度執著。他問了我很多問題，想要知道湯普森是不是我的病人。」我停頓一下。

羅伯特回答：「他不是。他是我的客戶。妳是受到委託當我的顧問。」

「我知道。我沒有對他說這麼多，只有否定。他繼續追問，不相信我的說法，變得有些激動。」

「他具有暴力傾向嗎？」羅伯特的口氣很平靜，字句經過斟酌，幾乎顯得冷酷。

「他過去是如此。」我將捲曲的電話線纏繞在手指上。「他闖入我的辦公室，看到我的筆記和檔案。雖然很短暫，不過如果他先前懷疑湯普森是我的病人，現在應該已經深信不疑了。」

「妳擔心他會再去找妳嗎？」

「我桌上放了一張你的名片。我擔心他看到之後，接下來可能會去你的辦公室。如果你讓我聯絡你們大樓的警衛室，我可以描述他的外型特徵。」

「我剛剛在網路上查了他的資料。我有一張照片，是這個人嗎？他放火燒了他妹妹？」

「很不幸地，就是他。」我清了清喉嚨。「他說湯普森是他以前的老師——」

「這支電話並不安全。」他打斷我的話。「我們明天再繼續談吧。兩點約在我們這裡。」

我低頭俯視地板，看到靠在桌腳的皮包，不禁僵住了。皮包是打開的。

我伸手把它從地板上拿起來。

我從來就不會在皮包裡塞滿東西。我不會攜帶ＯＫ繃、藥劑、支票或手機充電器。我的皮包仿照我的屋子，只放了最低限度的東西，並且整理得井然有序。在這個香奈兒包包理，放了我的口紅、蜜粉、攜帶用的一包面紙、一支筆，以及一小罐薄荷糖。

我的錢包和鑰匙都不見了。

我不需要回想自己經過的地方，或試圖想起自己是不是把錢包忘在哪裡。我沒有忘了錢包，而且我今天早上才用鑰匙打開辦公室的門。如果它們都不見了，那麼就是被拿走的。我想到我的駕照上有家裡的地址。

「葛文，妳還在聽嗎？」

「我得走了。」我虛弱地說。

「發生什麼事？」

「他拿走了我的錢包和鑰匙。我得走了。」我必須更換家裡的鑰匙。他現在是不是已經前往我家了？如果是的話，為什麼？我想到他把一桶汽油倒在他妹妹身上，想到他對於火的偏執。他常常提起這件事。我想到我美麗的房子，以及辛辛苦苦收集的每一件東西。克萊門汀也在屋裡，貓門牢牢地上了鎖。「我待會再打電話給你。」我站起來抓起皮包，這時才想到我的車鑰匙也不見了。

羅伯特問：「妳要去哪裡？」

「我的貓在屋子裡。如果他闖進去——」

「我的辦公室比較近。我現在就過去。妳先報警，然後到那裡見我。」

我還來不及回應，他就掛斷電話。

第二十五章

一輛警車和羅伯特光鮮亮麗的賓士汽車停在我的車道上。當雅各把車停在路旁讓我下車時，我心中的憂慮總算放鬆了。他隔著擋風玻璃眺望站在我的草坪上的兩個男人，問：「那位就是律師嗎？」

「嗯，就是他。」我解開安全帶。

「他是個帥哥。」

這是雅各第一次對男人發表評論。我壓下內心的驚愕，說：「沒錯，他很帥。」

「妳要我陪妳進去嗎？」

我伸手捏了捏他的前臂，說：「你今天做的已經夠多了。回家吧。還有，我希望你明天請一天假。我會寄 email 給明天約好的病人，取消約定。梅瑞迪絲和馬修可以自己應付一天。」

他抗議說：「不用了，我沒事。」

「別這麼說，真的。放一天假，好好享受三天的週末吧。」我打開車門盯著他，直到他讓步。

「好吧。」他咧嘴笑了。「謝啦，醫生。」

「謝謝你載我回家。」我走出有凹陷的 TOYOTA 汽車，關上車門。我檢視路上有沒有來車之後，越過馬路，爬上院子草坪上的小斜坡。

「嗨。」我對那名警察和羅伯特點頭。「我是這裡的屋主，葛文・摩爾。」

「我是基特警官。」警察伸出手，我便跟他握手。「我們檢查了一下周邊，不過屋子的門都是鎖上的，沒有看到任何人。」

「謝謝，我有一支藏起來的鑰匙。如果你不介意的話，希望可以陪我一起進入屋子裡檢查一下，我會很感激的。」

「那當然。」警察點了點頭，羅伯特也同樣點頭。我注意到他關切的眼神，對他感激地笑了笑，然後越過他們，沿著車道前往側門。

羅伯特緊跟著我。「妳不要緊嗎？妳的臉色很蒼白。」

「不要緊。我只是度過了一個瘋狂的下午。」我在側門前方停下來。「請你轉向另一邊。」

「什麼？」

「我不想讓你看到我藏鑰匙的地方。轉過身吧。」

他抬起嘴角，對我說：「這道門廊很小，我可以自己找到。」

在沉重的壓力之下，出現了短暫的放鬆時刻。「我很擅長藏鑰匙，你絕對找不到。」

他舉起雙手表示投降並轉身，我便從門廊燈的上方抽出鑰匙，打開門鎖。原本在車棚用無線電通話的警察走過來，一隻手放在槍托上。「摩爾小姐，讓我先進去檢查屋內吧。」

「當然了。」

克萊門汀鑽出門，跑到院子裡。我看到她在車棚的盆栽前煞住腳步，檢視剛冒出來的鬱金香花苞，便鬆了一口氣。我說：「那是我的貓。屋裡應該沒人。」警察點點頭，走入屋裡。

我們陷入一陣尷尬的沉默。我靠在柱子上，對羅伯特說：「你不需要過來。」

「他會去找妳，是我造成的。」他把手錶的錶帶穿過錶釦。「我覺得自己有責任。」

我哼了一聲。「你不需要承擔責任。我常面對高風險的病人，有時他們會因為很細微的理由觸發。」

他靠在另一根柱子上，用手撫平領帶表面。「妳怎麼會選擇這樣的專長？這感覺有點……」他瞥了我的屋子，尋找適當的詞。「恐怖。」

我看著克萊門汀跟蹤一隻蜥蜴。「『人』這個主題總是吸引我，包括他們的動機或是決定。我喜歡去研究人的大腦是如何運作的。」

「這並沒有回答我的問題。」

「有。」

「妳可以去研究正常人的大腦。為什麼要專注在個性殘暴的人？」

「為什麼要替罪犯辯護？」

他擺出不覺得好笑的笑容。「葛文。」

我把雙臂交叉在胸前。「這個問題沒辦法很簡短地回答。」

「我可以理解這一點。」他注視著我的眼睛。「妳何不在晚餐時告訴我呢？」

「唉……」我皺起鼻子。「怎麼說呢？從我們正在做的工作來看，也許我們應該保持專業的界線。」

「也許我想要跳過那條線。」

我露出微笑。「也許改天晚上吧。」

這個拒絕宛若橡皮球般從他身上彈回來。「我不會放棄。」

「這句話就跟我治療過的每個跟蹤狂說的一樣。」

他露出苦澀的表情。「說得好。不過妳還是得吃東西。我今晚可以帶些東西過來。有人陪伴會比較安全，以免那混蛋出現。」

在我面前有太多警報：自信的眼神接觸、嘴上戲弄的曲線、隱藏不住的罪惡感——如果他要在一份女性名單當中尋找可以轉移他罪惡感的對象，那麼他可以找別人。我曾經成為他的對象，享受和他在一起的時光。與羅伯特在一起的一晚很有趣，但第二次或許會在我心中啟動一場危險遊戲。

話說回來，他是個英俊、聰明的男人，也是個技巧佳而慷慨的情人。如果我不抓住這個機會，不就是白痴嗎？他難道不是這座城市裡所有女人追求的理想對象嗎？

再加上我已經完成心理側寫的初稿，剩下的只有一些需要微調和潤飾的地方，另外還要幾天的時間，讓我的最終決定在腦中適當地沉澱。如果能夠把我感到膠著的部分拿出來和他談，徵求他的意見，應該會很有幫助。

他問：「我怎麼覺得妳好像正在腦中列出利弊清單？」

「因為我的確正在列出清單。」我瞥了一眼敞開的通往廚房的門，思索著那名警官還要花多少時間。

「我知道有哪些『利』，至於『弊』有哪些呢？」

「首先是自尊心。」我對他擺出心照不宣的表情，但他揮手表示不同意。

「還有什麼？」

「我並不習慣失戀。你也許常常約會，但是我沒有。」

他的注意力從我身上轉移到街道。我回頭看到一輛深色的轎車在路旁停下來。羅伯特移動到我前方，問我：「那該不會是妳的病人吧？」

「不是，除非他的法拉利送修了。」我瞇起眼睛看那輛車，當我看到一名高高的黑人男子下車，心中的憂慮就消失了。「啊，我認識他。」

我繞過羅伯特，在車道的半途迎接薩克斯警探。「一切都還好嗎？」

「應該由妳來告訴我，摩爾醫生。我在無線電聽到妳的名字和地址。妳又殺了另一個病人嗎？」他朝我擺出無趣的笑容。

「真有趣。」我平淡地說。「我是為了預防萬一才打電話給警察。有人偷了我的錢包和鑰匙。」

他把雙手放在屁股上，問我：「妳打算換鎖嗎？」

「嗯，鎖匠已經在路上了。」

薩克斯的視線移到羅伯特身上，羅伯特從我身後走向前方。薩克斯問他：「你在這裡做什麼？」

羅伯特伸出一隻手，說：「我叫羅伯特・凱文。我正在和摩爾醫生共同處理一個案子。」

警探盯著他的手思索片刻，然後拒絕握手。「凱文先生，我認識你。奈爾森・安德森殺死他太太之後，是你為他脫罪。」

「如果我為他脫罪，他就不會被關在監獄裡了。」羅伯特的表情顯得愉快，與板著臉的薩克斯警探形成尖銳的對比。

「你讓他達成狗屁認罪協議，他在五年內就會被釋放了。」警探的注意力回到我身上。「摩爾醫生，妳可以選擇更適合的朋友。」

我沒有理會他的嘲諷，問他：「你有任何關於約翰・亞伯特的最新消息嗎？」

雖然外面的太陽沒有很大，他仍瞇起眼睛看我。「沒什麼可以分享的情報。」

沒什麼可以分享的情報？這是什麼意思？

他的視線掃過我的院子。「好吧，看來這裡的一切都相當平靜。如果沒人需要我在這裡，我就要離開了。」

我心想，**沒人需要你**。我咬牙切齒地說了一句「謝謝」。他打開車門，打量了我最後一眼，然後就上車離開。我對他揮手。

羅伯特說：「那傢伙真有趣。我想他對妳的信任程度就跟對我一樣。」

我轉頭看他，說：「他是在開玩笑。」

「是嗎？」在片刻的緊張氣氛之後，他露出微笑。我朝他擺出僵硬而不自在的笑容，接著把頭轉向旁邊，瞥到基特警官來到家裡的玄關。

「屋裡沒有問題。」他邊說邊撐住打開的門。

「謝謝。」我走過他身旁，進入屋裡，環顧四周看到一切都很整齊，我的廚房也沒有弄髒。

「妳請了鎖匠嗎？」警官在我身後問。

「是的。」我轉向他。「他們應該隨時都會到這裡。」

「我可以在這裡等到他們來。」

「不用了，我沒事，謝謝。」

「我會留在這裡陪她。」羅伯特走進來。

警官輪流看了我們兩人，點了點頭。我們互相道別時，他給了我一張名片。我現在已經收集到他和薩克森警探的名片。

等到只剩下我們兩人之後，羅伯特挑起眉毛對我說：「就這麼說定了，今晚一起吃晚餐，約在……七點？」

我感到猶豫。我很了解對我來說羅伯特最大的問題，就在於我受到他吸引。即使此刻我為了路克的事勞神費心，還有一名警官從我的車道離開，我的身體仍舊對他的存在產生反應。如果他跨向前，如果他攬住我的腰，把我拉向他……我就會無法抵抗。接下來會怎麼樣？

如果我再次跟他上床會怎麼樣？不是兩個喝了廉價啤酒的陌生人，而是以摩爾醫生和凱文律師的身分——共享許多祕密的工作夥伴——那會怎麼樣？

第二十六章

我的門鈴在六點五十七分響起。我從前門的玻璃窗往外看，發出洩氣的嘆息。

羅伯特又帶了鮮花。上次的花甚至都還沒枯萎。我還來不及思考，就用力打開門。「你又帶了花？」我以質疑的眼光看著那束花。

他拍了一隻蚊子，對我說：「我從小受到的教育，就是到別人家作客時一定要帶禮物。我會送男人蘇格蘭威士忌，送女人鮮花。希望妳別介意。」

「這是性別歧視。」我露出笑容。「我得鄭重聲明，我也喜歡蘇格蘭威士忌。」

「我會記住的。」他一進門就拉上門，並鎖上門閂。「這裡的蟲真多。」

我盡量不去看鎖上的門。門鎖的金屬配件嶄新而亮晶晶的。我提醒自己，他是來這裡保護我的。除了我放在大衣櫃裡的球棒之外，又增添了人力的保護。

他在玄關停下來，嗅了嗅氣味。「我聞到美食的味道。很抱歉讓妳下廚，不過我很渴望再吃到妳的料理。」

我並沒有回應，內心仍舊對這頓晚餐有些反對。我提出過異議，他則反駁我，而跟一個律師辯論是很難辯過對方的。部分原因是因為我無法告訴他我真正害怕的理由。與其說是為了我的法律名聲，更主要的是因為每當我們視線接觸，我心中就會燃起脆弱的希望並受到吸引。

我們的視線常常接觸。這也是我必須克制的另一件事。

「我去把這些花泡到水裡。」他前往水槽。我注視餐桌，很慶幸自己沒有拿出蠟燭和真正的瓷器，而是端出紙盤和可拋棄的刀叉。如果這樣還不能夠傳達非浪漫的訊息，那麼我身上穿的運動褲和寬鬆T恤應該能夠補足門面。

水龍頭打開了。我扳起指關節發出聲音。這是我在緊張時無法改掉的習慣。

「妳應該還沒得到關於那個病人的消息吧？就是那個拿走妳錢包的病人。」他轉頭說話，好讓我聽得更清楚。他仍舊穿著西裝。我拉了拉T恤的下襬。也許我穿得太休閒了。我必須考慮到會給人「此地無銀三百兩」的印象。

他剛剛問我什麼？關於路克？我清了清喉嚨說：「沒有。」警方到他家詢問他的管家，但他們沒有找到那位披薩集團繼承人。

「妳對他的精神狀態有什麼看法？」

「我不確定。」我老實回答。「我必須跟他談，解釋他在我的辦公室看到的東西。這是解決問題最簡單的辦法。我有打過他的手機，但是他沒有接我的電話。」

我差點要說出路克最後的那句話，以及他對湯普森的憤怒。我亟欲和羅伯特分享這些情報，但這麼做會違反我對路克的保密義務。

羅伯特關上水龍頭。我走過去，看著他把新的百合花和他之前送的鬱金香放在一起。「妳打算告訴他，妳為我工作？」

「我會告訴他，我在調查凶案，製作心理側寫。」

他把那些花放在水槽上方的窗臺上，接著轉向我說：「妳說過妳的心理側寫已經完成了。」

「我的初稿完成了，不過我還沒有探討它是否適用在研究對象身上。」

「湯普森。」他釐清對象身分。

「是的，如果你能夠安排的話，我打算在這個星期跟他談。」

「當然了。妳只需要告訴我哪一天。我會替妳安排。」

這個星期，**我會坐在被認為是血腥紅心殺手的人物對面**。我提出面談要求時，裝出若無其事的樣子，但我一直都在想這件事。他會符合我的心理側寫嗎？他的EQ有多高？他會如何回應我——我又該問哪些問題？

「我想要看目前為止的研究結果。」

我打開烤箱，檢視鍋裡的烤肉。依照計時器，還要再烤四分鐘。「我得再好好思考其中的一些片段。我可以明天 email 給你。」

他靠在吧檯上，解開領帶。「妳還是覺得有哪裡不對勁嗎？」

「是的。」我承認。「不過還有一件事我得確認你了解。」

他挑起眉頭，等我說下去。

「我會對自己的評估採取誠實的態度。如果你讓我坐上證人席，我會說出實話，包括湯普森是否符合這些特徵。」

他伸出一隻手，掌心朝外向我示意。「妳別急。如果我只想要一個說服陪審團的玩偶，我就不會拿那些檔案給妳，浪費妳的時間。我會直接告訴妳我希望妳說什麼。」

「好吧。」這樣很合理。「我只是想要說清楚。」

他放下手。「妳為什麼那麼肯定湯普森符合妳的側寫？妳調查過他嗎？因為是妳告訴我——」

「我並沒有調查過湯普森。」我立即回答。這時計時器發出尖銳的聲音。我把它關掉，然後把雙手套入兩個厚厚的加菲貓隔熱手套。「不過我知道他被逮捕的一些基本資料。有被害人的指認和證據。」

「妳是指那盒紀念品。」他摸了摸下巴，並用手指梳理短髮。這有可能是暗示心理狀態的小動作，因此我把這個動作記下來。

「沒錯，湯普森家裡有被害人的遺物，史考特也點名指認他，可是你卻對他的清白堅信不疑。」我脫下隔熱手套。「你委託我只是在浪費錢。我在證人席上提出什麼樣的心理學理論並不重要。他們一定會判他有罪。」**因為他有罪**。

就如我第一位邏輯推理教授常說的，如果有東西聞起來像大便、吃起來也像大便，你不需要看到它從馬的屁股出來，也知道那是大便。我當時舉手問他，要怎麼確定大便吃起來是什麼味道。

以邏輯角度來看，湯普森是有罪的。那麼羅伯特為什麼要替他辯護？為了接近殺死自己兒子的凶手？為了用某種方式懲罰他？

羅伯特拿起一條小毛巾，緩緩地擦拭雙手。「我不知道妳是故意要讓我灰心，或者只是駑鈍而已。」

「什麼？」我惱火地問。

他默默地看著我，彷彿在等待某樣東西，彷彿我把一片拼圖藏在背後。這一回，視線接觸並沒有讓我的膝蓋顫抖，或讓我的心跳加速。這一回，我感覺自己有罪——或許這就是他贏這麼多官司的理由。他光是憑目光就能讓對方承認有罪。

計時器再度響起。這回是米煮好了。我點了觸控式螢幕，把鍋子從爐子取下。當我轉回羅伯特，他的表情變得陰沉而不信任。我沒有通過測驗。

不過那是什麼樣的測驗？

＊＊＊

我們在很僵的氣氛中默默吃飯，塑膠刀叉輕聲擦過紙盤。我這時才想到自己為什麼保持單身。男人都是白痴，令人惱火、無法理解的白痴。我竟然還會去擔心誘惑不誘惑的問題！

當羅伯特用麵包沾起最後一口牛肉醬時，他打破沉默說：「這實在是太好吃了。」他喝了一口葡萄酒。那是我在兩人明顯都不打算談話時打開的。「妳是在哪裡學料理的？跟妳媽學的嗎？」

我在膝上把餐巾折成長條形，對他帶有性別歧視意味的問題咯咯笑。「不是，我的父母親都不會料理。」不論是在星期幾，或者是不是碰上任何假日或紀念日，每一餐都同樣地度過——在拿著筆等候的服務生虎視眈眈之下，盯著嶄新的菜單。

「你們有私人主廚？還是都吃微波食品？」他面帶謹慎的笑容問。

我吐了吐舌頭，說：「我還小的時候，我們都在外面吃。」當時我們去的餐廳總是會有白色的桌巾及臭屁的服務生。我清了清喉嚨。「隨著我的年紀增長，我們家的經濟狀況越來越拮据，很快就沒錢去吃餐廳了。」帶骨菲力和葡萄酒品鑑組合逐漸被烤雞胸肉和沙拉取代。急遽走下坡的家境，在我爸宣布我們必須開始在家吃飯時，到達戲劇性的低點。

這個消息並不受歡迎，接著幾乎立刻又有新的宣布：我爸必須去找一份工作。

我媽以郝思嘉（註7）般的動作撲到沙發上開始啜泣。畢竟她是嫁給一位電話亭大王，在兩座飛機場、十四個公車站、五座大賣場，以及眾多加油站擁有一百七十二座電話亭，每座電話亭每週都能賺進五十美金。我媽並沒有準備好迎接新的現實。在這個現實中，信用卡的債務不斷攀升，而一百七十二座電話亭連本身的不動產租金都無法負擔。

手機終結了我們家的生計，最後也終結了他們的婚姻。

註7 郝思嘉：Scarlett O'Hara，小說《飄》及電影《亂世佳人》的女主角。

我們改為在家吃飯的過渡期是痛苦的。媽媽似乎要在每一餐中懲罰爸爸，每一道菜要不是平淡無味，就是太辣、太生，或是烤焦。我不知道她是故意的，或者廚藝原本就很糟糕。過了幾個星期，我接管了廚房，邊做邊學。出乎我的意料、並讓我爸感到非常慶幸的是，我是個天生的好廚師。很快地，我就能夠替大家做青椒鑲肉淋起司、海鮮義大利寬麵，以及他個人最喜歡的炸豬排。

「幸好我很喜歡做菜。在最終導致我媽酒精成癮、我爸情感退縮的境遇裡，這一點算是正面的結果。」我喝了一大口葡萄酒。

羅伯特在聽我談起這段往事時保持沉默，此時起身拿起我的空盤。「我跟自己的父母親也不親近。」他穿過拱形出入口進入廚房，在他的盤子裡舀了第二盤菜。「不過我有兩個哥哥，所以至少還有可以聯繫感情的人。」

「我有一個哥哥，不過他大我七歲，所以當家境變差的時候，我幾乎就像是獨生女一樣。」我從籃子裡拿了一片麵包，撕成兩半。「身為留在家裡的唯一小孩讓我學會獨立，並且能夠照顧自己的情感。這一點對我的性格有好處。」我瞥了他一眼。「或許對蓋伯也有好處。」

他發出呻吟。「拜託，別對我做諮商，蓋伯是我最不想談論的話題。」經歷喪子之痛的父母親要不是常常談起他們的孩子，就是閉口不談。看來羅伯特是後者。話說回來，抗拒談話並不代表應該迴避這個話題。剛好相反。

「你知道嗎？血腥紅心殺手的被害人都沒有兄弟姊妹。」這一點引起他的注意。「妳說得對。」他驚訝地看著我。「為什麼？」

「有可能是因為方便。」我說。「比方說，要拐走一個獨自上下學的青少年會比較容易。」

他沉默片刻，然後說：「我太太——」他清了一下喉嚨。「她當初想要再生一個孩子，可是我不想要。蓋伯……」他嘆了一口氣。「蓋伯小時候是個很難管的孩子。他會對任何事大發脾氣。這樣的個性是在他兩歲的時候開始的。我當時沒有耐心，更不用提再生一個孩子。他長大之後脾氣就變好了。如果娜塔莎在他六、七歲的時候再提起，我就會同意，可是——」他停頓一下。「她沒有再提起。然後一切都太遲了。」

我把腳拗到大腿底下，問：「她是在蓋伯十歲的時候過世的吧？」

「嗯。」

「蓋伯當時是疏遠你，還是更黏你？」

羅伯特用叉子邊緣切下一塊肉。「兩者都有，每一天都不一樣。一開始疏遠的情況比較多，不過後來就比較常黏我。我休了一年的假。他從來就沒有像那時候那麼常看到我。我們在那一年當中變得親近很多。」他撫平後腦杓的頭髮。「我現在真希望我再也沒有回來工作。」

我把葡萄酒杯拉近自己。「很少有父母親能夠或願意休一年的假來陪伴孩子。你應該去想好的一面。至於再請六年的假陪他……」我搖搖頭。「你們兩個都得回到正常生活。如果我是你的醫生，我會強烈建議你回去工作。這是為了你們兩個好。」

他結束咀嚼，吞下食物，喝了一口葡萄酒，然後說：「我在妻子死掉的時候請了一年的假，可是在蓋伯死掉之後卻繼續工作，這又怎麼說呢？」

「這代表你還沒有允許自己哀悼。而且……那一年的假期主要是為了療癒他，而不是療癒你自己。」

「葛文，我不需要心理治療。所有的問題、刺激、情感探索——我以前都做過。我請了全國最好的醫生來幫助蓋伯。當他們改善他的狀況時，我也在他身邊。」

我並沒有受到他的反應影響。我早已習慣面對病人的憤怒與憎惡。我進入這行的頭四年，主要都是接法庭指定的個案，面對完全不想接受幫助、心中充滿怨恨與憤怒的對象。

我溫和地說：「你似乎已經過著正常的生活，不過你得了解，你在娜塔莎過世時學到的那些控制悲傷的技巧，是為了配偶或兒子設計的。在面對蓋伯的死亡時，你的悲傷屬於一位父親。這是不同的情況，具備它特有的痛苦高峰。」

他用沙啞的聲音說：「我正在處理。」

「不過你卻要替被指控殺害他的嫌犯辯護。」我指出這一點。「所以你走的是一條不太正統的療傷之路——如果你想要這麼稱呼的話。」

「對我來說是有效的。」

「好吧。」我倒出葡萄酒瓶中剩餘的酒。

「妳剛剛說，那些男生都是獨生子？」他改變話題。「他們還有什麼共通點？」

我接受這個新話題，熱切地想要好好來談。「比較明顯的是，他們都符合特定的模子：有錢、英俊、受歡迎、十七歲、男性。你知道犯罪學當中的心理動力學理論嗎？」

「我只有模糊的知識。這是跟潛意識人格有關吧？」

我點點頭。「說得精確一點，就是指那些因為負面經驗造成的潛意識人格。潛意識人格，也就是我們稱為『本我（id）』的東西，是大多數人都沒有自覺的原始衝動。譬如吃東西、睡覺、保護我們心愛的人、做愛。」我稍稍臉紅，然後繼續說：「這樣的本我通常會由『自我（ego）』和『超我（superego）』來控制。後面的這兩者是人格的另一部分，主管道德與社會期許。這一部分的人格會告訴一個男人，即使他想要和他太太做愛，也不能在雜貨店裡面做。或者舉一個比較不那麼粗魯的比喻，即使你討厭自己的上司，考慮到結果和道德上的問題，殺死上司也不會是最好的解決方式。」

此刻他全神貫注地聽我說話，並注視著我的雙眼。他的呼吸變得緩慢，意識完全投入，甚至忘了吃東西。我感到飄飄然，拚命地想要維持這股氣勢。

「連環殺手因為自我與超我薄弱，因此往往會被本我壓倒。心理動力學理論把如此薄弱的自我歸咎於缺乏適當的發展——通常是在青少年時期，而且往往肇因於心理創傷。在這個情況……」我尋找正確的解釋方式。「如果凶手在他成長過程的國中或高中時期受到霸凌，有可能阻礙他個人的自我與超我發展，使他在遇到讓他聯想到霸凌者的對象時，有更高的風險會讓本我展現潛在的壓抑情感。」

「等等。」他舉起一隻手。「也就是說，凶手曾經被某個符合『有錢、英俊、受歡迎』這個模子的人霸凌嗎？」

「也許是被霸凌，也許是被性侵，也許是被操控——這只是假說而已。」我強調。「這是一種可能性。不過這個假說能夠解釋那些男生的相似性，以及他們為什麼被凌虐。凶手並不只是殺死他們。他在玩弄他們，與他們建立關係，盡可能吸引他們的注意。最後他要不是因為失去控制導致他們死亡，就是對他們感到厭倦而主動結束。我的側寫指向後者。」我停下來喝了一口酒。

「他感到厭倦而殺死他們。」他用單調的口吻確認。

「是的。」這回輪到我來改變主題。「我可以問你關於湯普森的事嗎？」他點頭，我便繼續問：「有沒有任何其他學生出面指控他？是男生還是女生？」

他停頓片刻，說：「基本上沒有。我的意思是，在過去二十年當中？有幾個不滿的學生提出抱怨，但是沒什麼嚴重的問題。」

「男生還是女生？」我想到路克眼中布滿血絲、面部因憤怒而顫抖的樣子。他不可能是唯一的，一定還有其他學生受害。

「都是女生。」他拿起叉子。「現在可以停止審問，讓我有時間可以吃最後幾口的家庭料理嗎？」

我對他微笑。「當然了，請便。」

＊＊＊

羅伯特在水槽前打開熱水，我則替他打包剩菜讓他帶回家。當我把蓋子扣上時，瞥了他一眼。他已經脫下外套、解開領帶，襯衫袖子捲到手肘，姿勢顯得很放鬆。這樣的改變很好。

他經過我身旁去拿洗碗巾時，我們的身體側面碰到了。

「那個之前來這裡的警探……」他拿了一塊海綿，開始刷鍋子。「找妳有什麼事嗎？」

我把剩餘的麵包放進密封袋並封起來。「他應該只是在監視我。」

「妳為什麼要問約翰死掉的事？警方在調查嗎？」

「警方應該會調查所有死亡案件吧？更何況當時有兩個人死亡。」

「他的死有可疑的地方嗎？」

我感到遲疑。我提醒自己，羅伯特是辯護律師，他習慣分解案件，從各種角度來觀察。不過我還是感到越來越不安。他究竟在約翰的檔案裡看到什麼？我疊起容器，把它們跟麵包放在同一個袋子裡。「我不認為有什麼可疑的地方。」我謹慎地說。「心臟病隨時都有可能發作。布魯克雖然很年輕，不過我猜她應該有這方面的家族病史。」約翰不是跟我說過嗎？他提過布魯克的藥物，還有她的母親……如果他說過，我應該會記錄下來，畢竟在約翰想要殺死布魯克的各種手段當中，毒殺是常常被提到的方式。身為藥劑師，這是他採取的方法當中最合乎邏輯的，不過由於會引起懷疑，因此也是風險最高的。

這件事也提醒我，我必須完整瀏覽一遍約翰的檔案。我應該早就要去看的，但卻因為罪惡感，以及更新鮮、更吸引我的血腥紅心殺手案件而一再延後。

「喔，所以警方覺得可疑的是布魯克的死因嗎？」

太晚了。我察覺到自己回應中的錯誤。我在回答他的時候，已經知道事件最可能的真實順序：約翰殺了布魯克，然後自殺。外界的觀察者（包括他和薩克斯警探）會把關注焦點和疑心放在刺殺上，而不是心臟病發作。也因此，薩克斯警探才會問有沒有可能是布魯克殺死他，而這也是羅伯特問到這個案子的用意。

這樣看來，也許他沒有讀約翰的檔案。也許他只看了一兩行。也許我的妄想都是毫無根據的。

「不是。」我迅速修正。「警方並不認為她的死亡是可疑的。我只是說，她的家族當中有心臟方面的病史，約翰又跟她很親近。人們有時候會以很奇怪的方式處理悲傷。」

「所以妳認為，他有可能會自殺？」

「嗯。」我轉身面對他的注視。「我這麼認為。」

他點點頭，把注意力放回鍋子上。我心中產生更大的不安。

第二十七章

我獨自一人醒來，嘴裡帶有後悔的味道，或者也可能是葡萄酒酸掉的味道。羅伯特沒有做任何事、甚至沒有大膽親吻我的臉頰就離開了。此刻我的身體感覺到被欺騙。我瞪著天花板，心中懷著強烈的自我厭惡理解到，我原本期待著跟他做愛。

我對專業距離的堅持也就只有這樣了。感謝上帝我沒有採取動作，話說回來，昨天的對話也圍繞在毫不浪漫的主題上。

姑且不提我沒有得到滿足的性慾，昨晚是很有收穫的一餐。我們有稍微談到幾次關於蓋伯的事，不過不足以平息我對他的悲傷管理的憂慮。羅伯特沒有專心去療傷，卻在喪禮後勾搭放蕩的女人，並且為殺害他兒子的凶手建立（從表面上來看）似乎非常強大的辯護團隊。

這是另一件害我徹夜未眠的事。我想到被害人，也想到他們父母親得知新聞之後痛苦的面孔。我要幫忙去釋放殺害他們的凶手嗎？

我不能這麼做。我告訴羅伯特，我會說出實話，而他似乎也答應了，但卻帶著狡猾而半開玩笑的態度，顯示他了解我在玩什麼把戲。我真希望我也像他那麼自信。我覺得自己彷彿在棋盤中央迷路，不知道在分數上是領先還是落後。應該是落後吧？而且我大概已經從棋盤上掉下去了。

克萊門汀躺在床邊桌上，剛好壓住我的手機。我小心翼翼地把手伸到她的肚子底下抽出手機，惹來她的嘶嘶叫。我不理會她，打開我的手機，檢查安全警報。

沒有非法入侵，也沒有監視器移動偵測警報。這是一個安靜的夜晚。我鬆了一口氣，然後在忘記之前重新開啟保全系統。我通常在白天會關掉系統，讓門打開通風，不過直到我和路克談過、或直到警方跟他談之前，我必須小心一點。

我翻身下床，洗了熱水澡，然後穿上奶油色的卡其褲和紅色螺紋背心。我拔掉一根新冒出來的灰髮，把溼漉漉的頭髮綁成辮子，然後抱起克萊門汀下樓，深深吸入她的氣味。她幾乎一整天都待在我的洗衣籃裡，因此聞起來有烘衣紙的亞麻香氣。

羅伯特在走到門口的時候，再度催促要看我的報告。我必須在下午及早把檔案寄給他，才能按照時間表做事。繼續拖延也不是辦法。凶手的核心個性（重視秩序、有控制慾，曾在青少年時期被富裕而受歡迎的青少年猥褻或強暴）已經成形了。我必須把草稿從我的書桌送到他手中，才能專心去處理更急迫的工作——重新檢視約翰‧亞伯特的檔案。布魯克之死的疑點，讓我懷疑他提及布魯克的心臟病家族病史的用意。我想要確認這個可能性，而且反正我也必須重新檢視他的檔案。由於薩克斯警探仍舊在我周圍徘徊，因此我的病人檔案很有可能會被要求做為證物。我必須複製一份檔案，從頭到尾徹底檢視每一次的會談。

在投入工作之前，我倒了一碗麥片，看了一個尋找伴侶的真人秀節目。螢幕上，一個大胸脯的金髮女子朝著男性參加者咯咯笑。我媽很喜歡這個愚蠢的節目。我們上次通話時，她花了十分鐘完整描述最新的一集。這樣已經夠痛苦了，可是她卻進而批評我的生活。過了三十五歲、沒有孩子的單身女性，足以引起母親的恐慌。她在我們通話的大部分時間裡，不斷對我訴說她的擔憂。根據她的看法，我的工作是我談戀愛最大的障礙。畢竟我能去哪裡尋找對象？太平間嗎？

如果沒有我哥哥，我會好過一點。他太太就像星期天的烤麵包機一樣，生了一個又一個小孩。我原本以為那些孩子能夠讓我媽感到滿足，不過卻反而增加她對我生孩子的期待。

我吃了一匙肉桂口味麥片。也許我的戀愛之路確實是被我的工作妨礙了。羅伯特在酒吧聽到我的工作時眼睛為之一亮，但一般人的反應通常是警戒與恐懼。在一場聯誼中，一名長得很英俊的男人曾問我有沒有殺過人，另一個則問我是否打算一輩子「從事諮商師的工作」。

也許我應該再度開始上教堂。根據我大嫂的說法，那裡是合宜男人的溫床。而我需要合宜的男人（或者是一批新電池），讓我把心思從那個我應該離得遠遠的單身漢移開。

羅伯特隱瞞了某件事。我很早就萌生懷疑，而隨著時間經過，我越來越相信這個可能性。奇怪的是，我越是相信他在隱瞞某件事，也更加肯定他在懷疑我某件事。

起初我以為他懷疑的是布魯克的死，畢竟他應該至少看過約翰的部分檔案。但是他看到的是哪一部分？這是最大的問題。我的第二個問題是，羅伯特跟約翰有多熟？他參加了約翰的喪禮，因此他們至少應該認識。我無法說出我的藥劑師的名字，更不用說參加他們的喪禮；不過我也沒有患有糖尿病的兒子。難道他和約翰熟到想要保護死者名聲，而不出面質疑布魯克的死亡？這是有可能的，甚至非常可信，畢竟我隨時有可能會被倫理規章委員會調查。此外，我也不能排除羅伯特什麼都沒看到的可能性。也許我把檔案打開放在那裡，對他沒有任何意義，而我的恐懼都源自幻想而毫無根據。

我用熱水沖了吃麥片的碗，把它放進洗碗機裡。在我把自己搞得更緊張之前，我必須去看我把約翰的檔案打開放在桌上的哪裡。我不記得明確的位置，不過我大概知道自己在哪裡結束閱讀，以及什麼時候屈服於酒精與睡意。

我擦乾手，前往書房，拉了檯燈不太順的鍊子，照亮寬敞的桌面。桌上沒有任何檔案。我學到了教訓，把機密文件都鎖在書桌兩個抽屜之一。我把檯燈旁邊的黃金象移到旁邊，露出小小的鑰匙。我的安全措施還有改善的空間。

我坐到椅子上，打開約翰厚厚的檔案，翻閱會談筆記，直到我找到上次停止閱讀的部分。我把椅子拉近桌子，開始閱讀。

約翰暴躁而易怒。對太太懷有暴力傾向。脾氣變得更糟。和訪客發生衝突——空調。

我記得這件事。他們有一位訪客住在家裡，但空調壞了。約翰試著要自己修理，卻沒有辦法修好。

「我有門薩（註8）等級的ＩＱ。」他用準備爭論的眼神瞪著我。「我的學歷

註8 門薩：Mensa，全球規模最大的高智商同好會，創立於一九四六年，入會條件為通過該會的智力測驗，證明自己有高智商。

比這座城市裡百分之九十九的居民都要高。我可以憑裝在這裡的知識殺人或救人。」他敲著自己的太陽穴。「可是她卻要我打電話找其他人來修。她不認為我夠聰明。就算空調壞了又怎樣？那傢伙又不是付錢住在我們家！讓他流汗就好了！」

我不知道他的解決方案是讓那位可憐的訪客流汗，還是再度嘗試修理。我把對話拉回布魯克。「你覺得自己在什麼時候會失去控制？」

「她就是不肯停止挑我毛病。她一直在那裡擦額頭，好讓我知道她在流汗，還問我什麼時候要出去檢查一下。她會拿手機上的文章給我『有用的建議』。」他用雙手在空中比了引號。「我只是坐在沙發上看著她，想像她的肚子被剖開的樣子。」

他的話給我深刻印象，就好像我自己的肚子正承受風險。他的語調是如此平靜、如此不帶感情，彷彿他每天都在切開人肉。

他又說：「她變胖了。她只要一走動就會震動。我想到這一點，就會思考切開時不知道會更困難還是更容易。」他當時看著我問：「妳有什麼看法？」

我毫不退縮地注視他的眼睛。我大多數的病人都想要得到某種反應，有些病人甚至因此而殺人。這是因為這些病人站在那裡對他們深愛的人尖叫，卻得不到自己想要的回應。我不會給他任何反應。「我想我們應該想辦法讓你不再產生這樣的想像。」

我的手指滑到下一行手寫筆記。看到上面的內容，我的一顆心沉入谷底。

他不只是尋求我的注意——他對妻子是嚴重的威脅。高風險。

第二十八章

妮塔看著先生刻意放慢動作，把他們的 Range Rover 停下來。他們都在擔心這一刻的來臨。妮塔轉身解開安全帶，順便瞥了一眼後座。史考特倚靠著車窗坐在那裡，望著窗外的警察局停車場。

「我不想要再進去那裡。」他小聲地說。「你們也知道上次他們對我做了什麼。」

妮塔閉上眼睛，封住這段記憶。法醫告訴她，過程會很迅速——只要對他的生殖器做DNA採樣，並且做一套性侵鑑識。過程只花了十五分鐘，不過史考特回到等候室時，並沒有看她的眼睛。他甚至連走路方式都不一樣了。妮塔想起她在念大學的時候，她的室友有一次喝得不省人事，次日妮塔帶她去婦女救援中心檢查是否曾被性侵。她的室友在回家的路上一直哭，說她寧願不要知道事實，也不想接受那個檢查。

「他們只會問你一些問題。」他們的律師（也是喬治的大學同學）在她身後說。「而且我也會在場。」

「可是我得回答所有問題嗎？」

「如果他們問了任何不適當的問題，我會立刻干涉。不過你必須要老實回答他們。這樣對於你控訴湯普森老師的案子會有幫助。」

史考特無力地打開車門，緩緩下車。妮塔與她的丈夫對看一眼。

喬治對她擺出安撫的笑容，低聲說：「一定會沒事的。」

真的嗎？怎麼可能會沒事？

＊＊＊

當他們走在警察局的走廊上，妮塔的涼鞋鞋跟勾到不平整的地面，使她跌向前方。喬治扶住她，幫她重新站好。她對喬治微笑表示感謝。她應該要穿平底鞋來的。在穿了幾個月的睡衣和拖鞋之後，高跟鞋穿起來感覺很不穩。只要她沒有摔個狗吃屎，他們撐過這段問話之後就可以回家了。他們不是罪犯，史考特也沒有受到懷疑。雖然最終會有一場審判，但現在他們可以解決掉眼前的問話，然後回到他們的 Range Rover 去吃午餐。妮塔可以喝一杯冰涼的含羞草雞尾酒，然後大家一起來討論大學的事。不要再選范德堡大學了。在發生那種事之後，他必須選離家近一點的學校。佩珀代因（註9）大學會是完美的選擇。這是一間小型的私立學校，而且很安全。

妮塔擠進狹小的觀察室，透過玻璃窗注視史考特。史考特坐著，他們的律師也在他旁邊。胡安很優秀，即使他的專長不在刑法，但他打從史考特出生就認識他，而且警探向他們保證過，這次的詢問主要是為了釐清事實，頂多十五到二十分鐘。

艾瑞卡警探清了清喉嚨。「史考特，我希望你能夠談談你被囚禁的地方。」

註9　范德堡（Vanderbilt）大學位於美國田納西州納許維爾，佩珀代因（Pepperdine）大學則位於美國加州馬里布。

妮塔移動了一下穿著高跟鞋的雙腳。史考特已經告訴過他們，他當時被蒙住眼睛，所以不知道自己被關在哪裡。**整整七個星期都被蒙上眼睛？**——他們問過他。七個星期都在黑暗中度過，怪不得他會睡不著覺。他沒有在房間裡留一盞燈，實在是太神奇了。

史考特吞吞吐吐地說：「我什麼都不知道。我被蒙上眼睛了。」

抬頭看！——妮塔很想大叫。**看著對方的眼睛，他們才會相信你。**

「好吧，你被蒙上眼睛了。不過後來你不是逃出來了嗎？我們想知道當你雙手解開束縛之後看到什麼。你應該第一件事就是拿掉蒙住眼睛的布吧？」

史考特說：「房間裡很暗。我摸索著找到門，接著就到走廊上。我是用跑的，所以在跑到外面之前，我沒有看見任何東西。」

「你沒有走上或走下樓梯，就到外面了嗎？」

他猶豫一下，說：「沒有。」

「那個人在屋子裡嗎？他是不是住在那裡？」

「我——我不知道。」

可是他們知道，不是嗎？警方搜遍了湯普森的整間屋子，判斷他不是把史考特關在那裡，而是關在其他地方。而且史考特逃跑的那天早上，湯普森在學校上課。妮塔不是從警探、而是從新聞得知這些。警探什麼事情都沒有告訴他們。

那兩人盤問了他逃出來時經過的社區。史考特的描述（安靜的街道和破舊的房屋）符合洛杉磯上百個社區。她不了解的是——她仍舊不了解的是——史考特為什麼沒有停在那些房子門前求救？為什麼沒有攔下一輛車？為什麼跑了好幾英里回到家？

「我們回來看囚禁你的那間房間吧。我們了解你什麼都沒有看到，不過你可以談談你聽到什麼、聞到什麼。你有沒有聽到屋內有任何活動的聲音？」這是另一個警察問的。他是一名肥胖的男性，站在角落，一隻腳交叉在另一隻腳前方。

史考特停頓一下，說：「應該沒有。」

「他進入房間的時候，會開門嗎？你有沒有聽到他走在走廊上的聲音？想想看，你是怎麼知道他來了。」

史考特揉著自己的額頭。「我不知道。我猜我應該有聽到門打開。我不記得有任何階梯。」

「仔細想想看。」哈維警探催促他。「那間房間的地面是鋪地毯，還是硬地板？你能聽到他的腳步聲嗎？」

「硬地板。」史考特吞嚥了一下。這實在是太可笑了。他們知道誰是凶手。這些細節有什麼重要？他們不應該讓史考特重新想起這一切。

「好吧，也就是說，你聽不到任何其他房間的聲音嗎？比方說電視呢？也許附近有人在看電視？」

「呃，應該沒有。」

「沒有。」

「路上的聲音呢？像是卡車經過的聲音或喇叭聲？」

「那麼室內的溫度呢？」那名男性警探走過窗玻璃前方。「那裡很熱嗎？」

「有時候。」

「室內有沒有空調？你有沒有聽到空調開關的聲音？」

「我不知道。」

妮塔可以感受到他們的挫折感。她可以從他們的問話開始變短聽得出來。也許他們會停下來，舉起雙手讓史考特離開。

「好吧，所以說你沒聽到聲音，那麼氣味呢？」艾瑞卡警探往後靠向椅背。「比方說霉味之類的？」

史考特吸了一口氣，彷彿他又聞到那個氣味。「也許有點像樟腦丸的氣味。」

「後來你就撬開你手上的手銬，對不對？」

突然改變的問題讓她的兒子猝不及防。他瞥了律師一眼，然後點頭說：「對。」

「要用叉子撬開手銬並不容易。」艾瑞卡警探看著哈維，後者點頭表示同意。妮塔挺直背脊，對那個女人的語氣感到憤怒。

「正確地說，我並不是撬開它。」史考特含糊其辭。「它當時沒有鎖好。通常手銬是很緊的，可是那一次卻不是，所以我可以掙脫我的手。」

這是新的說法。妮塔皺起眉頭，視線與她的丈夫對上。史考特很喜歡談他如何撬開手銬的過程，他們都聽了幾十遍。

「哦，看吧——這樣比較說得通。因為我們開始感到奇怪——」哈維說。

又是那種語氣。感覺他們似乎在玩弄史考特。

「你說你在房間裡被蒙上眼睛，你也不知道自己是怎麼進入那間房間的，對不對？」

「對。」史考特看起來很可憐。妮塔必須帶他離開這裡。

「那麼你怎麼知道那是湯普森老師？如果你看不見，有可能是其他人。」

「我被拐走的時候看到他。他在我的卡車旁邊，是他拿東西刺我的。」

警方說過，那應該是某種鎮定劑。他們早就在懷疑血腥紅心殺手對那些男生下藥，而史考特證實他們的猜測——那是用注射的，不是放在他的餐飲中。

「你在那間房間裡，有認出他的聲音嗎？畢竟他有可能在拐走你之後交給另一個人。」

史考特猶豫了一下，最後說：「不對，就是他。他會跟我說話。」他點點頭，視線固定在桌面上。「沒錯，是他。他是個變態。他跟我說了他做過的事，提到他強暴的那些女生。」

房間裡陷入片刻的沉默，好讓所有人吸收這個新的訊息。喬治伸出一隻手摟住妮塔，把她拉向自己。

「有你認識的女生嗎？你可以告訴我們名字嗎？」

他搖頭，把雙手交叉在胸前。妮塔知道他又要開始變得倔強了。他準備緘口不言，表示反抗。

「他有沒有告訴妳，他為什麼要做這種事？」

史考特沒有動，沒有說話，也沒有接受這個問題。妮塔感到急躁，推開喬治的手臂，內心懇求她兒子回應。

「他只說他要挫挫我的銳氣。」他把下巴縮到胸前，接著用很細微的聲音說話，細微到妮塔幾乎聽不見。

「史考特，你說什麼？」

「他說他覺得很有趣，他喜歡傷害我，也喜歡看。」

「看什麼？」

妮塔屏住呼吸，幾乎害怕聽到答案。

史考特聳聳肩說：「全部。」他用一隻手梳理蓬亂的金髮，把頭髮拉到臉上，然後站起來。「我需要休息一下。」他看著律師問：「我可以休息嗎？」

哈維警探說：「當然了，你可以慢慢休息。」

妮塔以為史考特會到她這裡，但他並沒有過來。他走出警察局，到他們的休旅車上，坐在那裡將近二十分鐘，只是盯著擋風玻璃外，一動也不動。平常沒辦法幾分鐘不去看手機的男生，此刻像殭屍一樣坐在那裡。最後他終於打開車門下車，以緩慢而費力的步伐走回妮塔、喬治與胡安身邊。

當他重新坐在警探對面時，已經變得跟先前不一樣。他的背挺得更直，聲音也更有自信。這回他說出了新的內容。

第二十九章

我無法忘掉那些死掉的男孩。我推著賣場的推車，經過草莓陳列區時，盡量不去把鮮紅色的水果和犯罪現場照片中血淋淋的肉體聯想在一起。

我這輩子看過很多邪惡的事件，研究過無數毫無理由或意圖就殺人的凶手，但這次的死亡事件卻像爪子一樣緊緊攫住我。這些凶案不是隨機進行的，而是具有謹慎而一致的殺害模式，並逐步升級。就連史考特的逃脫，也代表了某種意義。

我停在肉類區，拿起一包雞腿和小羊肋排。我推著推車繼續前進，差點撞到走在前方的女人。她轉身時，我對她擺出歉疚的笑容，接著認出對方。

「樂拉！哈囉！」

她的眼睛一亮，高興地說：「摩爾醫生！妳好嗎？」

「我很好。」我把推車從主要通道推開。「很抱歉必須把我們下星期的約診改期。我必須準備一個法律案件。」

她揮手表示不用在意。「妳說的案件跟血腥紅心殺手有關嗎？我上星期在妳的辦公室看到那位帥哥律師——就是兒子死了上新聞的那個。」

「不是，是另一件不相干的案子。」我絕對不希望樂拉在城裡到處宣傳羅伯特的事。

「我跟妳說，我的女兒也在念比佛利高中。她認識史考特・哈登，曾經差點就要跟他交往！」她說話時容光煥發，似乎覺得她女兒要是能夠跟被綁架、折磨並且差點死掉的男生產生連結，會是一件很美妙的事。

我拿起我不需要的玻璃瓶裝杏仁，思索著該如何結束對話。我問她：「家裡一切都還好嗎？」

她說：「喔，還好。」這時一個看起來像她年輕版本的女生從轉角出現，把一盒家庭號包裝的棉花糖麥片丟入推車尾端。「瑪姬，妳可以跟摩爾醫生說聲『嗨』嗎？」

這名青少年不屑地審視我的紅色芭蕾舞鞋，說：「我可以說聲『嗨』嗎？我當然可以。」

我完全不理會她。

「瑪姬。」樂拉用懇求的聲音說。我思索著她無力控制自己孩子這一點，會不會是導致她對自己的小姑（似乎能夠完美無缺地掌握自己生活的女人）產生暴力幻想的理由之一。

這名青少年從她的眼前撥開頭髮。這時我看到她手臂內側的傷痕，有新有舊。那是痛苦與憂鬱交錯的痕跡。我和樂拉對看一眼。

「瑪姬，妳可以去幫我們再拿些冰淇淋嗎？」樂拉開朗地提議。「妳可以選妳喜歡的口味。」

女孩沒有回應就轉身溜入走道裡。

我等到她的身影消失才開口：「她的自殘行為持續多久了？」

樂拉嘆了一口氣說：「大概兩個星期。我努力用三重抗生素軟膏替她治療，但是每當傷口癒合，她又會再度割開。」

這句話中的某個部分卡在我腦中。那是什麼？我一邊試圖去搜尋，一邊禮貌地點頭說：「妳有沒有帶她去看醫生？」

「她的原因只是青少年的失戀。妳也知道，就是為了男生。」她聳聳肩，對自殘行為表達不認同。「不過我們的確有帶她去看班雍診所的費伯醫生。他們那裡專門治療青少年。對了，妳絕對猜不到我們有一次在那裡見到誰。」她湊過來，推車的輪子發出嘰嘰聲。

「拜託別告訴我。」我勉強擺出禮貌的笑容。「病人隱私是我們身為醫生特別注重的事情。尤其是在心理健康的領域。」

她的臉上明顯露出失望的表情。「喔，是啊。那當然。」

「總之，我會在下下星期見到妳吧？回到我們正常的時間表？」

「嗯哼，」她無精打彩地回應，「當然了。」

樂拉把她的推車轉向，舉起手跟我道別。我也回以同樣的動作。可憐的瑪姬——我已經和樂拉會談過六次，但她從來沒有提起過她女兒的問題。

我轉入陳列乳製品的通道，拿起一加侖裝的牛奶，接著又拿了一盒有鹽奶油。剛剛那段對話到底是哪裡觸動了我？我在腦中回顧對話內容。

她的女兒……比佛利高中……史考特……

我停在冰葡萄酒前方，拿了一瓶白蘇維濃酒，把它塞入牛奶旁邊的空間，然後繼續推著推車前進。在我前方，在藥局排隊的人變少了。我加快腳步，想要趁不需要等待的時候去排。我有些小感冒，必須在變得太嚴重前去買鼻噴劑才行。

我停下推車，拿起皮包排隊。也許我不應該匆匆結束與樂拉的談話，尤其是我這個星期並不會跟她會談。隊伍逐漸前進，我在心中記下在將來的會談中要和她談她女兒的事。

我感到無聊，檢視著展示在陳列架尾端的繃帶、抗生素軟膏和其他急救用品。

我努力用三重抗生素軟膏替她治療，但是每當傷口癒合，她又會再度割開。

這就是卡在我腦中的東西嗎？如果是的話，為什麼？我閉上眼睛，專注地想像樂拉把軟膏塗在瑪姬傷口上的景象。雖然這是一幅吸引人的情景，但我的大腦卻頑固地拒絕合作。在我身後有人清了一下喉嚨。我張開眼睛，往前踏出去。

三重抗生素軟膏……三重抗生素軟膏……治療傷口。

我腦中瞬間浮現血腥紅心殺手檔案中的照片。那是傷口的特寫，有菸頭烙痕及割傷。有些傷口治癒了，有些還很新。我解開皮包上方的釦子拿出手機，檢視手機上的時間，然後打電話到辦公室，希望雅各還沒走。

他平靜的問候聲讓我臉上綻放笑容。

「雅各，我是葛文。你可以進我的辦公室嗎？我希望你幫我拍張照片。」

我等他找到鑰匙，打開我的辦公室門鎖，接著指示他前往我釘上所有傷口照片的牆壁前方。

他發出感到不舒服的聲音。

「我知道那些照片很血腥。你可以幫我拍下整個區塊的照片嗎？要近到我可以放大每張照片。拜託。」

「全部都要？」

「沒錯，你可以每張拍下三到四張照片。」

「好的，我會把照片傳給妳。」

「謝謝，拍好之後記得鎖上門。」

我結束通話，繼續前進。此刻排在我前方的只有一個人。當我刷卡並拿到鼻噴劑的時候，我的手機響起，通知收到新的簡訊。我回到推車前，打開收到的那些照片，開始一張張地滑。

我很慶幸還沒吃東西。這些照片是呈現痛苦的恐怖秀，其中最可怕的就是陰莖的特寫照片。我迅速滑過這些照片，當我找到觸動我記憶的照片，便將它放大。

這是背部中央的一排整齊的菸頭烙印痕跡。這些傷痕並不特別引人注目，但在傷痕上覆蓋著一層光亮的膜，簡直就像有一隻蝸牛爬過這些傷痕。這是塗過軟膏或蘆薈的痕跡，而且是塗在被害人不可能自己塗的地方。

血腥紅心殺手在治療他們。他傷害他們，然後又替他們療傷。為什麼？是後悔？罪惡感？還是其他更深層的理由？

我從手機抬起頭，仔細思考其中隱含的意義。這很不對勁——跟我製作的心理側寫完全矛盾。有秩序、控制狂的凶手不會提供急救，除非他為了某個特定目的要讓被害人活著。這些傷口並不會危急性命，因此不需要治療。

這簡直就像是……我想到梅瑞迪絲曾問過凶手事後有沒有替他們治療。沒錯，這有可能是事後治療，而這一點也不符合我的側寫。雖然人的心理並沒有絕對，不過還是會有一定的模式，而這個現象不符合人類行為的任何模式。

我把手機塞進袋子裡，抓住推車的把手，把它轉向左邊前往收銀臺。我放棄購買清單上剩餘的物品，直接走向排隊的人最少的收銀臺。

我一直覺得有哪裡不對勁。也許這就是找出到底是哪裡不對勁的關鍵。

第三十章

我把買來的物品放到家裡，然後開車到辦公室。天色已經暗了，雅各的電腦已經關機，唯一的燈光來自樓梯間上方的「逃生梯」標誌。我打開辦公室的電燈，並打開我的 iMac。在電腦發出嗡嗡聲啟動時，我離開桌子，去拿那疊事件檔案。

我拆開綁住每份檔案的厚橡皮筋，把這些檔案沿著我的大桌面排成一圈，再將蓋伯的檔案放在中間。

我的電腦發出響聲。我登入之後，打開我寄給羅伯特的二十二頁心理側寫，把這份文件印了兩份，然後拿起一支紅筆。我打開檯燈，彎曲燈臂，讓燈光照在檔案夾上。

我的首要工作，就是確認是否真的有事後治療，或者雅各傳給我的照片只是例外。

我打開第一份檔案。

特雷・溫克爾，十七歲，住在馬里布的 Serra Retreat，是一名袋棍球員。他在通往格里斐斯天文臺的道路旁的水溝裡被發現。我翻到驗屍的部分，快速瀏覽調查結果。

在他大腿上有一道很深的切口，周圍有些具有黏性的殘餘物質。傷口很乾淨，看起來像是經過照護。殘餘物很有可能是來自ＯＫ繃。

我的凶手不會使用ＯＫ繃。

我翻到下一個被害人。

特拉維斯・帕特森。他被餵養得很好，頭髮很乾淨，傷口有部分癒合。

我取出便條紙記下筆記，繼續閱讀五個檔案，接著來到蓋伯。

我深深吸了一口氣。

到目前為止已經建立了一個模式，但蓋伯的情況從一開始就顯得反常。

他的死法更殘忍，因此我猜想他或許沒有受到照護。

不過我猜錯了。他就跟其他人一樣，在死亡之前都很健康，被餵養得很好，也受到照護——如果忽略掉每隔幾天對他的折磨及強姦的話。

我放下筆，揉了揉自己的太陽穴。如果這樣的仁慈是來自罪惡感與後悔，但凶手卻仍舊習慣性地施加暴力，那麼就屬於精神疾患。

這不是躁鬱症或邊緣型人格疾患。那會具有躁狂發作的特徵，而一個躁狂的人是不可能執行像這樣找不到證據、又具備精準模式的凶案。

我靠向椅背，發出呻吟，抬頭望著內嵌式天花板。

如果事後治療是固定的模式，而且看樣子的確如此……

如果綁架、囚禁與殺害是充分計畫好、並謹慎選擇時間執行的，而且看樣子的確如此……

如果跡象顯示凶手過去曾有個人的心理創傷，而且看樣子的確如此……

那麼最有可能的肇因就是妄想型精神分裂症，或是解離型認同疾患。

妄想型精神分裂症是任何罪犯當中最常見的精神疾患，不過尤其是在連環凶手當中更常見，譬如大衛・伯科維茨、艾德・蓋恩、賈里德・李・勞納

（註10）……湯普森很有潛力加入他們。這樣的疾患特徵是妄想，而且通常在這樣的案例中，會有幻聽或幻覺主導患者的行動。想像中的人物有可能是策劃並命令暴力行動的一方，而凶手真正的人格則是那名事後照護及安撫病人的人，或者也可能兩者對調（這種情況更有可能）。

解離型認同疾患更常被稱為多重人格障礙。如果正確的話，就代表血腥紅心殺手以不同的人格在行動。也許是兩個，也許更多。

我以前曾經遇過解離型認同疾患的病患。這是心理學當中較複雜的診斷之一，而且每一個案例都不一樣。它通常是因為情感或身體上的嚴重創傷觸發的。有時可以在治療中「痊癒」，但通常不能。在較著名的案例中，第二人格往往相當殘暴。

雖然或許不太可能，不過我必須跟史考特談談。他與凶手的互動，可以

註10 大衛・伯科維茨、艾德・蓋恩、賈里德・李・勞納：David Richard Berkowitz（一九五三～）是一九七〇年代美國紐約的連環殺人犯，Edward Theodore Gein（一九〇六～一九八四）因為謀殺、盜墓並使用屍體製作紀念品而著稱，Jared Lee Loughner（一九八八～）是圖森槍擊事件的凶手。

幫助我理解凶手是否具有明確的人格轉換，或者是與幻想人物做精神溝通。兩者間有很大的差別，更何況他被囚禁了七個星期，應該能夠分辨出來才對。

妄想型精神分裂症幾乎是已經確定的，但解離型認同疾患則是犯罪學上很大的跳躍。如果我猜錯了，對我的信用與名譽會造成很大的打擊。要是媒體知道了，就會像九月的加州森林大火般大肆報導。

我用筆敲著頁面。簡單地說，我沒有足夠的證據來繼續推論。在我得到更多資訊之前，不應該說出這些想法。

我和湯普森的會談安排在星期三。到時候在第一印象中，我應該至少能夠大概掌握自己在處理的是什麼樣的人物。羅伯特的事務所應該可以僱用私人偵探。有解離型認同疾患的人會留下偵探可以挖掘出來的線索，像是錯過約定時間、健忘、無法解釋的暴怒等。

電梯發出「叮」的聲音。我從打開的辦公室門望出去，看到一名女性推著清潔推車走出來，進入接待區，便鬆了一口氣。

路克安靜到異常的程度。警方終於找到他並盤問他，但沒得到什麼答案。根據路克的說法，他並沒有拿走我的錢包或鑰匙。我把所有卡片都掛失，浪費了整個星期天下午去申請新的身分證件、會員卡，並更換汽車遙控鎖。警方沒有罪名可以指控路克，只能讓他離開。在那之後，他沒有試圖與我聯繫。這一點應該讓我感到安心，但我卻無法安心。相反地，沉默感覺像是恐怖片中別有用意的短暫歇息，緊接著就會跳出拿著電鋸的壞蛋。

我闔上檔案站起來，俯身收拾所有檔案夾，然後把它們都疊在我的書桌中央。我移動滑鼠，解除螢幕保護程式，然後把電腦關機。

我必須回家，並且在晚上剩餘的時間裡，不再去想死亡的事。

第三十一章

羅伯特的門是開的。他的注意力放在螢幕上，因此我輕輕敲了木門，然後冒昧踏進室內。「嗨。」

他抬起頭，驚訝地挑起眉毛。「嗨，進來吧。妳其實回我電話就可以了。」

「我剛好到這附近。我的裁縫師距離這裡三個街區。」

「法蘭克和派特？」

我露出笑容。「沒錯，他們是洛杉磯最棒的裁縫師。」

他指著辦公桌前方的椅子對我說：「請坐，我只是想跟妳談一下妳做的側寫。」

我坐在左邊的椅子，瞥了一眼金魚。魚還活著。「當然了。」

「妳寫得真的很棒。」

我嘆了一口氣，問他：「可是？」

他把雙手搭成三角形放在面前，端詳著我說：「我覺得妳好像隱瞞了某件事。妳隱瞞了什麼？」

該死的律師。優秀的律師太善於在字裡行間找出漏洞。我幾乎還沒有機會在腦中鞏固自己的新理論，因此還無法做陳述或辯護。現在還不行，而且更不應該在與湯普森談過之前說出來。我清了清喉嚨，迴避這個問題，反問：「我在隱瞞某件事？那麼你又隱瞞了什麼？」

他不理會我的回應。「告訴我這個心理側寫符合誰。」

「我不知道。」我惱火地說，「我還沒有和湯普森談過。」

「去他的湯普森。」

這個粗魯的髒話讓我嚇了一跳。

「還有誰？」他盯著我，彷彿我此刻在證人席上。「這個人物符合妳的病人嗎？」

「這就是你委託我的理由嗎？你要得到我的病人情報？」

「葛文，回答我的問題。」

我氣憤地回答：「這份側寫並不符合我任何一位病人。」我沒有回顧我的病人名單就回答，因為我受夠他了。我的病人當中是否有人符合這份側寫並不重要——我想到這裡停頓一下。我不能說我絕對不會告訴某人。事實上，我會說出去，但是我會去找警察，去告訴薩克斯警探，而不是對這個混蛋說。我從座位上站起來，從地上抓起我的皮包。「你知道嗎？我受夠了。我沒時間跟你玩遊戲。」

「他殺了我的兒子。」

光是這幾個沙啞的字，就讓我的怒火頓時消散。他有權利玩遊戲。他有權利耍髒手段。有人拐走了他的兒子，強姦了他，把他淹死，然後把他的屍體丟在回收場後方的排水溝裡。我憑什麼為了他試圖抓到他兒子凶手而做的某件事、任何事而生氣？

他緊接著問：「妳有什麼事隱瞞著我？」

我轉身面對他，勉強說：「這只是一個假說。」

「關於凶手的假說嗎？」

我抓住皮椅的上方，回答：「是的。」

「告訴我。」

我嘆了一口氣。「這個假說還沒有經過證實，需要做一些調查。如果可以請到私家偵探，就會很有幫助。我也需要跟湯普森面談，可以的話最好不只一次。我可以現在就把我的想法告訴你，可是這樣做只會造成分心而已。在我報告中的內容更為確實——確實得多了。」

我注視他的眼睛，看到他眼中燃燒著赤裸裸的痛苦。距離他埋葬自己的兒子，才過了九個月。太早了。

我輕聲告訴他：「假說有可能是錯誤的。」

他咬牙切齒地說：「妳儘管告訴我吧。」

「凶手本身的行為互相矛盾。他傷害那些男孩，然後又替他們的傷口塗藥膏。他折磨他們，卻又把他們餵養得很好。他的行為顯示出他的同情心程度會有戲劇性的起伏。有些行為幾乎是憐愛的，但接著卻又會做出割除生殖器這種野蠻行為。」

我吸了一口氣，在說出接下來這段話之前準備好接受嘲諷。

「這樣的起伏或許符合某個具有妄想型精神分裂症，或是解離型認同疾患的人。」

羅伯特低頭看他面前印出來的心理側寫，哼了一聲。這不算是笑出來，但也不是我期待的理智接受。

我生硬地對他說：「就像我剛剛說的，這不是我能在法庭作證的東西。」

「可是妳相信它。如果是妳的孩子死了，妳會循這條思路去追蹤犯人嗎？」他重新抬頭看我。

不行，這樣太危險了。我吞了吞口水，對他說：「我會把這個想法放在腦中，但是我不會花全力往這方面調查。」

他盯著我很長一段時間。那種眼神就像是在面對「威利在哪裡」的圖片，非常專注地尋找跟其他部分不一樣的地方。我動了動身體，在他的注視之下感到不自在。

「怎樣？」我終於開口問。

「我只是試圖搞清楚，妳究竟是真的很聰明或真的很笨。」

「真有趣。」我面無表情地說，「我大部分的時間都花在試圖搞清楚，你是瘋了還是有辦法看見未來。」

他咯咯笑著說：「好吧，我們先來談談正事。」他敲了敲一疊紙。我低頭去看，認出那是自己寫的心理側寫的封面。

「妳給了我凶手的潛在心理描述。」他搖搖頭說：「我要先忽略心理疾患的可能性。先假設他是單身男子，很有可能在青少年時期被人緣很好的同學性侵，或是受到誘惑。凶手的個性很有秩序，是個控制狂，聰明，並且善於分析。」

「是的。」

「那麼我們走吧。」他從桌上拿起一小串鑰匙。「我們去看看湯普森是否符合這樣的描述。」

我看了一眼手錶。

「現在？我已經安排星期三要去見他。」沒有做好計畫或心理準備就去監獄，感覺太魯莽了，尤其是考慮到我的新診斷假設。這是我的職涯中非常重要、甚至是最重要的時刻。如果我問錯問題怎麼辦？如果他說出歷史性的內容、而我又沒有準備好怎麼辦？

「為什麼不行？妳星期三還是可以再去見他。」他打開辦公室的門，挑起眉毛表示質疑。「我以為妳的工作就是跟兇手談話。」

「我以為他不是兇手。」我對他吐槽。

他抬起嘴角露出笑容。「好吧，這就是我們要弄清楚的。」

第三十二章

「妳看起來並不緊張。」羅伯特把口袋裡的東西清空，放入警衛伸過來的小碗裡。

「我並不緊張，不過有一點興奮。」

他咯咯笑著說：「興奮……這是很有趣的反應。」

我們通過金屬探測器，等候我們的隨身物品通過輸送帶。我低頭看，對他說：「你的襪子真可愛。」這是一雙灰色菱紋襪子，上面印滿了小紅鶴。

他動了動腳趾做為回應。「妳的指甲油真可愛。那應該稱作洋紅色嗎？」

「應該是紫紅色。」

他從輸送帶拿了我的高跟鞋並遞給我。我們坐在靠牆的金屬摺疊椅上，重新穿上鞋子。我瞥了一眼警衛。他們正在為某件事發笑。「你有多常來看他？」

「湯普森？每隔一天就來一次。」

「真的？」我站起來等他穿完鞋子。「這樣感覺很頻繁。你們有那麼多話題可以談？」

「其實也沒有，多半只是來鼓勵他而已。」他站起來，重新把襯衫的後襬塞進褲子裡。「他過得不是很好。」

我問：「有誰會在牢裡過得很好？」

他輕輕把一隻手放在我的腰後，引導我走向左邊的走廊。「我替他感到擔心。等妳跟他談過之後，我想知道妳對他的心理強度有什麼看法。」

「他仍舊主張自己是清白的嗎？」

「沒錯。」羅伯特嘆了一口氣。他按下電梯按鈕，我們便暫停說話等電梯。

我瞥了一眼對準我們的監視器。「你應該知道，你要替被指控殺害你兒子的人辯護，感覺很奇怪吧？」

我們走入電梯。

「如果我認為他有罪，我就不會為他辯護了。」

「你以前替有罪的人辯護過嗎？」

「當然。」他按下三樓的按鈕。「不過在這個情況，我不會這麼做。理由很明顯。」

「所以說，除非牽扯到你的家人，你願意忽略道德。」

他惱怒地哼了一聲。「我不會這麼說。」他轉頭注視我。「不過我的道德羅盤有時當然也會出錯，就跟妳一樣。」

我在胸前交叉雙臂。「我的道德羅盤哪裡出錯了？」

「我替有罪的人辯護，妳則保護他們。」電梯門打開了，我等他出去，但他並沒有出去。

我跟著他留在電梯內。「我什麼時候保護有罪的人了？」

他的表情變得嚴厲。「葛文醫生，我來考考妳，如果有位病人告訴妳自己的祕密，妳會怎麼辦？」

我停頓一下，電梯門關上了，把我們隔離在小小的空間內。「這要看是什麼祕密。」

他冷淡地發出笑聲。「看是什麼祕密？好吧，那我問妳，妳曾經舉報過任何一名病人，或是報告過妳在看診時聽到的內容嗎？」

他問話的方式，讓我感覺自己從來沒有洩漏過病人隱私是一件壞事。我謹慎地說：「沒有。」

「有人向妳坦白過罪行嗎？」

我猶豫了一下。當然有。他們當中有很多人就是因為這樣才成為我的客戶。他們要整理罪惡感與後悔的情緒，從過去學習如何預防將來再度犯下暴行。「有的。」我平淡地回答。

「他們當中有人告訴過妳正在計畫的犯罪嗎？」

對於這個問題，我保持沉默。我並不是要被審判的人。我不需要回答他。我有身為醫生的保密義務，而且（如果假裝約翰·亞伯特不存在的話）我對於要保守哪些祕密的判斷，具有無可挑剔的紀錄。

有一個細微的聲音在我腦海中低語：**那也要妳的病人告訴妳所有事情，才能算是無可挑剔的紀錄**。這個聲音跟我睡不著覺的夜晚聽到的聲音一樣。

事實上，我並不知道我的病人做過的所有事情。我知道的是他們告訴我的事。他們會跟我分享很多，但也會隱瞞我某些祕密。路易是否停止毆打他的太太？我不知道。卡洛是否仍舊在殺野貓野狗？他是否曾經傷害過人？我只知道他們選擇告訴我的事。事情就是這樣。

羅伯特把身體靠在對面的牆壁，給我足夠的空間。「醫生，妳突然變安靜了。」

我伸手按下「3」的按鈕，慶幸電梯門立刻打開了。我走出電梯，沿著走廊前進，希望自己走的是正確的方向。

「是這一邊。」羅伯特喊。

那當然了。我轉了一百八十度，勉強擠出輕鬆的笑容，對他說：「請你帶路吧。」

他打量了我片刻，然後開始沿著走廊前進。他邊搖頭邊低聲喃喃自語。

我沒有要求他大聲說出來。此時此刻，我並不想知道他要說什麼。

＊＊＊

湯普森坐在玻璃牆房間中央的摺疊椅上。我們被帶到隔壁的房間。當門在我們進入之後關上，我皺起眉頭問：「我們為什麼沒有跟他在同一間房間？」我曾經做過不只一次這樣的面談。即使是面對暴力犯，我也總是跟對方在同一間房間。

「為了安全。」羅伯特說。

警衛拉開窗簾，我們便從巨大的玻璃窗看到那個男人。這位有些年紀的男人似乎半睡半醒，手腕和腳踝都銬上手銬與腳鐐，而後者則連結到地板上的一個環。「我不認為會有問題。」

「他們不是在擔心我們。」他抓了抓自己的脖子後方。「他們是在擔心我。」

「你？」我一時沒有意會過來，不過立刻發現這是很明顯的。他們當然不可能讓被害人的父親和被指控為凶手的人同處一室。「啊。」我發出尷尬的笑聲。「那就讓我進去吧。」

羅伯特說：「他可以聽到跟看到我們。妳只要按下按鈕打開麥克風，就可以跟他通話。」

「不行。」我敲了敲我們和警衛之間的玻璃窗。「我想要進入他在的那間房間。」

「可是——」羅伯特的回應被警衛打斷。警衛打開門。

「一切都還好吧？」

「我想要進入湯普森先生的會談室跟他談。」我拿出自己的資格證明文件。「我在獲得許可的名單裡。」

警衛看了羅伯特一眼。「只有妳要進去嗎？」

「是的。」

羅伯特保持沉默，不過我可以感受到他的焦躁。

警衛聳聳肩說：「好吧。」

＊＊＊

他們花了五分鐘對我講解安全守則，並確認我沒有攜帶任何武器或違禁品，還徹底做了身體檢查。我再三確認自己在房間裡會有隱私，然後進入玻璃窗內的區域。湯普森轉頭看我。

「妳是誰？」他警戒地問。

「我是葛文．摩爾醫生。」我走到窗戶中央，背對窗戶，心中明白羅伯特和警衛會觀察我的一舉一動。「我是一位精神科醫生，專長是具有暴力傾向的病人。」

「我來猜猜看，妳是來這裡判斷我的精神是否異常吧？」

「事實上……」我把一張椅子拉到中央，椅腳刮在地板上發出刺耳的聲音。「我是來這裡判斷羅伯特．凱文的精神是否異常。」

這是刻意的舉動，用意是要把焦點從他身上移開，並且讓氣氛輕鬆一點。尋求注目的人會立刻做出反應，把話題拉回自己身上。湯普森似乎覺得這句話很有趣，並出現很明顯的變化：他的肩膀不像先前那樣沮喪地下垂，背脊也重新挺直。「妳是認真的嗎？」

「完全認真。」我坐下來。「一位悲傷的父親為他兒子的凶手辯護？」我扮了鬼臉。「拜託！」

「我不是凶手。」他的聲音很輕，但很堅定。他沒有試圖注視我的眼睛，也沒有坐立不安或呼吸節奏變化。他要不是很會說謊，就是在說實話。

他有沒有可能是在說實話？我皺起眉頭，想到這個可能性暗示著血腥紅心殺手仍舊逍遙法外。

「好吧。」我簡短地說，「可是羅伯特為什麼會知道這一點？」

他瞥了一眼窗戶。「他在外面嗎？」

「是的，不過他聽不到我們的聲音。我是一位醫生，所以我跟你之間會有保密義務。」

他在椅子上動了動，似乎對這段對話感到不自在。他的腳踝之間的鍊子敲在地板上的環，發出金屬撞擊聲。這個聲音似乎提醒了他自己的處境。他變得清醒，瞥了一眼地板上的腳鐐，然後又看著我說：「我不知道他為什麼要幫我辯護，不過他是唯一相信我的人。如果妳來這裡是想要看我對他潑髒水，那妳就找錯人了。」

「我可以理解這一點。」我湊向前，把前臂放在膝上。「你有什麼問題要問我嗎？」

這個問題讓他感到驚訝。這是我對新的病人常用的手段。他們總是非常警戒，習慣於為自己辯護並保護自己，因此通常會抓住這個機會問我問題。不論他們問什麼，我都會老實回答。必須要有付出，才能得到信任。

「這就是妳來這裡的目的？問我關於他的事？」他用下巴比了比窗戶。羅伯特此刻大概正急著想要知道我們在談什麼。

我把一撮頭髮拉回髮髻。「我受到你的法律團隊委託，要寫一份心理側寫。不是針對你——而是提供我對血腥紅心殺手個性的看法。」

他的指甲都被咬到指尖的部分，其中一片的甘皮周圍有乾掉的血跡。他的鬍鬚留得很長，沒有修整，眉毛濃密而雜亂。過長的鬍鬚大概是因為待在監獄造成的，但是咬指甲顯示自我控制能力很差，眉毛則顯示長期對外觀的忽略。這些都不符合血腥紅心殺手的個性，不過個人衛生很差是妄想型精神分裂症的症狀之一，而緩慢的動作也一樣——湯普森如果動得更少，就等於是睡著了。

我清了清喉嚨，對他說：「我做了一份心理側寫，必須要比較你是否符合那份側寫。這就是我來這裡的理由，也是我受到羅伯特委託的理由。順帶一提，他似乎相信你的清白。」我盯著他，直到他抬起視線看我。「他是怎麼成為你的律師的？」

「我被逮捕之後，他很快就出現，提議要替我辯護。」他清了清喉嚨。「我沒什麼立場挑三揀四。」

他說得沒錯。我把側寫傳給羅伯特之後，開始追蹤關於湯普森的最新電視新聞及報章報導。媒體很盡責地剖析並記錄他平凡無奇的生活。他住在父母親留下的破舊房屋裡，教書的薪水微薄，每逢假期就會去大賣場扮演聖誕老人。他全年都留著鬍鬚和小腹，臉色就如不常晒太陽的人般蒼白。

我不喜歡這樣的報導。這並不符合我對血腥紅心殺手的看法。我改變戰略。「我們有共同認識的對象。」我把筆夾回資料夾上方。「路克·埃藤斯。」我仔細觀察他，等待他對此做出反應。

他面無表情地盯著我。除非這傢伙在喝了咖啡之後會產生新的人格，否則我不知道他怎麼可能會被提名為年度最佳老師。

「路克・埃藤斯。」我重複一次。「他曾經是你的學生。」

「喔。」湯普森點點頭，但其中沒有任何意義。「好吧，多久以前？」

「我不是很確定，大概十年前吧。」

他稍稍聳肩說：「我教過很多孩子，一年有兩百個，很難記住所有人。」

我想到路克因憤怒而顫抖的臉，思索著要是他知道湯普森不記得他，不知道會有什麼反應。

我冒險說謊，自行補充路克沒有說出來的話，希望能夠引誘湯普森吐露一些情報。「他說你對他做了不恰當的行為——是關於性方面的。」

湯普森立刻收起表情，就好像一扇門當著我的面關上。「不可能。絕對不可能。」

「也許是你不記得了。」我提出可能性。

他直視我的眼睛，而這是他目前為止表現出最大活力的一次。他嘴角揚起冷笑，用強調的口吻說：「我不是同性戀。」

對於同性戀強烈的輕蔑——嗯，總算有一支鑰匙吻合了。而且他眼中有某種強烈的情感，顯示出獵食者的特質。我看過太多危險人物，不可能在面對面時認不出這樣的人。這傢伙行動緩慢而年邁，很有可能在穿越森林追逐獵物時驟死，但在他警戒的眼神中，仍舊存在著某種邪惡墮落的本性。

我的大腦迅速處理著對他的各種印象：哪些符合我的側寫？哪些不符合？我對他個性的直覺與我的臨床意見及側寫有何異同？不論羅伯特如何主張，湯普森並不是無辜的人。他有輕微的妄想型精神分裂症跡象，但衛生不佳和緩慢的行動並不是特有的鑑定要素。

最大的問題是，他是血腥紅心殺手嗎？

＊＊＊

羅伯特等到我們走出監獄、前往停車場時，才問我有什麼想法。

「我還不知道。我得先翻翻我的筆記。」我注意到停車場的另一邊停了一輛新聞採訪車，一臺照相機對準我們，於是我便加快腳步。

「葛文……」羅伯特的聲音比較像是在警告而不是哀求。他打開車門，賓士車的車燈亮了。

我隔著車頂與他對看，然後從我的皮包掏出自己的鑰匙。「羅伯特，這並不是在玩堆積木。我沒辦法告訴你某個圓柱形是否吻合某個洞。我必須吸收他說的所有內容才行。」

「好吧，那我們今天晚上晚點再談吧。到我家來喝酒。」

我瞥了一眼遠處的那些相機，意識到其中一臺對著我們。「明天怎麼樣？我會打電話到你的辦公室，安排見面時間。」

他嘴上展現的笑容幾乎像野狼。「哦，拜託。如果我花更多時間待在辦公室，我一定會瘋掉。我們可以在家裡放鬆，坐在戶外的火堆旁。相信我，我會是個完美的紳士。」

他一直都是。問題在於我。我從來沒有去過他家，不過我猜那應該就像他其餘的部分，圓滑而誘人。我彷彿聽見海妖在呼喚：脫掉高跟鞋，解開上衣釦子，像個廉價的妓女般狂喝酒。「明天。」我再度嘗試。「我下午有空。」

他打開自己的車門，準備上車。在他進入車內之前，他最後的一句話越過車頂傳來：「八點過來吧。我會傳簡訊告訴妳地址。」

不——我心想——**不**。他的汽車發出隆隆引擎聲。我退後一步，尋找自己的車，看到它在隔著三排車的地方，便朝那裡走過去。當羅伯特的賓士駛過我身旁，我並沒有回頭，甚至沒有去承認它的存在。

不——我心想——**我不會在八點到你家**。我需要在我們之間隔著一張辦公桌，上面放著紙張、資料夾、釘書機和檯燈，背景還要有一位接待員。混亂中要有秩序才行。

這樣的態度聽起來很好，不過此時此刻我已經在心裡挑選內衣、刮腿毛，身體因為對今晚的期待而彷彿在嗡嗡作響。

我進入溫暖的車內，打開車頂，想要盡量吸入空氣。我有比性慾更重大的問題，那就是先前在監獄裡的兩個男人——羅伯特和湯普森——都在對我說謊。我會在法庭上再度面對其中一人，而再過幾個小時就要在對方家中面對另一人。

兩人都在說謊，但兩人是否都危險呢？

第三十三章

妮塔在廚房的料理臺翻閱戶外家具的目錄。在她旁邊，他們的主廚貝絲開始使用攪拌器製作大量巧克力蛋糕的麵糊。

「哈登太太，您要我關掉電視嗎？」

妮塔瞥了一眼掛在不鏽鋼雙門烤箱上方的螢幕。新聞已經結束關於餐廳規範的討論，開始播放從空中俯瞰湯普森被關的監獄的影像。「不用了，沒關係。」她放下目錄，看著攝影機呈現監獄標誌的特寫。現在他們要播報史考特的最新消息了嗎？自從他改變說法、承認自己說謊之後……妮塔一直感到緊張，等著媒體嗅到消息並大肆報導。

事情還沒發生，但遲早會發生。任何時刻、任何一天，這則新聞都有可能爆發，而他們會立刻成為反派，被指控妨礙司法、欺騙。史考特的英雄地位會立即被剝奪，他的名聲也會永遠蒙上汙點。

新聞主播說：「湯普森的法律辯護團隊目前已經納入葛文・摩爾醫生。她是一名精神科醫生，專長是犯罪行為學。」

攝影機聚焦到監獄入口。在那裡，湯普森的律師正陪同一名穿著黑色套裝、個子很高的褐髮女子走出來。妮塔看到羅伯特・凱文的身影就感到胃痛。當史考特一開始失蹤時，羅伯特是最早聯繫她的人。她很慶幸能夠對某個和她及她先生擁有共同經歷的人談。羅伯特能夠真正理解失去兒子、並絕望地尋找他時那種可怕的情緒起伏。

但他是條狡猾的蛇，有著英俊的笑容，背後藏了一把銳利的刀。當史考特指認出凶手，他立刻再度出現，對湯普森提供法律協助，並準備在審判時抹黑史考特。

喬治猜想，羅伯特大概是對史考特活著、自己的兒子卻死了而感到難以忍受。他認為羅伯特因為自己失去了蓋伯，因而想要懲罰他們，讓史考特的生活陷入地獄。

妮塔拒絕相信做父母親的人會如此自私。即使在她最黑暗的時刻，她也絕對不會對一個孩子懷抱惡意，即使是血腥紅心殺手的小孩（如果他有小孩的話）也一樣。湯普森並沒有小孩。

「葛文・摩爾醫生以協助洛杉磯警方處理紅河槍手案而著名。」攝影機轉到葛文的特寫。她正走過一座停車場。她是一位美女，有一頭深色頭髮和陶瓷般雪白的肌膚。她的鼻子微微往上翹，讓她看起來更為年輕。她瞥見了攝影機，冷淡地瞪了一眼鏡頭，然後繼續向前走。

她看起來是那種對任何事都有自己答案的女人。那樣一定很棒。此時此刻，妮塔面臨許多疑問，全都跟兒子有關。她抬頭看天花板，方向是史考特的房間。自從史考特向警方說出實話，已經過了一個星期，而這段期間妮塔幾乎都沒有看到他。他待在自己的房間，鎖上門，不理會送上的食物或是要讓他離開房間的嘗試。家裡的室內監視器拍到他在半夜偷偷溜下樓吃東西，然後又迅速回到自己房間。

也許妮塔應該幫他找個醫生。這或許是創傷後壓力症候群。他們可以讓他參加療程，接受心理訓練，幫助他加強心理強度。另外也可以幫他找一隻嚇人的大型護衛犬，能夠爬入車窗內，讓他不用擔心被攻擊的恐懼。她已經在德國找到一隻，在兩個星期之內就會到達。

攻擊犬和心理諮商——這就是她身為母親僅剩的選項嗎？今天早上，她查了妨礙司法罪和刑事律師的資訊，以防洛杉磯警察局對史考特提告。昨晚她登入了手機計費系統，檢視史考特的通話和簡訊紀錄。

她已經認不得自己了。她在刺探她的兒子，追蹤他的行動，監督他的通話，利用家中的監視器觀察他。六個月前，她對兒子的擔心主要在毒品和女孩方面，現在她則擔心自己會在心理上、身體上與情感上失去兒子。在面對這些可能性時，她必須跨越界線，侵入史考特的隱私。即使有一天史考特為此恨她，她也不會道歉。

她下了凳子，說：「我要上樓去看看能不能說服他吃點東西。」

貝絲放下湯匙，走到烤箱前方說：「等等，我來替他準備一盤料理。」她打開烤箱的門，拿出一盤起司漢堡。這是她放在裡面保溫、希望史考特能夠下樓吃的。

妮塔等候她把加了培根條的起司漢堡跟麵包組合起來，用錫箔紙包起一半，放在盤子裡，搭配薯條和一瓶番茄醬。

貝絲問：「他會想要加芥末醬或小黃瓜嗎？」

「不用了，這樣就好了，謝謝妳。」

妮塔沒有走樓梯，而是搭電梯上樓。她用一隻手端著盤子，關上電梯門並按下二樓的按鈕。史考特的電話紀錄令她感到震驚，甚至特地叫醒喬治來看，希望他能提供一些看法。在史考特被拐走之前，他的手機幾乎一直都有活動，接著當然是七個星期的完全死寂，然後在他回來之後，幾乎沒有任何活動。

幾乎。

除了打給不動產仲介的那通電話之外，他所有的電話和簡訊都是針對同一個號碼。只有一個號碼。他沒有打電話給凱爾、拉瑪或安迪，也沒有跟之前總是纏在他身邊、希望得到他注意的幾十個女生互傳簡訊。只有一個電話號碼，以及數十次通話與簡訊紀錄。這些通話都很簡短，不到一分鐘。所有簡訊都是他寄出的，沒有收到任何簡訊。

接著在幾個星期前，他停止通話與傳簡訊，手機活動變成零，彷彿他又失蹤了。

喬治要妮塔打電話到那個號碼，她也打了。電話直接被轉入自動語音信箱，語音內容只有報出電話號碼，沒有透露關於電話主人的資訊。

電梯發出「叮」的響聲。妮塔走出電梯，來到史考特的房門口，敲了敲門，然後轉動沉重的鉻合金把手。「史考特，是媽媽。」

室內傳來播放音樂的聲音。自殺就是這樣發生的。根據她在網路上讀到的文章，情感退縮是第一個跡象。他們從警察局回來之後，史考特跟喬治吵了一架，然後就一直在生悶氣。

老天爺，她寧願聽到尖叫聲，而不是像這樣悄然無聲。不過後來喬治也同意，對史考特怒吼不是正確的做法。沒錯，史考特對警察說謊，並且有可能面臨妨礙司法的控訴，但是他活著，安全地回到家。其他的細節並不重要。

「史考特，貝絲剛剛做了培根起司漢堡。」妮塔再次嘗試呼喚。「我替你送來一個熱騰騰的漢堡，還有你喜歡的脆薯條。拜託，開門吧。」她把耳朵貼在門上，沒有聽到任何聲音。史考特有沒有聽到她在呼喚？

這時走廊盡頭的書房門打開，喬治走了出來。他穿著淺綠色的高爾夫球短褲和白色 Polo 衫，看起來就跟二十二年前妮塔第一次見到他時那樣，意氣風發而體面。

喬治問：「門還是鎖上的嗎？」

「沒錯。」妮塔用拳頭背敲門，發出輕柔的咚咚聲。如果她這麼用力地敲打她小時候的臥室門，一定會把廉價的合板門敲出裂縫。

喬治從她身後說：「讓我把門踢開吧。他不會開門的。」

一個星期前，妮塔會跟她先生爭辯，但此刻她對史考特的擔心已經開始瀕臨恐慌。她輕聲說：「你不應該對他那麼凶。」不過她當時也在場，兩人在從警察局開車回家時，都因為焦躁不安而抬高音量。

「史考特！」喬治喊。「開門，要不然我就要破門而入了。」

音樂停下來，妮塔屏息守候。過了幾分鐘，史考特打開門。

妮塔看到兒子，便把手放在丈夫的手臂上，輕輕把他推開。妮塔端著那盤食物進入房間，對喬治使了一個警告的眼色，然後關上門。

「拜託，媽！」史考特發出呻吟，垂下肩膀。「我只想要獨處。」

妮塔把盤子放在他的書桌上，走到他的小冰箱前。她打開冰箱門，看到裡面幾乎空無一物，不禁發出嘖嘖聲。裡面放的都是加糖汽水。她的兒子以前對健康是那麼講究，現在卻變得跟一般美國青少年一樣。冰箱上方有一包打開一半的芝多司，垃圾桶裡的糖果包裝和汽水空罐已經滿出來。她從冰箱取出一罐柳橙汽水，遞給史考特。後者已經坐在書桌前，狼吞虎嚥地吃著漢堡。

他沒有穿上衣。妮塔的視線徘徊在湯普森在他胸前刻的紅心輪廓上。史考特清了清喉嚨，她才意識到史考特在看她。

她把視線移開，說：「對不起。」

「沒關係。」史考特把薯條放入嘴裡。

「我可以幫你在上面塗藥膏。」妮塔提議。「我有修復傷口的藥膏，是我之前動膝蓋手術之後用的，很有效……」她說到一半，看到史考特把身體轉開，幾乎是在保護自己的傷口，便停了下來。

「我不想要在上面塗任何東西。」

妮塔皺起眉頭。「這樣會留下傷痕。你應該不會希望——」

「不要！」

史考特凶狠的語氣讓妮塔閉上嘴巴。妮塔吞了吞口水，在他床邊坐下，對他說：「我只是想要幫忙。」

他的面色變得溫和。「我知道，媽，我只是……不想失去這個傷痕。這件事發生在我身上，我不想要忘記它。」

他當然不想忘記，妮塔也不是要他忘記任何回憶。她只希望替兒子治療，包括身體和心理。「史考特，我們很想念你。你不需要把自己鎖在房間裡。」

「我不想跟任何人說話。」

「我知道，可是，史考特——」她忍住想要問他的十幾個問題，只問其中一個。「你為什麼要告訴我們，你是逃出來的？為什麼沒有告訴我們，是他放你出來的？」

史考特咬了一口漢堡並咀嚼，雙眼盯著前方的牆壁，肩膀因為緊張而僵硬。在他擦拭嘴巴的時候（他從來沒有擦過嘴巴），妮塔幾乎要伸手去搖他。最後他終於開口說：「我不知道。大概是因為其他人都沒有被放走。」

根據史考特對警方做的最新供述，湯普森當時解開他的手銬，把他放入自己汽車的後車廂裡，載他到距離他們家幾英里外的加油站，在那裡把他拉出來，告訴他說要放他走，條件是他必須直接跑回家。

「我跟別人不一樣。」他用激動的聲音說，「我是特別的，所以才會被放走。」

特別？史考特說出這個詞的語氣當中，具有某種讓妮塔感到不自在的特質。他的聲音中帶有感激，眼中有一絲自傲。就連此刻，他也把手放在胸前，彷彿是在保護傷口。

「也就是說，你認為我們不會相信你？所以你才說謊？」

他吞下正在咀嚼的食物，伸手去拿汽水。「沒錯。」

妮塔身為母親的直覺提出警告。事實上，在史考特回到家之後，她的直覺就一再提出警告。史考特當初在說謊，現在仍舊在說謊。她先前不屑一顧的矛盾證據變得越來越多。今天早上律師才提醒他們，警方並沒有在湯普森的後車廂裡找到史考特的ＤＮＡ。妮塔頓時失去耐心。「史考特，看著我！」

他轉過頭，與母親四目相交，但其間沒有任何連結。

「我要你跟我說實話。現在你爸爸沒有在聽，也沒有警察在旁邊。你只需要告訴我。」

他眨了眨眼睛。

「史考特？」妮塔繼續追問。「你還隱瞞了我什麼？」

他轉回自己的起司漢堡，拿起來仔細端詳，然後緩緩低下頭咬了一口。

妮塔感到更加挫折。沒錯，他經歷了造成心理創傷的折磨。沒錯，只要他回來，妮塔就很感激了。但是有個男人因為他的指控而被關進監獄。警方與郡政府為了他的供詞（他的謊言），投入大量資源在相關法庭案件上；為了他的新說法而更改證據、報告，以及辯護戰略，不知又要花多少工作時間；但他卻不願意談這件事。他先前非常樂意對任何想聽的人談他的假故事，可是當真相大白，他卻閉上了嘴巴。

妮塔伸手拍了一下桌子，然後在看到她的兒子露出驚嚇表情時，立刻又後悔自己的舉動。她迅速地說：「對不起。不過拜託，你可以跟我談談嗎？」

「我不能專心吃東西嗎？」

他的手機放在桌上。妮塔以他來不及阻止的速度拿起手機，不過他完全沒有理會這個動作，因此妮塔的速度是多餘的。她點了螢幕，但沒有任何動靜。手機沒電了。怪不得史考特都不理會她的簡訊。「你的手機沒電多久了？」

「我不知道。」他把幾條薯條塞入嘴裡。

「史考特，我看過你的手機紀錄。你為什麼都沒有跟你的朋友聊天？」

他轉向妮塔說：「不要看我的手機！」

「是我們付你的手機費的。我們有權知道你跟誰說話。」老天爺，她什麼時候變得像她媽媽了？

「難道我沒有隱私嗎？這就是妳要告訴我的嗎？我從一座監獄轉到另一座監獄？」

妮塔有些畏縮。「我不會稱這是監獄。你可以——」

「我可以做什麼？我只要開車到外面，妳就會大驚小怪；只要一離開房間，妳和爸爸就會對我大吼大叫；現在妳也到房間裡來對我咆哮——」

「你打電話給誰？」妮塔在他變得更激動之前打斷他的話。「你一直打的這支電話是誰的？」

史考特把視線轉向旁邊說：「沒人。」

妮塔把雙臂交叉在胸前。「好，你不用告訴我，我會去自己找出答案。」

這個威脅發揮作用，史考特把頭埋在雙手中。

「媽！」他發出呻吟。

妮塔等他繼續說下去。

「是一個女生。」他嘆了一口氣，頭仍舊埋在手中。「是我之前交往的對象。」

「什麼時候？」

「今年更早的時候。我一拿回手機就打電話給她，可是她沒有回我電話。」

「是珍妮佛嗎？」

「妳不認識她。」

「她也念比佛利高中嗎？」

史考特發出沮喪的叫聲。「她已經不住在這裡了，所以這不重要。」

「她什麼時候搬家的？」

「媽，她走了。」

「你說她走了，是什麼意思？」

「她是在我……不在的時候搬家的。我開車經過她家前面，發現她已經不住在那裡了。」

妮塔想到那棟待售房屋，以及那通打給不動產仲介商的電話，心中的憂慮頓時消失。這就是一切的原因嗎？成天無精打彩、關在自己房間、拒絕跟他們說話……都是青少年失戀的症狀？

「哦！史考特。」她伸出雙手擁抱他。

他嚇了一跳，坐在原位沒有反應，接著笨拙地拍了拍母親的肩膀。

妮塔低聲說：「對不起。」

他被關在湯普森屋子裡的那段期間，大概一直都想著那個女孩，然後等他終於得到解脫，卻只能一直打電話而得不到回應。

「她一定是在搬家的時候換了電話號碼。」妮塔說。

「嗯。」史考特離開她的懷抱。「還有沒有漢堡？」

她露出笑容。「當然了。跟我一起下樓吧。我保證——」她舉起雙手表示投降，「我們不會再問你任何問題。你只要躺在沙發上看電視，等貝絲做好巧克力蛋糕。」

巧克力蛋糕是他的最愛。妮塔看到他眼中產生些許活力，並且點了點頭。即使這只是一場小小的勝利，感覺仍舊像是里程碑。

他們一定會沒事的。

第三十四章

羅伯特的屋子完美到令人惱火。室內採用乾淨俐落的現代風格，色彩濃郁的深色牆壁搭配光滑的表面，再加上適度的皮革與布料讓整間屋子感覺溫暖。他開了兩瓶葡萄酒放著醒酒，戶外火爐裡的火發出劈里啪啦的聲音燃燒。我挑起眉毛，注視這幅景象。「為什麼我覺得你經常做這種事？」

「我沒有。」他把一瓶啤酒舉到嘴邊，然後朝著葡萄酒點點頭說：「選擇妳要服用的毒藥吧。」

在夏多內與皮諾之間，我選了前者，並倒了一杯，然後瀏覽眼前的景象。他的家坐落在好萊塢山丘上，位置高到能夠俯瞰整座城市。傍晚時分的城市開始閃爍著彩虹般的燈光。如果再早半小時，我就能看到日落了，不過眼前的景象仍舊很壯觀。我回頭，在一撮頭髮飄到我臉上之前揪住。「我很懷念升火的氣味。」

他露出微笑。「我的承包商原本想要安裝瓦斯，不過我喜歡木頭的氣味，即使會殘留在衣服上也沒關係。」

「我也一樣。」

火爐前方擺了半圓形的組合沙發，上面有深藍色椅墊和白色的大靠墊。我坐在其中一端的座位上，脫下涼鞋，然後把腳拗到身體下方。

他坐在中間的座位，兩人之間隔了六英尺。「妳今天過得怎麼樣？」

「很平靜。」我先前直接回到家，把浴缸裝滿熱水，並加入薰衣草香味的泡泡浴。我泡在熱水裡，徹底思考這個案件的每一個環節，以及湯普森在其中的位置。

雖然拿到一千頁的案件檔案，並親自訪問過被指控為凶手的人，但我仍舊沒有足夠的資料能夠繼續探討。我不知道湯普森對路克做了什麼，也不知道他是否展現了第二人格的特徵。在我與他面談時，他當然沒有展現出來。

如果我和湯普森面談時，只是把他當成可能嫌犯之一，那麼我會把他分類為「不太可能」。他並不是個一絲不苟的人，並且堅持強調自己是無辜的。心理學上，他並不是凶手的正確人選。

然而另外也要考慮證據方面的問題。他被史考特指認為凶手，而且在他的房屋裡，也找到一盒來自所有六名被害人的紀念品。他的靈魂中有某種固有的黑暗成分。我認出這一點，只是無法判斷邪惡的程度有多深。

羅伯特把啤酒瓶夾在雙手之間滾動。「在我問妳對於湯普森的印象之前，我得先告訴妳一件關於史考特的事。」

哦，不。我緊緊握住葡萄酒杯的柄。史考特還那麼年輕，應該不會——

「他更改了說法。」

我心中的警報頓時解除。「怎麼更改？」

「他一開始說他是逃出來的，現在他說他是被放出來的，而且是被載到離家幾英里的地方釋放。」

「釋放？」這點很奇怪。我的心跳加速。這一點顯示出解離型認同疾患的特質。和妄想型精神分裂症相較，我開始傾向於前者。「你什麼時候知道的？」這是很重要的情報。

「大概十五分鐘前。」

我把杯子放在沙發的扶手上，以便全神貫注地思考。「哇哦，這太有意思了。」

羅伯特發出苦澀的笑聲。「是啊，我也感到很驚訝。真希望蓋伯也這麼好運。」

我在腦中反覆思考這個新的情報。「你相信他嗎？」

羅伯特把頭歪向一邊，說：「這是個有趣的問題。妳想要說什麼？」

「這裡有兩件事情要考慮。首先，史考特為什麼一開始要說謊，然後又說出實話？我必須好好思考這一點。這樣會怎麼影響到他的指認的可信度？什麼樣的動機促成了他第一個舉動，然後又顛倒說詞？」

「第二件事呢？」

「這一點就跟凶手有關。如果史考特說的是實話，那麼凶手為什麼要放他走？為什麼史考特不一樣？這七個星期當中發生了什麼事？」我嘆了一口氣。「如果真的是凶手讓他走的，那麼你認為史考特指控湯普森涉案是說謊的想法，就會更為可信了。他有可能是在保護真正的凶手。他有可能對那個男人萌生忠誠、甚至是愛情。」

「就像斯德哥爾摩症候群。」

「沒錯。」這個症候群並不是正式的診斷名稱，而是心理上的適應策略，被好萊塢電影和小說家拿來濫用，不過還是很真實。我原本認為羅伯特一開始的想法不切實際，但現在……由於我對湯普森的看法已經動搖，而史考特做為證人的可信度又有問題……羅伯特的想法開始顯得令人信服了。

我把深紫色長裙的下襬塞到膝蓋下方。「你沒有回答我的問題。」

他看著我，爐火的光線在他的五官上閃爍。「什麼問題？」

「你相信史考特新的說法嗎？」

「我認為他已經證明自己是不可靠的。不論我相不相信他，他已經提供我需要的彈藥，讓我能夠說服陪審團不要相信他說的話。」

他說得沒錯。該死，我一直對湯普森是否有罪感到猶豫不決。如果不去理會那盒紀念品，我就會很肯定他是清白的。他並不符合我的側寫，而史考特又已經被正式認定為不可信的證人。羅伯特只需要一名陪審員抱持合理懷疑。他會得到他想要的，而湯普森會得到自由。

我嘆了一口氣，思索著血腥紅心殺手仍逍遙法外的嚴肅事實。他在看著我們。我望著眼前的風景，在遠處燈光前方有一片黑暗的區域形成落差。我突然感覺到不是那麼溫馨與安全了。

「我重新讀過妳對血腥紅心殺手的側寫。」

「然後呢？」我把一撮頭髮從嘴前撥開。

「裡面有漏洞。」

這是很精確的評論。這樣的漏洞可以用解離型認同疾患或妄想型精神分裂症來彌補。我喝了一口酒，沒有回答。

「妳對於血腥紅心殺手是同性戀這一點，有多大的把握？」

他指的是在我的側寫中，分析凶手對那些男生強姦肛交與割除生殖器的部分。這種高度個人化而具有性愛本質的凌虐，再加上對被害人的選擇，顯示出這樣的可能性。

「我並不確定他是不是同性戀，不過我相信他對同性戀有幾近暴力的強烈情緒。如果在日常生活中出現這樣的傾向，他也會加以壓抑。」

「不過湯普森並不是同性戀。百分之十萬不是。」羅伯特站起身，彷彿在宣告討論結束。我看著他走到青銅製的桶子前方，把酒瓶丟入裡面。

「你怎麼知道？」我質問他。「你跟他以前的學生談過嗎？」

「沒有，不過我一個小時前寄了他的調查檔案給妳，妳可以自己去看。每一項對他的指控都是來自女學生，不是男學生。妳如果問我，湯普森是不是怪怪的？」他停頓一下。「我會回答，沒錯。我會不會放心讓他來照顧我的十四歲姪女？絕對不會。可是他不是同性戀，而且他的身體狀況很差，所以他不可能把屍體搬進或搬出後車廂，除非他手邊有吸入器，也有人幫忙。」

這個看法很合理，並突顯出湯普森因為太老而不符合我的側寫。他已經年屆退休年齡，而血腥紅心殺手比較有可能才四十出頭，體能良好，並且不是處在每天都有學生環繞的環境。

「聽我說，」我退讓一步，「我不是要來這裡說服你說他符合特徵，但是他有哪裡不太對勁。」

「當然了，他是個性侵者。」羅伯特聳聳肩，彷彿這個資訊不重要。「過去二十年以來，有三個學生對他提出過控訴。」

「等等，你說什麼？」我停頓一下。「你為什麼之前沒有告訴過我？我問過你，那是在……」我試著想起那是在多久之前。「上星期吧？我問你是否有學生指控過他。」

羅伯特從冰桶抽出新的一瓶酒，轉開瓶蓋。「我不希望妳對他的第一印象受到影響。是妳說妳在製作心理側寫的時候，必須要排除對他的任何成見。」

他說得很有道理。可是……「如果他是個性侵者，那只會更確定——」

「提出指控的都是女性——十三、四歲的女生。這是完全不同的犯罪手法。」

我沉默不語，思索著這個資訊。他說得沒錯，這是不同的犯罪手法。難道這就是我對湯普森感到不對勁的地方？他是色狼，而不是凶手？

也許我一直都弄錯了。

羅伯特端詳著我，然後轉向屋子。「關於死亡的話題就到此為止。我們進去吧。我有東西要給妳看。」

＊＊＊

「妳覺得怎麼樣？」

我盯著排列在牆壁前方的物品，視線掃過其中的每一件。眼前的情報量太大了。我湊得更近，然後緩緩地由上往下瀏覽。每一件物品都裝在透明盒子裡，由突出於牆面的聚光燈照明。「這是什麼？」

「這是我收集的特別禮物。每逢生日或聖誕節，我就會買件獨特的物品加入收藏。」

我審視著他的這些收藏。這裡至少有三十件物品，其中有小雕像，也有照片。「你收集多久了？」

「是我太太開始這項傳統的。她總是選擇具有意義、訴說著個人生命故事的東西。在她過世之後，蓋伯和我持續自行收集。」

我逐漸了解到眼前這些東西的重要性。它們不只是占據整面牆壁的昂貴小玩意，而是近距離觀看隱藏在他面紗後方的樣貌。他的廚房沒有生活氣息，但這間房間卻充滿了生活氣息。雖然可能會顯得陰沉而悲傷，但是在肅穆中卻帶有某種安詳。羅伯特在這裡顯得更放鬆、更自在。我停在一對短刀前方，彎腰閱讀金色的牌子。「『切開眉毛。』這是什麼意思？」

「這是一八〇〇年代的武士刀。他們測試刀子銳利度的方式，就是把人類顱骨切成兩半。通過測試之後，刀的主人就在刀子下方刻上這段文字。」

他用一根手指摸著閃閃發光的刀刃表面。「這是蓋伯選的。他最喜歡的電影就是《末代武士》。今年夏天，我們原本預定要去日本兩個星期，造訪角館町和萩城下町。」他停止說話，眼睛溼溼的。他把手縮回來。

他真實的生活觸動了我。在昂貴的西裝、自信的態度，以及法庭紀錄之下，是一個與鬼魂孤獨生活的男人。他愛的每個人都從他身邊被奪走了。怪不得他會捧著花束來到我家，而且一待就待很久，甚至把拼圖都拼好；怪不得他會強烈邀我吃晚餐，甚至幾乎是乞求我今晚到他家喝酒；也怪不得他會在酒吧和陌生人搭訕，並且跟著對方回家。

或許我只有我的貓和數位錄影機裡的浪漫喜劇播放清單，但我的生命中並沒有悲傷，而這種額外的力量會將寂寞淹沒在痛苦中。

我清了清喉嚨，沿著牆壁前進，檢視看起來好像被放進過垃圾處理機的棒球。他跟隨著我，手臂碰觸到我的手臂。我努力不伸出手去碰他、安慰他。

「看，那只戒指——」他指著古董祖母綠單顆寶石戒指。寶石鑲在黃金指環上，周圍環繞著鑽石。「它有一個有趣的故事。」

我等他繼續說下去，不敢問他那是不是他太太的。

他從臺座拿起打開的戒指盒，把它從聚光燈下移開。「它有四百年的歷史，曾經兩次消失在大海中。第一次是在一六二二年，當一艘西班牙寶藏船遇到颶風、淹沒在佛羅里達州外海的時候。」

我知道這段歷史，便說：「是阿托查號（註11）。」

他挑起眉毛表示佩服。「沒錯，當尋寶者在一九八五年找到寶藏，這只戒指也被重新找到，經過磨光擦亮，贈送給一位著名投資者的太太，黛比・史提克柏。有十年的期間，她天天戴著這只戒指，只有一天除外。」他停頓一下。我抬起頭對他微笑，很喜歡他說故事時的戲劇張力。怪不得他在法庭上

註11　阿托查號：Atocha是西班牙的一艘巨大帆船，在一六二二年搭載大量寶藏要由哈瓦那前往西班牙時，於美國佛羅里達州外海沉沒。

表現得那麼出色。如果我是陪審員，我可以聽他侃侃而談一整天。

「一九九五年十月四日早上，黛比被她先生叫醒，大聲要她趕快換好衣服，帶走任何值錢的東西。颶風即將來臨。他們的房屋位於海邊，門廊上的雨傘和家具已經因撞上欄杆而損壞，暴潮也已經湧上屋前的沙灘了。」他的聲音變得像在說鬼故事般陰沉。「她從先生的辦公室拿了小型保險箱，又拿了掛在臥室外的梵谷畫作，然後衝上他們的車子，把結婚戒指、手錶，還有這只戒指都留在她每天晚上摘下它們的床邊桌上。」

「他們為什麼沒有更早離開？颶風要來的話，不是幾天前就會知道了嗎？」

「史提克柏夫妻是出了名地熱愛派對。他們原本想要開幾十瓶烈酒和香檳度過這場風暴。直到那天早上，先生起床發現颶風的規模，才決定必須離開——多虧他們做了這樣的決定。歐帕爾颶風吹毀了他們的房屋，把它從沙灘連根拔起。當他們過了一個星期回來，現場只剩下原本支撐房屋的混凝土柱子。除了他們的財物之外，颶風也帶走了五百枚阿托查硬幣、六塊銀條，以及黛比的珠寶。由挖土機和潛水員組成的搜索隊在岸上與海裡搜尋好幾個星期，想要尋回再度失去的寶藏。」

我低頭看那只戒指。「他們找到了這個？」

「沒錯，隔了四棟房屋，距離一百碼，在沙子底下兩英尺的地方。他們最後找到兩塊銀條，還有大約一半的硬幣。其餘寶藏再也沒有被發現，或者——」他對我露出嘲諷的笑容，「——我懷疑有些是被搜尋隊的成員裝進口袋。」

「你是怎麼得到這只戒指的？」

他咯咯笑。「黛比最後把她龐大的遺產，包含這只戒指，全都留給她的狗。這個決定激怒了她的孩子們，並且引發了激烈的法律訴訟。」

「我不知道你也涉足遺產訴訟。」

他笑得更開懷了。「我沒有。不過其中一個兒子為了爭奪富可敵國的那隻茶杯貴賓犬，企圖殺死他的姊姊……於是我就受到委託。這筆財產被法院凍結，不過這位姊姊偷偷送給我這只戒指，案子就到此結束了。」

「我喜歡這個故事。」我把戒指盒遞給他。

「妳應該留下它，就當作是我支付心理側寫的費用。」

我被自己的笑聲嗆到。「什、什麼？不行。」我把戒指推向他。這顆寶石至少有兩克拉，甚至有可能是三克拉。加上背後的歷史，這只戒指的價值是我無法想像的。「別開玩笑了。」

「葛文，我沒有可以送禮物的對象。」他的聲音變得低沉。「拜託，收下它吧。我不希望成為那種把所有財產留給金魚的男人。」

我們四目相交，這時他的另一層保護消失了，顯露出內心的情感。他眼中憂愁的神情讓人幾乎難以忍受。我衝動地伸出手擁抱他。他的背很僵硬，身體語言很緊繃，但我仍舊緊緊摟抱他。「謝謝你。」我輕聲對他說，「這是我得到過最棒的東西。而且那隻金魚不可能會活過這個月。」

他笑著親吻我的額頭。這個意外的甜蜜舉動對我造成超出必要的影響。

「妳得答應我，不會在暴風雨裡把它弄丟。」

「我不會弄丟它。」我闔上蓋子，回頭瞥了一眼空出來的空間。「我會為你找一樣替代的東西。雖然不是無價的祖母綠，不過我會找到某樣很酷的東西。」

「很酷。」他重複一次，繼續前進，注意力已經從空位移開。「我想我太老了，不適合很酷的東西。」

「你最喜歡哪一件？」我走過通風口前方時抖了一下。我的洋裝太薄，不足以應付寒冷的室內。

「要做選擇太困難了。」他瞥了我一眼，湊過來伸出手摩擦我的手臂問：「要不要到外面？比較溫暖。」

他的視線落在我的嘴上，使我想不出該如何回應。他的雙手緊緊抓住我的手臂，把我拉向他。我沉沒在他的胸前，就像浪漫小說裡那些無腦女主角般，投入脆弱而孤獨的野獸懷裡。

第三十五章

我光溜溜地在他的床上醒來，蓋著層層絲綢被單和羽絨棉被。被窩裡感覺就像一個繭，讓我不想要離開。我閉上眼睛，在大腦完全清醒、使我對這個情況想得太深入之前，享受著這個時光。

床墊動了一下。我轉頭看到羅伯特坐在床邊，穿著休閒褲和襯衫，頭髮已經梳理整齊，並繫上了領帶。

他正對著前方，雙眼望著窗戶。「告訴我約翰對妳說了什麼，妳對他做的事知道多少。」

我起身用手肘支撐身體，把被子拉到胸前。「你說什麼？」

「約翰・亞伯特。」他轉頭直視我的眼睛。「告訴我妳知道什麼。」

我吞了吞口水，大腦努力嘗試要清醒並運轉。「我什麼都不知道。我是指，除了他告訴我的事之外，不過我——」

「自從我見到妳的那一天，妳就在對我說謊。媽的！葛文。」他發出咒罵聲，接著用雙手搓著臉。

「我沒有說謊。」我反駁。「我沒有對你說過謊。」我在床上往後挪一點，以便完全起身。

「妳說謊。妳知道所有關於約翰的事。」他仔細衡量自己說出的話，彷彿是在用石磨把一字一句磨出來。

我看著下方，不想看到他臉上審判的表情，但仍舊聽得見他說的話。我們在一起的幾個星期當中，他一直都知道布魯克之死的真相。他是在等我提起這件事嗎？他在觀察我會告訴警方什麼嗎？我輕聲說：「沒錯，我應該做得更多。我應該要報警的。」

床墊隨著他起身而晃動。我思索著該說什麼、該如何解釋。當我終於鼓起勇氣抬起視線，剛好看到他走出臥室的門，腳步聲沿著走廊離去。我等待著，傾聽著，但我能夠感受到屋子變得空虛。

＊＊＊

我在床腳找到自己的洋裝和內衣，涼鞋則在房間的另一個角落。窗簾是拉上的。我稍稍打開窗簾，看到現在已經不是很早了。我的手機大概還在廚房裡，放在包包裡面，很有可能已經沒電。我努力想起今天要做什麼。路克終於打電話到辦公室，約在十一點看診。我希望有時間可以先回家一趟洗個澡。

我進入洗手間上廁所並洗手。我看到鏡子，停下腳步，花時間整理了亂翹的褐髮。我注視著自己的眼睛，深深吸了一口氣。

不會有事的。我重複這句話兩次，並且深呼吸。羅伯特現在也許正要去找警察，也許沒有。不論如何，他問我知道什麼，就代表他先前並不確定我有罪。他知道的是約翰的罪。而現在，由於我自己承認，他也知道我的罪了。

不論梅瑞迪絲說什麼，不論我的腦袋想出什麼樣的藉口，布魯克的死都是我的錯。如果我那天早上回約翰的電話，如果我在會談時更仔細地傾聽他的話，如果我有聯絡布魯克並警告她，或是去報警，或是在面對病人時全心全意地做得更好——

我應該銷毀約翰的檔案嗎？我應該燒掉或埋掉證據嗎？我應該花多少工夫來保護自己？我感到胃很不舒服，深深吸一口氣，俯身面對洗手臺，等待昨晚的晚餐被吐出來。

不過我沒有吐。這陣噁心過去了。當我的胃穩定下來，我便挺起背脊。我必須離開這裡。我穿過拱形入口回到臥室，看到放在染色柚木的床邊桌上那個黑色絲絨盒，內心猶豫了一下。我想到是不是應該把它放回牆邊的原位，不過還是決定把它留在那裡。我想要離開的心情勝過把東西放回原處的需要。

我必須盡快弄出一份終止委託書。我有以前用過的格式，可以請雅各幫我完成，然後寄給羅伯特。我可以把還沒寄給克拉斯特與凱文律師事務所的未付款發票作廢。我會叫雅各附上取消的帳單，表明我不會要求任何費用。

這些感覺都太瑣碎、太遲了。我應該一開始就結束這段關係——當我們在酒吧吃花生喝啤酒的時候。現在水已經淹到我的脖子，而我生命中的一切都有淹沒的危險。

我匆匆走過走廊，在我先前放置的地方找到皮包。我把厚肩帶背到肩上，拿著鑰匙溜出屋子。

＊＊＊

「妳看起來很糟糕。」路克打扮得很講究，穿著粉藍色西裝，頭髮經過整理，還戴著凡賽斯的墨鏡。他注視著我破舊的牛仔褲和寬鬆的襯衫，挑剔地皺起眉頭。

我懶得擺出笑臉。我差點就來不及趕到辦公室開這場會談。「早安，路克。」我把砂糖加入咖啡攪拌，指著會議桌對他說：「請坐。」

「說實在的，妳到底出了什麼問題？」他在最近的一張椅子坐下，關心地看著我。「妳的吹風機壞了嗎？」

「沒什麼問題。」我瞥了玻璃牆外，看到雅各和巴特在大廳看著我們。「你可以不要當著我的面大吼，來談談湯普森嗎？」

他的關心立刻轉變為惱怒。「我當時沒有大吼。是妳反應過度，從頭到尾像巨嬰一樣。」他用塗了指甲油的指甲敲著椅子的扶手。「而且我們為什麼還不能到妳的辦公室？我知道裡面有什麼。」

「沒錯。」我坐在保持安全距離的座位，平靜地說話。「順帶一提，謝謝你打破那盞燈。」話說出口之後，我才糾正自己：我應該更聰明點的。應付路克時，不能採取煽動的言語。要不是我為了布魯克與羅伯特的事焦頭爛額，我應該會意識到這一點。我把語氣放得和緩些：「路克，我們上次會談的時候，你不是想要告訴我關於湯普森的事嗎？你想說什麼？」

「醫生，妳對我說謊。」他指著我的鼻子說。在我看來，他顯現出太強烈的攻擊性。「妳之前說妳沒有為他工作。」

「我沒有為他工作。我是受到委託，要替血腥紅心殺手做心理側寫。」

「妳受到他的律師委託。」他抬起一隻腳，把腳踝放在另一腳的膝蓋上。這是個好跡象，代表他改變了肢體語言。面對這個新的姿勢，我稍微放鬆了些。「醫生，我在新聞上看到妳。」

「沒錯，我之前受到他的辯護律師委託。」我承認。「不過我辭掉了。」

他懷疑地看著我問：「什麼時候？」

「今天早上。」雅各的 email 在上午十點十五分寄出，目前還沒有收到羅伯特的回信。我想到他聲音中的怒氣是那麼地直接而情緒化。他為什麼會那麼在意約翰的事？沒錯，我的確疏忽了。沒錯，有位女士死了。但是他們幾乎不認識羅伯特，只是服務提供者與顧客的關係。就算他們之間有更深入的關係，羅伯特也沒有提起過。

隔著會議室的玻璃牆，我看到電梯前有人在動，開始緊張起來。當我看到走過的是梅瑞迪絲，便勉強自己鬆開緊握咖啡杯的手。警方今天就會找上我嗎？來的會是薩克斯警探，還是別人？或者羅伯特會忽略我的告白，繼續玩他的貓追老鼠遊戲？

梅瑞迪絲停在雅各的桌前。

「如果你已經不為湯普森工作，妳為什麼還想要知道關於他的事？」

「你想聽實話嗎？」我把注意力放回路克身上。「純粹是個人好奇。我還不確定他是否清白。如果我知道他對你做了什麼，或許會有幫助。不過，路克——」我放下咖啡杯。「——你和我之間受到醫病之間的保密原則保護。不管我有沒有在處理那件案子，我不能把你告訴我的任何事告訴別人。還有，如果你不想要告訴我，當然也可以選擇不說。」

「湯普森並沒有對我做過什麼。」他轉動著手錶上的鑽石錶圈。

我皺起眉頭。「我以為——」

「受害的不是我。他是對我的第一任女友下手，要她在下課之後留下來，然後把她壓在牆上，對她毛手毛腳。」他的憤怒消失了，以診斷般的冰冷語氣說出這些話，和先前的他截然不同。他的怒火到哪裡去了？那天的爆發是因為湯普森，或者是因為路克剛好處在情緒低潮的時候？

我往後靠向椅背，內心有些洩氣。「她有沒有告訴別人？」

「沒有，另一個女生……一個新生，對輔導員說她在科學實驗室被湯普森強暴，可是她的話沒有被採信。別忘了，那是在二十年前。」路克聳聳肩。「在當時，那傢伙還沒有變老變胖，有些女孩喜歡他，而且那個提出指控的女生本身就是個賤貨，沒有人相信她。克莉絲汀不想要重蹈覆轍。而且她直到幾年之後才告訴我，當時我們已經上大學了。」

我把頭靠回椅背上，試圖把那名被消音的女生從我腦中拋開。雖然這是一場悲劇，但是我需要專注在如何將這個資訊套用在我的側寫中。問題是，這又是另一片無法拼上去的拼圖。它符合羅伯特所說的——湯普森是個性侵者，但他的對象是女性，不是男性。

也許羅伯特說得沒錯，湯普森並沒有犯下血腥紅心殺手的凶案。此時此刻，我無法對此整理出明確的想法。

我再度注視路克。「你有沒有拿我的錢包和鑰匙？」

「沒有。」

我當然知道他在說謊。我咬牙切齒，思索著我是否也能終止他的委託。

我看著他的眼睛，以及他扭曲半邊臉孔的討厭笑容，在內心對他所代表的一切豎起中指。為什麼不終止他的委託？既然已經處於這麼糟糕的局面，那麼我還不如全力揮棒落空。

第三十六章

瑪塔・布勒凡正在競逐本月最佳房地產經紀人。再簽訂一份契約，她的名字就可以登上榮譽榜，她的雪佛蘭 Tahoe 也可以停在頂級車位。她需要賣出房屋，而這次的看屋或許就能夠帶來成果。

她打開屋子的門鎖，踏入裡面，看到綠色的破舊壁紙和廉價家具，便皺起鼻子。她在狹小的客廳繼續前進，打開百葉窗，讓光線射進屋裡。至少這裡還算乾淨。上星期她帶客人去看卡爾弗城的一間房屋，結果屋裡到處都是一堆堆發出酸臭味的衣物。

她的客戶的藍色轎車停在外面的路邊。這對來自德州的新婚夫妻對於她先前帶看的兩間房屋價格感到失望。她暗自希望，他們的預算能夠讓他們忽略這棟房屋過去的汙點。她並沒有告訴他們那件事——加州法律對於必須揭露哪些事項相當寬容，其中並不包含死亡。

她隔著窗戶看他們。先生正在打電話，因此她有幾分鐘的時間可以檢查一下屋內。自從她上次來這裡之後，已經有好幾批人來看過房屋。誰知道其他仲介會把屋子弄成什麼樣子。

主臥室很整齊。她在這裡待了片刻，打開床邊的燈，並打開百葉窗。第二臥室被改造為辦公室。她把一隻死蟑螂踢到牆邊沒有在使用的跑步機底下。她瞥了一眼洗衣房，幸運地發現通往閣樓的下拉式階梯可以輕易使用。那位先生一再提到自己是驗屋師，每次去看屋子一定要看地板下方的空間及閣樓。為了做準備，她拉了繩子，高興地看到摺疊梯順利地延伸出來。梯子的結構做得很好，並且在許多地方做了加強處理。通常這種閣樓階梯都是不太能用的雷區，不過這道階梯看起來建造得很耐用。

這時她聽到猶豫的敲門聲，連忙沿著狹窄的走廊跑回去，帶那對夫妻進來。

＊　＊　＊

一如她所預期的，那位先生直接來到閣樓階梯，熱切地抓著扶手，匆匆爬上階梯到天花板。

「我不確定……」那位太太環顧室內，遲疑地說，「妳認為他們會考慮租賃購買嗎？」她調整自己白色連身裙中央的紅色細腰帶。「我的公司會支付四個月的搬家租金。我問過可不可以用來支付貸款，可是他們說——」

這時她先生在階梯的最後一級清了清喉嚨。「呃……瑪塔？」

「什麼事？」她甜蜜地呼喚，並偷瞄了一眼手錶。開胃菜半價的時段只到六點半，也就是說——

「妳得過來看看這個。」

他的語氣怪怪的，似乎充滿恐懼。瑪塔抬頭看階梯上的男人，問他：「有什麼東西嗎？」是發霉？還是石棉？她在心中畫十字，祈禱千萬不要是浣熊。

先生爬上最後一級階梯，進入天花板上的洞裡。瑪塔等著他回應，但他卻無言地繼續走入閣樓。

瑪塔抓著階梯扶手，試著搖了搖，測試它的穩定度。這座階梯真是太棒了。屋主顯然把舊有的階梯換成商用品質的階梯。她遲疑地踏出第一步，接著在第二步時得到自信，然後又爬了第三步。當她的頭越過閣樓入口時，她心中湧起小小的成就感。她的前男友還批評她從來沒弄髒過自己的手。那傢伙懂什麼！

瑪塔轉向那位先生。他叫什麼名字？韋雅特？韋恩？韋爾柏？

那個男人僵立不動，注視著被推到閣樓牆邊的床墊。瑪塔感到驚嘆：天花板上面是一間真正的房間。將就一點的話，這裡的面積足以住人。她站了起來，看到一盞工作燈（像是在工地看到的那種）夾在附近的橫梁上。她摸索這盞燈的後方，打開電燈。黑暗的空間被明亮的白光照亮。她回頭看那位丈夫，對自己的表現很滿意。對了，他叫韋斯。

他仍舊站在原地，注視著床。不，正確地說不是注視著床，而是注視著那張床與他自己之間的地方。那裡擺了一張工作桌。

「這裡真不錯。」她邊說邊拍掉手上的灰塵，走到更近的地方，好奇地想要看他到底找到什麼東西這麼吸引人。「我——」

她的詞彙、她的句子、她的思路頓時都停擺了。當她低頭看到那排被截斷的手指，她的潛意識中的一切都停止運作。

她踉蹌地後退，視線掃過整間房間。床墊的褐色床單沾了乾掉的血跡，床墊上方安裝了毛巾環，從那上面垂下繩索，床邊則設置了一臺攝影機。一個水桶上方聚集了嗡嗡叫的蒼蠅。她吸了一口氣，發現到這裡有股氣味——鐵與糞的氣味，另外還有汗水、恐懼的氣味。這聲音是她發出來的嗎？這個低沉而恐怖的呻吟聲，是她的聲音嗎？

她搖搖晃晃地尋找階梯，視線鎖定在地板上的那個開口。那位太太在呼喚她的名字，正準備要爬上階梯。不能讓她上來。沒有人應該到這上面來。瑪塔在衝向出口時滑了一跤，雙手擦過沒有塗漆的夾板地面。她的手掌沾滿木屑。當她看到兩塊板子之間塞了一撮頭髮，不禁嚇壞了。

她跑到出口，把腳伸出去，差點踩到那位太太的臉。「快走！」她大喊。「快走開，不要擋在那裡！」

「有老鼠嗎？」那女人尖叫，急急忙忙下了階梯。「還是蟑螂？」

瑪塔逃離階梯，用高跟鞋能跑的最快速度衝過走廊。她抓起沙發上的包包，衝出前門，大口吸入新鮮空氣。她伸手到包包裡摸索，然後咒罵一聲，跪到草地上把帆布托特包上下顛倒並猛搖，將裡面的東西全都倒出來。她總算在化妝品、筆、名片、面紙等東西之間看到她的手機。她用顫抖的手打開手機，深深吸入一口氣並撥了九一一。

第三十七章

「我真不敢相信，妳竟然在會談途中終止了路克・埃藤斯的契約。」梅瑞迪絲從休息室的桌邊拉來一張椅子，然後坐下來。「這需要很大的勇氣。」

「我幹了一件蠢事。」我反駁她並瞥了一眼走廊，然後關上門，為我們保留一些隱私。「我浪費時間在羅伯特身上，又甩掉路克，這個月的工作時數會少到可憐。啊……另外我還有一位病人死了，所以現在我的病人只有樂拉・葛蘭和一些無關緊要的病人。」

梅瑞迪絲愉快地說：「這座城市到處都是瘋狂的人，而且妳又上了電視。妳現在是一位D級名人了。這樣能夠吸引一些瘋子過來。」

「喔，太棒了。這正是我需要的。」我打開冰箱彎下腰，看看裡面有什麼東西。除了和路克會談時喝的咖啡，我今天沒有吃任何東西。面對空蕩蕩的冰箱，我的肚子發出咕嚕咕嚕聲抗議。雅各的工作是要替休息室補給物資，因此我在心中記下要去提醒他。

「喂，如果妳手頭很緊，我可以把我的一些性虐待狂介紹給妳。」梅瑞迪絲提議。「嚴格來說，他們可以歸類到具有暴力傾向。」

「說真的，我覺得我的情況還好。」我蹲下來在塑膠容器間翻找。「這份義大利麵放多久了？」

「還能吃。」梅瑞迪絲向我保證，並在餐桌中央的籃子裡尋找遙控器。「最多放兩天。上面應該有標日期才對。」她打開吧檯上那臺古董電視機，轉到畫面顆粒很粗的新聞頻道。「妳那位帥哥律師有什麼消息嗎？」

「完全沒有。」我把裝剩餘義大利麵的容器蓋子打開，放入微波爐裡。「如果警察從電梯走出來，妳就秀妳的胸部給他們看，好讓我可以從後面偷偷溜走。」

「我很不想告訴妳，妳太大驚小怪了。警方不可能因為妳沒有通報某人在治療過程中的情緒思考而逮捕妳。」

我斜眼看她說：「哦，當然可以。情緒思考就稱作預謀。」

「真希望我們有位律師可以諮詢。」她刻意這麼說並站起來，伸展腰部發出劈啪聲，然後嘆了一口氣。「老實說，我無法判斷他是一位紳士或混蛋。他竟然在上床之後才提出指控。」

我思索了兩個選項。「兩者都是。」他鐵定是這兩者。我最不需要的，就是被提醒美好的性愛和親密關係是什麼感覺。昨晚當我蜷曲在羅伯特身旁，我曾經認真考慮過，也許我跟他之間，真的有什麼具有未來性的關係。

我真是太蠢了。自從十年級以來，我就沒有這麼蠢過。當時我相信米格．珍特利對我說的話，以為做愛就代表我們深愛彼此。

「妳認為他接下來會怎麼做？」

「我不知道。」我承認。「這整件事把我搞糊塗了。他到底為什麼要委託我？為什麼不在他一開始看到約翰的檔案時，就直接質問我？」

「也許他當時很喜歡妳。」梅瑞迪絲若有所思地說，並打開水龍頭洗手。

「我是指，男女之間的喜歡。」

我吐了吐舌頭說：「告訴我，妳幾歲了？」

梅瑞迪絲關掉水龍頭，從紙捲撕下一張紙巾。「好吧，我知道妳盡量不去想這個案子，不過自從新聞揭露史考特說他逃跑是謊言之後，我就沒有跟妳談過了。我可以告訴妳，凶手釋放那孩子有多詭異嗎？」她擦乾手，然後把紙巾揉成一團。「為什麼要放他走？」

「我不知道。」我承認。「史考特是比佛利高中唯一的被害人。如果凶手是湯普森，他就算要釋放某個被害人，也沒有理由去釋放能夠指認他的對象。湯普森不是天才，但是他也不是笨蛋。我得到越多資訊，越肯定他不是血腥紅心殺手。甚至史考特也有可能根本不是血腥紅心殺手的被害人。」

「妳準備寫下這樣的內容嗎？」梅瑞迪絲問。「這有可能是妳簽下新書契約的好機會。如果史考特不是血腥紅心殺手的被害人，那不是太神奇了嗎？」

「的確很神奇。」我面無表情地說，打開微波爐的門，用手指檢查食物的溫度。

我心想，我需要放假。我要去遙遠的地方，遠離洛杉磯的交通、空氣汙染，以及如果我爽約就有可能來割我喉嚨的病人。我要找個地方，放一整個星期的假，不去想血腥紅心殺手或羅伯特或恐怖病人的已故太太。也許可以去夏威夷，或是哥斯大黎加——不，那些地方太熱了。我想去阿拉斯加。我一直都很想要看鯨魚。

我轉向梅瑞迪絲，正要問她是否去過阿拉斯加，但停了下來。她的注意力完全投入在吧檯上方的電視機。

「妳看到了嗎？」她壓低聲音問我，伸出手按下音量控制按鈕。

我沒關上微波爐就去坐在她旁邊，專注地看著晃動的新聞標題。

在閣樓上發現性愛監獄——疑似與血腥紅心殺手有關？

空拍畫面逐漸放大，呈現被隔離的街道及十幾名穿制服的警察。那些警察在一棟白磚屋子進進出出。新聞主播說話時，我必須抓住梅瑞迪絲的手臂才能保持直立。

「……找到六根小指頭。我們的消息來源證實，這裡就是洛杉磯這十年來最惡名昭彰的凶手巢穴……」

看來我不可能不去想死亡的事了。

湯普森實際上是無辜的，而此刻出現在新聞主播臉部下方的名字，熟悉到令我心碎。

約翰與布魯克・亞伯特。

第三十八章

我開車回家，急馳過拉辛那加街，穿過我住的社區後方回到家。我把車子停在車棚，因為手顫抖得太厲害，試了兩次都沒有把鑰匙插入鎖孔內。最後我終於把鑰匙插入側門鎖孔，轉開門鎖。克萊門汀從窗臺對我喵喵叫，但是我沒有理她，把包包和鑰匙丟在桌面上，幾乎是用跑的進入辦公室。我打開牆上的電燈開關，坐到桌前，把約翰的檔案拉到書桌中央。自從我上次打開它，才過了一個星期。當時我因為擔心羅伯特在裡面讀到了什麼，特地仔細檢視他看過的部分。

此刻我因為完全不同的理由打開這份檔案。我伸出手，顫抖的手指徘徊在馬尼拉紙的封面上，接著又停下來。我打開抽屜，翻找標籤，找到我需要的第二樣東西。我把它抽出來，放在約翰的檔案旁邊。

血腥紅心殺手：心理側寫與分析

葛文・摩爾醫學博士

我不知道從何處著手。要詳細檢視約翰的檔案，會花上我一天的時間，不過這樣可以讓我得到更深入的了解。心理側寫有可能是錯誤的。畢竟那是我寫的，而過去十二個小時證明了一件事，那就是葛文・摩爾醫生在判斷性格方面表現得很糟糕。不過我現在仍舊必須整理自己的思緒，並確實探討這個可能性。我深深吸了一口氣，打開那份心理側寫。我從抽屜裡拿了金色的高仕筆和新的筆記本，在筆記本最上方寫下：

約翰・亞伯特是血腥紅心殺手嗎？

我盯著這行字，不願相信這是真的。這段時間以來，當我看著新聞報導、思考可能的情節與動機時——難道他一直都在我身邊，坐在我對面，分享自己的感受？

我翻過報告中的介紹部分，翻過全是屁話的揭露聲明與犯罪歷史，然後在看到最初的重要部分時放慢速度。

凶手會在拐走被害人之前調查並跟蹤他們。他會掌握他們的時間表與社交生活，很小心地選擇拐走被害人的時間，並且計畫好每一個細節。

薩克斯警探對我透露過關於偷窺的事。約翰曾經被抓到幾次，都是在偷窺有錢的婦女。當時我並不相信這個消息，深信約翰除了自己的太太之外，對任何女性都不會有性方面的興趣，而也許我是對的。警方猜想的是最有可能的情節，但是約翰並不是對有錢的中年婦女感興趣。即使不知道那些女人的資訊，我也敢打賭她們是母親。**約翰是在偷偷觀察她們十幾歲的兒子。**

我繼續閱讀這一頁，讀到我對血腥紅心殺手人格特徵的討論。

對於外觀和打扮非常講究。個性井然有序而善於分析。從事注重細節的工作。生活形態非常精確。很在意他人的觀感。

這段文章形容的根本就是約翰，就好像我在寫對他的分析一樣。我用雙手蒙住額頭，吸入空氣，感覺到自己的手掌在額頭上顫抖。「哦，天哪！」我低聲說，「實在是太糟糕了。」

這些跡象在哪裡？我是否漏掉了它們？他在我們會談的過程中，有沒有提到過那些被害人？他是否以布魯克為藉口，想要治療那樣的傾向？不對。或許我漏掉了一些關於那些男生的陳述，但我拒絕接受他不是真的為了對太太的暴力傾向掙扎的說法。他在我們會談時展現的情緒、臉上浮現的激烈憤怒，以及沙啞的聲音——在那些時刻，他是脆弱而真摯的。我知道這一點。

我閉上眼睛，回想最後一次與他會談的情景。他怒氣沖沖地談到布魯克和他們的鄰居，開始大吼大叫，飛沫從口中濺出來。

「我可以從她看那傢伙的樣子看出來。」他當時倏地站了起來，在我們的椅子之間以短而僵硬的步伐踱步。「還有她談到那傢伙的樣子。我可以感覺到，她在做愛的時候也想著那傢伙。她像個他媽的高中女生一樣容光煥發。」他發出冷笑。「而且她一整天都在家裡。他們在做愛——我知道他們在做愛！」他踢了我的桌子旁邊小小的垃圾桶，使它飛過房間撞在牆上。

那是在史考特被釋放，以及布魯克和約翰死亡的兩個星期前。約翰告訴我那傢伙是個新鄰居，但是從時間軸來看……如果那是史考特呢？

我深深吸氣，試圖緩和自己的思考過程。如果約翰為了布魯克和史考特的互動感到嫉妒（在那之前則是對蓋伯），那麼就代表布魯克和那些被害人有互動，而她也知道約翰在做什麼。

我原本以為約翰是偏執狂，但也許他不是。也許布魯克真的跟那些男人睡過。那些性侵……她是否也參與其中呢？

我想到那些藥膏和仁慈表現。我原本以為那象徵著解離性認同疾患，但如果那不是第二人格，而是第二個人呢？

布魯克。

當我逐漸理解到其中暗示的可能性，可怕的預感就如一把刀，刺入我的靈魂中央。

一位女性的存在，或許可以解釋史考特為什麼要說謊。涉世未深的青少年和成熟的女性上床——如此一來更容易跳躍到斯德哥爾摩症候群，尤其是相對於約翰扮演的黑臉，布魯克則扮演白臉。她是否對史考特產生真正的感情？是她放史考特走的嗎？這會不會是約翰殺死她的原因？

這些日期具有一致性。我從來沒有把兩個事件放在一起比較，不過布魯克和約翰死於史考特回來的那天早上。我的手在顫抖。我緊緊握住筆，想要停止顫抖的動作。

我想到約翰一再堅持他太太對鄰居萌生感情。在他們死亡的那天早上，他是怎麼說的？他說他相信太太要離開他，跟那傢伙私奔。也許他猜對了。

當好幾片拼圖都拼湊起來，我突然感到恐懼。

我叫他開除那名園丁。

我用力翻開約翰的檔案，幾乎把封面撕掉。我瘋狂地翻頁，用手指劃過從我們第一個月會談開始的筆記。背景資訊……他與太太的過往……在這裡，那名園丁。

約翰一直在擔心他們走得太近。他曾聽到他們在一起談笑，彼此眉目傳情。他曾在水槽裡發現用過的盤子，懷疑太太替那個園丁準備午餐。

我當時以整齊的字跡，記錄了我對他痛苦的不安全感提出的解決方案。

我建議他趕走那名園丁來解決問題。

一開始與約翰的會談，幾乎都圍繞著他對太太和園丁的憂慮打轉。約翰因為害怕她與那個男人之間所謂的外遇與感情，因此想要殺死布魯克。於是我把他推向阻力最小的道路——事情很簡單，只要從等式當中去掉那名園丁，然後專心重建並強化他和太太的關係就行了。

但如果在我們最近的會談中，提到的鄰居其實是史考特，那麼那名園丁就是……我發出痛苦的啜泣聲，用雙手抓住頭髮。蓋伯——**我叫他趕走蓋伯**。

蓋伯的死因與其他人不同，死於乾性溺水。約翰強烈的嫉妒，會不會就是他採取暴力殺害手段的導火線？天哪！而我卻用安撫的聲音，自信地提供他解決方案！

我緊緊閉上眼睛，試圖忘記那些驗屍照片，但腦中仍浮現蓋伯呆滯的眼神，以及心臟周圍乾掉的血跡。他是那麼年輕，那麼無辜。

「哈囉，葛文。」

我嚇了一跳，雙手從頭上拿開，抬頭看到羅伯特站在我的辦公室門口。他的手垂在身旁，手中的刀刃反射著燈光。

第三十九章

史考特・哈登站在淋浴間，朝著巨大的花灑蓮蓬頭抬起頭。熱水灑在他的臉頰和肩膀上，水蒸氣從他的肌膚發散。他緊閉嘴唇，閉上眼睛，抒解自己的緊張情緒。

他在被囚禁於閣樓的七個星期當中，一直夢想著要淋浴。而現在，站在偌大的空間裡，赤腳踏在地板的扁石上，他卻只想回到閣樓，回到床上，回到那張金屬摺疊椅，讓她用大海綿擦拭自己赤裸的身體。海綿擦過傷口，沿著他的背部滑下來，到達他的大腿之間。當他此刻想到那個情景，他的那裡變硬了，不過當他低頭去撫摸時，就跟之前一樣，立刻又變軟了，彷彿只有她才擁有帶給他愉悅的力量。

也許是因為她是史考特第一個對象。學校的女生總是說，奪走她們童貞的男人對她們擁有某種力量。他當時嘲笑這樣的想法，但也許她們說得沒錯。也許這就是他墜落得這麼快、這麼重，而且至今無法忘記那個女人的理由。

史考特拿起洗髮精，擠出些許淺紫色液體到手上。在閣樓沒有辦法輕易洗頭，而她也不信任讓史考特自己下樓。史考特用沾滿泡沫的手抓起頭髮，在此同時想起了她的長指甲在自己頭皮上抓癢、按摩的樣子，還有她柔軟的嘴唇貼在自己額頭上的感覺。

跟一位較年長的女人在一起，是很不一樣的。和她比起來，學校的女生感覺都空洞而幼稚。史考特想到她騎在自己赤裸的身上時自信的表情，想到她在耳邊以誘人的聲音低吟。她愛著史考特。這是她在那個混蛋注視之下，在史考特耳邊悄悄說的。她理解史考特。

每一天，在她的丈夫去上班之後，她就會展現給史考特看。她會親吻並治療前晚的傷口，穿上她的蕾絲洋裝，躺在史考特旁邊，談他們今後共同的生活——遠離J，遠離學校。她沒有把史考特當孩子看，而是把他視為男人。她渴求著史考特。

而史考特也渴求著她。即使在過了一個月的現在也一樣，甚至更加強烈。

「史考特？」

他聽到母親的聲音便咒罵一聲。母親總是不願讓他獨處，一定要徘徊在附近監視他，額頭中央擠出明顯的縱線，彷彿是企圖要理解他在想什麼。史考特希望她停止呼喚並走開。母親竟然監視他的手機通話？難道他再也不能保有隱私嗎？

史考特把頭伸到水流下方，洗去洗髮精，無視於第二次呼喚他的聲音。這回母親喊得更大聲，距離也更近。幸虧他鎖了門。他母親此刻大概把嘴巴對準縫隙，一雙巨大的假奶貼在木板上。

她為什麼想要那對胸部？父親並不在乎，甚至幾乎沒有注意到。

布魯克的胸部非常完美。她會讓史考特一整天摸著它們，讓他問任何關於它們的問題。她告訴史考特，它們是天然的。

這時他聽見「砰！」的巨大聲響，並且有東西撞在淋浴間門外。史考特擦掉玻璃上凝結的水珠，看到浴室的門打開了，他的父母親都站在那裡。**搞什麼鬼？**他伸手關掉水。

「史考特！」

他母親為什麼要一直叫他的名字？他從電熱毛巾架拿了毛巾。

「史考特，新聞在播報他們找到的一間房間。那是一間閣樓。」父親用史考特很久沒有聽到的嚴厲語氣說話。

史考特停頓一下，把毛巾壓在臉上。閣樓——他擦掉眼前的水，緩緩用毛巾包住自己，打開淋浴間的門走出去。

他的父母親並肩站著，肩膀碰在一起。他母親穿著紅色上衣和白色短褲，他父親雙手放在臀部，頭髮幾乎已經完全變成灰色。

「我難道沒有隱私權嗎？」

「你有沒有聽到我們說什麼？」母親又說了一次。「他們找到一間堆滿東西的閣樓，還說那裡就是你被關起來的地方。」

「而且那不是湯普森的屋子。」他父親嚴肅地說。

當然不是了。湯普森只是個棋子，為了他對布魯克做過的事，活該這輩子都要被關在牢裡發臭。史考特把毛巾圍繞在腰際，走過他們旁邊，到他的衣帽間裡。

「你是不是被關在閣樓裡？」他母親問。

他從一疊衣服當中拿了一件白色T恤，思索著警察究竟知道什麼。他們是怎麼找到那間閣樓的？如果那棟房屋被登記出售，布魯克和J也離開了——他們難道不會在搬家時清空閣樓嗎？

「這就是他們找到閣樓的房屋。」他母親把手機拿到他面前。他試著把頭轉開，但他母親湊得更近。「史考特，你得看一下。你認得這棟房屋嗎？」

他當然認得，不過他當然不能承認。根據他對警方的說法，他是在離家幾英里的地方被釋放的，沒有看到自己被囚禁的房屋。

「我不知道。不認得。」他把母親的手揮開。

「在你回到這裡的那一天，他們在這棟屋子裡找到兩具屍體。」他母親的聲音就像鋼鐵一般，雙腳堅定地站在原地。

兩具屍體？他正要伸手去拿一條短褲，卻在中途停住了。「誰的屍體？」

「約翰和布魯克．亞伯特。」母親滑了一下手機，然後秀給他看另一張照片。

約翰和布魯克．亞伯特

約翰和布魯克．亞伯特

約翰和布魯克．亞伯特

約翰和布魯克．亞伯特

約翰和布魯克．亞伯特

看到這對夫妻的照片，他腦中的一切都停止運轉。布魯克穿著紅色無袖連身裙，一頭長捲髮垂在肩上，臉上展露笑容。J穿著有領襯衫和卡其褲，染黑的頭髮撥到開始禿的額頭上。這是他們。底下粗體的黑字標題寫著：**血腥紅心殺手們被發現了**。

J——他的名字是約翰（John）嗎？怪不得史考特在網路上找不到任何關於他們的情報。話說回來，要是不知道他們的姓，本來就不可能找到他們。他從母親手中拿了手機，低頭盯著他們的照片——那個毀了他生命的男人，以及那個拯救他生命的女人。她曾說過，**等三個月再打電話給我**。她把寫了自己電話號碼的紙條塞到史考特的口袋裡，親吻史考特的嘴唇，對他說：**等到三個月後，我們就可以在一起了**。

但是史考特無法等上三個月。離開她之後，史考特快要瘋了。回到原本的生活之後，他感到迷失，心中有許多問題。要告訴警方什麼？她是否在電視上看到自己？能不能現在就去見她？至少從遠處望著她也好。如果能夠跟她說話，心中那股沉悶的感覺或許就會停止。

於是史考特便打電話給她。他知道還太早，但他仍舊希望布魯克能夠回應，或至少回他的電話。當她沒有回電，史考特便開始傳簡訊給她。後來她的語音信箱滿了，史考特毀棄他們之間的所有約定，回溯先前跑回家的路徑。他並沒有特別的計畫，只打算開車到那裡。也許可以停在隔著幾棟屋子的地方走過去。也許可以等到她出門之後再跟蹤她。

他開車去那裡的那一天，距離他逃出來才經過三個星期，但他們卻已經離開。窗戶拉起百葉窗，車子不見了，草坪剛剛割過草，院子裡豎起「出售中」的牌子。他打電話到牌子上的電話，一位女士告訴他，屋子裡現在已經沒有住人。

布魯克離開了他，放棄他們要從此幸福快樂生活的計畫，**離開了**——史考特當時是這麼以為的。他心碎地開車回到自己空虛的生活，不理會父母親的問題，爬到床上。

但也許布魯克並沒有離開。也許她是……

「史考特，是這個人拐走你的嗎？」這回輪到他父親舉起手機。螢幕上顯示的是J的臉，醜惡的獰笑露出他漂白過的歪七扭八的上排牙齒。當初J在學校停車場擋住史考特時，還有把史考特固定在床墊上、張開他的雙腿時，臉上也帶著同樣的獰笑。後來布魯克告訴他，這是控制慾的問題。她說J小時候被虐待過，必須藉由造成他人痛苦與奪走他們的純潔，才能夠恢復內心平靜。

J需要大量的平靜。史考特越是透過塞住嘴巴的東西尖叫哀求，他那愚蠢的笑容就越是燦爛。布魯克坐在一旁，看著這一切發生。她之所以坐視這些事發生，是因為要是她出面干涉，J就會把憤怒全都轉移到她身上。她以前也跟史考特一樣遭到囚禁。每天當J去上班的時候，她就會替史考特治療，而史考特也為她治療。

他父親用力搖晃他，力道大到使他的脖子往後仰。「史考特！」

「誰死了？」布魯克沒有死。這是不可能的。她不是因為這個理由而沒有回應。

「約翰和布魯克‧亞伯特。」他的母親靠近他，使他覺得自己被困在這個狹小的空間裡。兩人逐步逼近，彷彿他做錯什麼事般瞪著他。「史考特，警察馬上就會到這裡。他們要逮捕你。」

他看著母親，接著又看著父親，但仍舊無法理解。

布魯克之前還活著，在推他出門之前親吻了他。他嘴上仍留著那個吻的餘韻。他們會在一起迎接美好的未來。只要再等三個月，他們就能夠永遠在一起。

第四十章

我仔細衡量自己的選項。羅伯特站在房間唯一的出口，而我的電話在我旁邊的桌上，只要我撲過去就伸手可得。這時羅伯特走向前一步。我僵在原地，看著他拿短刀的刀刃劃過我的桌面，乾淨俐落地切開皮革桌面，並切斷電話線。那條生命線頓時消失了。

我注視他的眼睛，看到的是我不曾見過的新的羅伯特。他的姿態顯得非常疲憊，似乎已經疲於抓住理智與理性。他用混合著憐憫與厭惡的表情看著我。「葛文，是妳害我兒子死的。」

他既說對也說錯了。我的意圖是誠摯的，只是我的知覺有缺陷。換作一個更優秀的精神科醫生，或許會問不同的問題，揭開約翰的想法中真正的邪惡。得到那樣的知識之後，那位更好的精神科醫生或許會報警，救出蓋伯，並早在史考特歷經任何折磨之前把約翰關起來。

但是我會知道布魯克的事嗎？我會找到這塊拼圖嗎？或許不會。而且約翰很聰明。他一直在計算。他知道應該告訴我哪些事情，知道該遵守哪些規則，避免驚動我去報警或通報當局。

我或許犯了錯，但我做的一切、或沒有做的一切，都不是故意的。我的欺騙與迴避，都是發生在布魯克與約翰死後，對這些可怕的事件不會造成任何改變。

羅伯特舉起刀，但我把注意力放在他的臉上，在他眼中搜尋些微的同情。我沒有找到，只看到疲倦與未經過濾的恨意。他不是個凶手。我知道他不是個凶手。他受傷了，他感到憤怒，但只要他知道一切，他就不會傷害我。

我相信這一點。我必須相信。

「羅伯特。」我低聲說，「我不知道約翰是凶手。」

「去妳的。」他厲聲咒罵。「妳跟我說過妳知道。約翰去見妳的時候，我的兒子被綁在他的閣樓裡。他去見妳的時候，殺死了我的孩子。他去見妳的時候，把史考特從他的家人身邊偷走。」他咬牙切齒地說完，重新拿好手中的刀子。我想到薩克斯警探通知我約翰死亡的消息時陰沉的口吻。

他被刀子刺中腹部。從角度和現場情況來看，我們相信是他自己刺的。

「不對！」我搖頭，拚命想要在桌上搜尋可以證明我清白的東西。「你問我知不知道約翰做了什麼的時候，我以為你問的是布魯克的事。他殺死了布魯克。那才是我隱瞞你的事。我應該要報警的。」我把雙手合十，哀求他：「而且我治療約翰的理由，是因為他對太太施加暴力。」

他停下動作。至少他在傾聽。人之天性會讓他想要相信我。我只需要給他資訊，讓他在心中得到證明。我努力不去看那把刀。現在不是提醒他手裡拿著刀子的時候。

「不，」他堅持地說，「妳說病人會對妳坦承自己的行為。妳說妳原本可以阻止他殺人，可是卻沒有。」

「我說的是布魯克。我們之前談的都是在指布魯克。」我堅定地說，然後把手放在約翰的檔案上。「這是他的檔案，裡面記錄了我跟他的每一次會談。

你可以拿去看，我的筆記都在上面。布魯克對他不忠，他為此感到憤怒。他擔心自己會傷害太太，所以我們才在處理這個問題。」

「避免殺死自己的太太？那我兒子呢？」他把沒有拿刀的手握成拳頭。

「我不知道蓋伯的事。」我輕聲說。「我真的不知道。」我指著那份心理側寫和幾乎仍是空白的筆記本。「我剛剛看到新聞報導那間閣樓，立刻回到家裡。我必須翻閱所有內容，看看……」我的聲音顫抖，一陣情緒湧上心頭。我緊閉嘴唇，試圖壓抑這股情緒。「我必須看看——」我再度嘗試。「我是如何錯過這麼可怕的事情。我想要知道，他是否曾經給過我線索，而我卻沒有掌握到？」我的聲音哽住了。「羅伯特，我很抱歉。」我氣喘吁吁地吐出道歉。「我真的很抱歉。」

他吞了一下口水。我看到他的五官失控地皺起來，顯示著這名受傷太深的男人即將崩潰。他緩緩坐到椅子上，雙眼盯著我，目光強烈而充滿懷疑。「葛文，別騙我。」

「我沒有騙你。」我保持跟他的眼神接觸，深深吸了一口氣，想要恢復鎮定，控制情緒並保持腦筋清醒。他的憤怒在消退，但他仍舊很危險，情緒很不穩定。

我想到上次我們在這間房間時的情景。他站在我的書桌旁，當我進入房間，他便緩緩回頭。他不斷問我關於約翰的問題，讓我擔心他知道布魯克的事，但他並不知道。他的憤怒是針對血腥紅心殺手，不是針對布魯克的死。所以如果……

我在腦中回顧所有可疑的時刻，想到我一直覺得他在這場遊戲中領先兩步，還有他堅定地相信湯普森無罪而史考特在說謊。「你一開始就知道了。」我輕聲說，「你一開始就知道，約翰才是血腥紅心殺手。」

他的表情並沒有改變。他沒有點頭，沒有承認，也沒有否定。不過我知道我說對了。線索都在那裡——我只是少了幾張牌。

「你是怎麼想的？」我緩緩地問。「你以為我知道約翰是凶手，卻仍舊整理出這份可笑的心理側寫？」

他平靜地說：「裡面的內容精準地描述了他。我也問過妳，這個內容是否符合妳的任何一位病人。」

「我沒有考慮到已故的病人。」我洩氣地說，「那麼我跟湯普森的會談是什麼？是測驗嗎？我跟你的每一句對話——當我爭辯湯普森是否清白的時候，你以為我在幹麼？假裝自己是個白痴嗎？」我抬高音量。跟一個情緒化又拿著武器的男人爭辯，是最有可能被殺害的方式，不過我卻無法停止。

「我必須知道約翰跟妳說什麼。」他的眼中再度迸出些許火花。這個話題的改變要不是我最聰明的點子，就是最笨的。「可是妳卻吞吞吐吐的，所以我才親自問妳。」

我忍住沒有去檢查那把刀是否還在他的手中。「你並沒有問我約翰是不是血腥紅心殺手。你問我……」我惱怒地吁了一口氣。「你問的是我知不知道他做了什麼，或是類似的普遍性的問題，讓我以為你是在指布魯克。你以為要是我在隱瞞他血腥紅心殺手的身分，我還會讓你靠近到一百英尺以內的距離，赤裸裸地躺在我的床上嗎？」我自暴自棄地舉起雙手。「我想我們都同意，我的直覺和推論能力在約翰的事情上……」

「很糟糕。」他毫不留情地接話。

「有缺陷。」我承認這一點。「不過我不是白痴，我也不笨。告訴我，你相信這一點。」

他緩緩地把刀放在我們之間的桌上做為回應。他停頓一下，然後鬆開手。他伸出的這根橄欖枝上，有四英寸的刀刃。

我看著這把刀，感覺到身上每一塊肌肉都放鬆了。雖然還不安全，但是他相信我。

「羅伯特。」我小心翼翼地開口，「你是什麼時候發現約翰是凶手的？」

他的表情緊繃，似乎欲言又止。我已經坦承我的罪行，他也必須坦承他的。「十月二日。」他回答。

我低頭看自己的書桌，在腦中回顧時間軸。

「那是他死掉的前一天。」他的聲音平淡而現實。我觀察他的臉，看到的是陰沉但沒有悔意的表情。「也是我殺死他的前一天。」

這就是他的懺悔。

「我當時——呃，進入廚房，發現他跪在太太旁邊、哭著搖他的太太，進行口對口人工呼吸，但是他太太已經死了。」

我聽到約翰為自己的行為後悔，並不感到驚訝。我在多次會談當中告訴過他許多次，殺死他太太不會解決任何問題。那將會是毀滅他整個生命的短暫片刻。他強烈而扭曲地愛著他太太，就如自私的人對於自己的玩具展現的罕見情感。

「他沒有聽見我進入屋裡。我有一把槍，但是我把它放在料理臺上，然後從刀架上拿了一把刀。」

他的話彷彿是在塵封許久之後才說出來。他檢視自己的手掌，用手指搓揉著手掌表面。接著他放下雙手，注視我的眼睛。

「我一直觀察著那棟屋子，所以我知道史考特離開了。我知道這樣說很不對，但是當我看到史考特離開，內心感到非常憤怒。我不理解為什麼他可以被放走，而蓋伯不行。我……」他停下來，深深吸入一口氣。「我戴著手套蹲在他後面，把手繞到前方，用盡全力刺他的肚子。」他皺起眉頭。「那把刀很長，而且很銳利。他往後倒下，無法動彈。他試著要起身或是翻身，但卻辦不到。」

我保持沉默。我可以想像他所描述的一切：約翰臉上呈現的表情，以及那個傷口造成的痛苦。但是約翰是否理解到發生什麼事了？他是否看著布魯克死在自己身旁，感覺到自己罪有應得？

羅伯特露出悲傷的笑容。「他認出我是誰，也知道我為什麼在那裡。他沒辦法動，但還可以說話。我坐在餐桌前，花了十五分鐘看著他死去。」

這時前門的窗戶傳來三聲響亮的敲門聲，我們兩個都嚇了一跳。羅伯特站起來，走出房間到走廊上，隔著一段距離眺望前門。我知道他在看什麼。我的前門很新潮，有三塊高大的長方形玻璃，省去了窺視孔的必要性。

我說：「不論是誰來了，一定可以看到你。外面很暗，屋子裡又開著燈。」刀子放在我面前。我只要伸出手，就能從桌子邊緣拿走它，但我把雙手放在膝上。

羅伯特回頭瞥了我一眼，說：「是警察。」

第四十一章

我還沒有機會去理解這句話，羅伯特就大步往前走，從我的視野消失。我站起來跟隨他，聽到前門被打開了。

「薩克斯警探！」羅伯特親切地打招呼。他的表現足以得到一座演技獎。

我沿著走廊緩緩走向門口，思索著警探為什麼會來到這裡。我之前擔心因為沒有通報約翰對布魯克的預謀而被逮捕，可是他現在被貼上血腥紅心殺手的標籤，我還需要在意這種事嗎？

另一個可能性浮現：薩克斯警探有可能和羅伯特有相同的看法，認為我一直都知道血腥紅心殺手的真實身分。我的胃開始痛了。

「晚安，凱文先生。」警探站在門廊，當我來到羅伯特身旁便注視著我。「摩爾醫生。」

我清了清喉嚨說：「嗨，請進。」

羅伯特移到一旁，讓警探進入屋裡。警探的徽章在他臀部的位置閃閃發光。我帶領他們進入書房，打開椅子旁邊的電燈。

「你們都在這裡。」警探注視著我們兩人。「上次也是。這是你們的慣例嗎？還是說你們就是喜歡談論死人的話題？」

我揉了揉額頭，後悔自己沒有在辦公室吃那份義大利麵。我因為空腹而頭暈，但我此刻需要用到自己有限腦力的每一部分。我說：「我們看到新聞。我很驚訝你沒有在現場。」

「我先前在那裡，不過只是因為那原本是我負責的案子。現在特別小組和聯邦調查局已經接手。警探現在要到史考特．哈登的家，不過我想先過來探望一下。我有打電話，但是妳沒有接。」

我望向廚房的方向。我的包包仍舊放在我先前放置的料理臺上。「對不起，我的手機在廚房。」

「好吧，我們正在調查發生什麼事了。現在有兩個死掉的連環凶手，還有一個在他們死亡那天早上逃跑的孩子。在我調查史考特跟那件凶案有什麼關係之前，我想先知道妳有什麼看法。特別是因為那天早上約翰打電話給妳。」

我瞥了一眼羅伯特的眼睛，然後把視線移開。除了他跟我之外，還有多少人知道他殺了約翰？

而他又是怎麼知道約翰就是血腥紅心殺手？後者是我仍舊必須找到答案的問題。

「沒錯吧？妳一開始不是告訴過我嗎？妳說約翰在妳的語音信箱留言，要妳回電給他。」薩克斯看了小型平板電腦之後抬起頭。「妳想要變更這個說法的任何部分嗎？」

「兩個連環凶手？」我皺起眉頭。「你有確切證據指出布魯克也參與其中嗎？」

「她不可能會不知道。約翰把那些男生關在屋子裡。現在……」他無奈地嘆了一口氣。「有其他我應該要知道的事情嗎？醫生，我必須告訴妳，有鑑於妳的病人所做的事，接下來妳那漂亮的小腦袋會受到更大的關注。」

他說得沒錯。如果我會因此而失去自己的醫師執照，那也沒辦法。我告訴他：「約翰殺了自己的太太。我並沒有掌握確切的證據，不過我知道他一直有想要殺害太太的衝動，而這就是他來找我治療的理由。我花了一年聽他訴說他的衝動。你們或許對布魯克的屍體做過藥物檢查，不過我會建議檢查跟她的心臟病藥物一起服用有可能致命的維他命。」坦承這件事後，我立刻感到如釋重負，走到距離最近的座位坐下。

薩克斯警探低頭看我，彷彿我瘋了一樣。「約翰想要殺死自己的太太？妳要我相信這就是妳治療他的理由？」

「是的，他的檔案在我的辦公室。如果你需要的話可以拿走。」

「哇哦，妳怎麼突然這麼多話，還願意揭露病人隱私了？」他帶著幾乎沒有掩飾的厭惡看我。「妳應該一開始就告訴我，省掉警方跟我自己很多時間。」

「他們都死了。」我簡潔地說。「我不知道關於那些青少年的事。我以為他只是個嫉妒的丈夫，努力要避免傷害太太。」

「我不認為摩爾醫生應該說出更多資訊。」羅伯特介入我們的對話。來這裡殺我的男人此刻卻在保護我的法律權益，真是溫馨。

薩克斯停頓一下。我揮揮手對他說：「繼續說吧。」

「約翰從來沒有提到過，有男生被綁在他家閣樓裡的床墊上嗎？」

我克制自己不要陷入心理學家喜愛分析的習性，不過這些細節真的很引人入勝：布魯克知道這些行為，而且有可能與被關在自己屋裡的被害人產生戀情。

我對閉上嘴巴等我發言的警探搖搖頭，說：「沒有，他從來沒有提過，甚至沒有暗示過。我聽到這個新聞，立刻回到家裡，從頭到尾閱讀他的檔案，看看我有沒有可能漏掉什麼，可是……」我輪流看著眼前的兩人。「我不認為我漏掉了什麼。這是兩個分別獨立的心理。道德上，他並不在乎當血腥紅心殺手，甚至很有可能享受犯案過程。不過他對於布魯克的黑暗念頭卻嚇壞了他。這就是他來找我的原因。我只是不知道自己在處理的是什麼。」我說到這裡，吞了吞口水。

從薩克斯警探的表情，可以很明顯地猜到他對我的能力有何看法。好吧，管他的。我已經根據自己當初得到的資訊盡最大努力。沒錯，我為了保護自己的事業，刻意隱瞞了事實，但是羅伯特也一樣。或許就連薩克斯警探也曾做過這種事。保護自己是人類的天性。

薩克斯問：「這麼說，是約翰殺死了布魯克？」

「我非常肯定這一點。就像我說的，我會去做藥物篩檢。」

「那麼是誰殺了約翰？」

羅伯特的眉毛抽搐了一下。現在正是時候。我可以現在就告訴薩克斯。他有攜帶武器，可以保護我，逮捕羅伯特並把他帶走。這是我的公民義務，不是嗎？然而我卻裝出困惑的表情。「你不是告訴過我，約翰是自殺的嗎？你說他拿刀刺自己的肚子。」

「沒錯……」薩克斯緩緩地說，「不過我們現在掌握更多資訊，知道有許多理由會讓某人想要殺害他。」他看著羅伯特。「比方說凱文先生，你的兒子是他第六個被害人。我相信，如果我們讓任何被害人的父母親手上拿一把刀，他們一定會刺死他。你同意嗎？」

如果說我在流汗，羅伯特的表情卻像冰塊一樣冰涼。他毫不猶豫地說：

「我會像殺一條魚一樣，挖出他的內臟。」

薩克斯警探發出笑聲。**他在笑**。看來我不是唯一認不出站在面前的凶手的人。警探把注意力放回我身上。「所以妳認為，自殺仍舊符合他的心理狀態嗎？」

「他無可救藥地愛著自己的太太。如果他因為崩潰而傷害她——殺死她，那麼可以預期到，他的確很可能會自殺。」由於其他人都沒有坐下，我便抓著椅子的扶手站起來。

「好吧。」警探點點頭。「如果還有什麼問題，我會再跟妳聯絡。凱文，看來你跟你的顧客走運了。」

羅伯特說：「我不會稱之為走運。湯普森的生活已經毀了。」

「那就去告史考特，別找警方麻煩。」薩克斯把他的平板電腦塞回胸前口袋。「摩爾醫生，請妳留在城內。我們可能會再來找妳要那份檔案。」

「當然了。」我用辛辣的口吻說。我甚至不會因為讓他相信約翰是自殺而內疚。

警探離開之後，羅伯特留在玄關。他轉向我，兩人沉默片刻，彼此的距離只有幾英尺。

「別為了布魯克的死感到內疚。」他生硬地說，「她跟約翰是同樣的怪獸。

約翰在死前告訴我所有事情。」他閉上眼睛，痛苦地吸了一口氣。「葛文，那實在是太糟了。約翰侵犯那些男孩的身體，但布魯克卻是在情感上對他們殘忍。那是他們之間的性愛與情感遊戲，而那些男生則是棋子。布魯克死得活該，而且應該死得更慘一點。」

我把雙臂摟在胸前。「我會盡量避免感到內疚，可是罪惡感還是存在，而且現在是以一百種新的形式存在。」

外面傳來警探發動汽車的聲音。羅伯特轉動門把，拉開前門。「再見，葛文。」

我走向前說：「等一下。」

他並沒有理會我，走到外面的門廊之後關上門，動作迅速到門板差點撞到我。我急忙後退，隔著薄薄的玻璃，看到他頭也不回地走入黑暗的院子。過了幾秒鐘，車燈照亮路緣，接著車子就開走了。

我鎖上門閂，然後到廚房裡同樣地鎖上側門，為自己先前沒有把門鎖好而生氣。我回到辦公室，坐在椅子上，撿起他留下的刀子。這是他的收藏品之一，不過他當時沒有提到這把刀的故事。我在手中翻轉這把刀，然後把它放進書桌抽屜裡，嘆了一口氣，看著攤開在我面前的文件。

一個小時前，我還瘋狂地在翻閱約翰的檔案，想要找到自己或許錯過的線索，但現在這是我最不想做的事情。這真的有意義嗎？到時候，這份檔案會被警方或檢方沒收，我的工作會成為新聞報導的內容、維基百科的項目，或是雞尾酒派對上的聊天話題。我會成為有史以來最無能的精神科醫生。湯普森會被釋放。史考特……我皺起眉頭，不確定他會有什麼後果。他鐵定會被控告妨礙司法。我是否也會迎接同樣的未來呢？

我不在乎。過去一個月，我因為對一名女士的死感到內疚而陷入癱瘓，到頭來卻發現她是個怪獸。現在我的良心要承受兩名青少年的鮮血，而我會在接下來的幾十年當中，對我和約翰之間的所有對話鑽牛角尖地分析。

一個星期前，我還為了有機會和湯普森說話而感到興奮。當時的我認為能夠坐在血腥紅心殺手的對面，是一輩子難得遇到的機會。現在我知道，我跟這名殺手有長達一年的交流。當洛杉磯的頭號凶手對我說話時，我還在筆記本的邊緣塗鴉。

我失敗了。我不確定是否有一天能夠原諒自己。

第四十二章

一個月後

史考特站在長得很高的草叢中，從窗戶觀察湯普森。湯普森坐在桌前，椅子拉得很近，肚子貼在桌子邊緣。他用叉子舀起義大利麵拿到面前，視線固定在手中的螢幕上。細微的聲音從窗戶傳出來，播放的似乎是情境喜劇。

史考特手中拿著一把刀。這是布魯克把他推出門的時候給他的——那天早上，當約翰的車子一駛離車道，他們就開始執行計畫。布魯克給他刀子的時候，對他說「以防萬一」，並親吻他的額頭。他們沒有討論「以防萬一」包含什麼，不過殺死湯普森是很好的理由，而且一定會讓布魯克感到驕傲。

如果約翰真的愛他的太太，他也會自行動手。

但是約翰沒有動手，而這個混蛋現在反倒控訴史考特和他的父母親，以及警方，並且根據他們律師的說法，打算要求一千萬美金的賠償金。

事情不應該演變成這樣。這不是布魯克想要的。是布魯克冒著最大的風險，偷偷潛入強暴她的罪犯家中，把那盒紀念品放在他的床下。是布魯克計畫了一切，好讓這個垃圾得到他應有的下場。是布魯克因為當初相信老師，而被奪走了純真。

這個科學老師強暴了布魯克，而且在強暴時沒有戴保險套。當布魯克發現她的生理期沒來，她必須告訴母親，但她母親仍舊拒絕相信是老師強暴了她，反而把她揪到診所，然後在整個墮胎過程中一直罵她。

布魯克曾告訴史考特，沒有人相信她。學校裡的那些女生稱她為賤貨，大家都不理會她的控訴，就連她父母親也一樣。她必須留在湯普森的班上，坐在前排的座位，整個學期承受他熱烈的視線。

湯普森對她，還有對其他人做了那種事，卻從來不需要付出代價——直到現在為止。史考特沿著屋子邊緣繞到後門。屋裡傳來湯普森的笑聲。在史考特旁邊，有一臺冷氣開始發出運轉聲。

史考特想到布魯克，想到她柔軟的頭髮落在自己的臉上，她的嘴脣摩擦著自己的嘴脣。史考特沿著狹窄的側門廊走過去，伸手準備握住門把。

「史考特。」

他跳起來轉身，舉起雙拳自衛。他停下來，注視黑暗的院子，看到一個穿著藍色天鵝絨連身褲的嬌小身影走近，便放下拳頭。「媽，妳在這裡做什麼？」他壓低聲音問。

「把那把刀給我。」妮塔爬上臺階，來到下沉的木造門廊上，迅速衝向史考特，奪走他手上的刀子。史考特根本沒有時間握住。「我們回家吧！」

「不要。」史考特伸手想要搶回刀子，但他的母親往後退，臉上帶著嚴厲的表情，不容許任何爭辯。史考特說：「妳不知道他做了什麼——」

「你可以在回家的車上告訴我，然後我們可以一起尋找解決方案。但是拿著一把刀進入別人家裡，只會帶來糟糕的結果。我不能再失去你了。」她溫柔的聲音因為充滿情感而顫抖。史考特不能這麼做。他沒辦法應付從母親眼中湧出的淚水。

從窗戶隱約傳來尖細的笑聲。史考特瞥了一眼室內，看到湯普森仍舊在吃東西，渾然不知在他家門廊的對話。

「來吧！」妮塔命令史考特，抓住他的前臂，用身材是她兩倍的女人的力量拉他。「我們先上車，你再告訴我所有事情吧。」

史考特並不想要告訴她所有事情。他想要的是布魯克，以及他們計畫的生活，而他無法再忍受他母親不斷惡毒地批評布魯克。妮塔痛恨布魯克，但卻根本不認識她。妮塔不知道，布魯克一直在保護史考特並照顧他。布魯克愛他。

每次當他想要解釋，他母親就會以把他當成瘋子的眼神看他。

他抗拒他母親拉他手臂的力量，回頭瞥了一眼窗戶。湯普森正打開另一瓶啤酒。史考特最後一次考慮要掙脫母親的手，把門踢開，掐住那老傢伙肥胖的脖子用力擠壓，直到他的臉變成紫色，口吐白沫。

他沉浸在這樣的想像中，然後跟隨母親到他們的車子。

第四十三章

兩個月後

當樂拉在對昨晚的 Netflix 節目做著冗長而無趣的回顧時，我的手機響起了收到簡訊的通知音效。我瞥了一眼手機，但沒有認出螢幕上的號碼，於是再度把注意力拉回樂拉身上。

「重點是，那傢伙其實是她的繼父，可是要等到最後一幕、那傢伙拿出槍朝她臉上開槍的時候才會發現！」樂拉張大眼睛，足以讓我看到她閃亮的紫色眼線。

「很有趣。」我若有所思地說，「這麼說，妳推薦這部片嗎？」我在筆記本上的影片標題周圍畫了裝飾框。

「不會，畢竟妳現在已經知道所有情節了。」她露出沮喪的樣子，接著又振作起來。「我看到洛杉磯警方終於在調查湯普森對學生性騷擾的案子。」

「沒錯，我也聽說了。」

「這真的很酷。血腥紅心殺手的所有被害人媽媽集合在一起，建立被害人保護基金會。他們好像正在調查舊案子吧？」她盯著我問。

我不確定正確答案是什麼，不過還是點頭說：「是的，這很棒。」

這的確很棒。我密切關注新聞報導，看到這個非營利組織已經產生強力而正面的影響——不只是對於被害人，也對於她們自己。她們在兒子被綁架時感到無助，接著在她們孩子的屍體被發現時又感到悲傷與孤獨，但此刻她們為了共同目標團結在一起，要幫助那些沒有發言權的人尋求正義。她們令人敬畏，籌得充裕的資金，並接納被忽視的湯普森指控者，成為她們最初的無償服務對象。

「妳知道嗎？莎拉也是上比佛利高中。」

啊，對了。莎拉——那個樂拉討厭到想要除掉的小姑。

「我們在社交網站上一起關注這個案子的發展。」

我等著要聽樂拉為了取得情報拷問莎拉，或是她打算拿筆記型電腦的延長線纏繞在莎拉脖子上的言論，不過她卻沒有說話。

「這樣很好。」我勉強說，「一起嗎？還是——」

「喔，不是。」她搖搖頭。「拜託，她住在遙遠的帕薩迪納（註12）。不過我們會傳訊息討論。她想要跟我一去參加第一次的聽證會。她沒有被湯普森教過，不過她是那裡的學生，而且幾乎每天都會在走廊上遇到湯普森。還有，她認識迦米・霍雷斯——就是湯普森的被害人之一。她們一起參加啦啦隊，可以說是最好的朋友。」她的臉上綻放笑容。「我在Facebook請求迦米把我加為好友。因為我有莎拉這個共同好友，不是隨隨便便的跟蹤狂，所以她接受了。」樂拉把一撮頭髮纏繞在手指上。「這真的很酷。她有跟那邊的聯繫，然後我也有跟妳的聯繫……所以說，我們都非常投入這個案子。」

我消化了這段包裹糖衣的廢話，努力不去反應。「所以說，妳跟莎拉處得

註12　帕薩迪納：Pasadena，位於美國加州洛杉磯縣東北的城市。

很好嗎？」

「嗯，我想我應該克服『殺死她』的念頭了。」她皺起眉頭。「不過我並不想要停止看診。我還有其他問題，如果──」

我舉起一隻手說：「我很高興為妳服務，就算沒有暴力傾向也沒關係。我們可以在會談時談妳想要談的任何話題。」

「哦，太好了。」她在座位上稍稍跳起來，讓我不禁微笑。不論她有多麼可笑，在這些充滿黑暗的日子裡，她都能夠帶來天真的歡樂。我原本以為自己的職業名聲完蛋了，但事實上在血腥紅心殺手身分揭曉之後的一個月，我的工作卻不減反增。我出現在十幾個採訪現場，拒絕了兩本書的合約，還有許多病人等著要約診，每個病人都急著要跟我談他們內心的攻擊性。在這裡聽樂拉聊電影、名人八卦和她女兒的進步，可以讓我轉換心情。瑪姬現在定期去看一位治療師，有很好的進展。

幾分鐘之後，我陪同樂拉到門口並揮手道別，把她交給雅各。後者的拍馬屁功力足以贏得金牌。我回到辦公桌，拿起手機檢視簡訊。來自陌生號碼的簡訊內容很短。

好久不見，希望妳一切都好。——羅伯特

我盯著這則簡訊，不知道該如何回覆。他在那個決定性的下午離開我家之後，就音訊全無，沒有簡訊，沒有電話，而且當我上網去查，才發現他的個人資料已經從公司網站刪除了。我無法按捺好奇心，於是便開車到他位在比佛利山莊的辦公室，搭電梯到他的樓層。下了電梯之後，我驚訝地發現他的名字已經從光滑的玻璃門消失，從敞開的門可以看到一名女性在他原本的辦公室裡。

我沒有開車到他家。光是到他的辦公室周圍窺探，就已經做得太過分了。我相信如果羅伯特想要跟我說話，他可以打電話給我。而現在，他幾乎也算是打來了。

我把手機放在桌上，從我面前挪開。我不知道該如何回應這則簡訊，而偷偷飛過我心頭的那群蝴蝶鐵定不是好東西。羅伯特當時是為了殺我而來到我家。雖然說，他最終還是沒有殺我，但是如果我沒有說服他我是清白的呢？

腦筋正常的人不會想要去殺人。話說回來，小孩的死有可能把任何人逼瘋。我不怪他殺死約翰，也不怪他在以為我樂意讓他兒子死亡時，將憤怒與怨恨轉向我。

在過去三個月當中，一項調查徹底分析約翰與布魯克駭人歷史的每一刻。雖然我相信自己的檔案沒什麼用處，不過我還是交出去，並接受幾個小時的盤問。所幸州政府相信我的說法，並沒有對我提出妨礙司法的控訴。他們的注意力很快就轉回約翰與布魯克逐漸明朗的恐怖作為。

血腥紅心殺手的凶案並不是他們第一次犯罪。最早的被害人是約翰的高中同學，我猜想他大概曾經對約翰有過性虐待。對約翰的藥局查帳過後，發現大量記錄有誤及不適當的處方，另外也有他和被害人的連結。六名青少年當中，至少有四名曾經持續拿處方到布萊爾藥局拿藥。

我拿起手機，考慮要回覆。一則短短的簡訊會有什麼傷害？

我很好。

就這樣。沒有人會認為這是在調情。我把手機放入包包裡，將椅子滑近辦公桌，發誓要先回覆所有未回的 email 才能再度看手機。這時包包內傳來輕微的通知音效。

好吧，四則新郵件。我點了其中一則，讀了第一段兩次，然後就放棄並拿出手機。我靠在椅背上，打開新訊息。

我們應該去喝一杯，聊一聊。

喝一杯。聽起來很簡單，很單純。我在質疑自己的判斷之前打了回覆。

當然。什麼時候？

第四十四章

兩天後，我們在南比佛利路的一家燭光酒吧見面。酒吧前面停了一輛 Bugatti 汽車，酒吧女主人身上的鑽石和動過的整形手術多於品味。羅伯特已經到了，坐在吧檯前的金色凳子上。我一開始不確定是不是他，遲疑了一下才走過去。

在三個月當中，羅伯特已經變了一個人。他原本理得很短的鬍子現在變得濃密，與他粗獷的斑白頭髮很相稱。他晒得黝黑，眼中顯現過去沒有的活力。他穿著有領高爾夫球衫和深藍色短褲，上面繡了小鯨魚。

「哇哦。」我在他的凳子旁停下腳步。「你看起來……很有沙灘風格。」我低頭看自己的服裝。我仍舊穿著在辦公室穿的海軍藍套裝和裸色高跟鞋。「也許我應該提議更休閒的地方，然後換衣服再來。」

他站起來湊向我，輕輕親吻我的臉頰。他的鬍鬚掃在我的肌膚上，感覺有些陌生。他身上帶有椰子和肥皂的氣味。「我喜歡這樣的妳。不過……」他指著身旁的空位。「我喜歡看妳把頭髮放下來，變得更無拘無束一點。」他拉了拉我的低髮髻。我拍了一下他的手，惱怒地看到他偷走了一支髮夾。

「我喜歡看你鬍鬚少一點。」我對他皺眉。「你怎麼看起來好像原始人？」

他露出微笑。「我在拋開西裝的時候，就把刮鬍刀也丟掉了。」他拉了拉自己的短鬍鬚側面。「妳不喜歡？」

「還好。」我不情願地說，然後拿起酒吧菜單。老實說，他看起來很帥。真的很帥，帥到會讓內褲融化。「你的客戶有什麼看法？」

「我不知道。我離開辦公室，搬到威尼斯海灘。我在海邊找到一棟待修的房屋，正在整修。」他伸出手要握住我的手，但我把手縮回。他又說：「妳知道嗎？妳錯了。」

「那真讓我震驚。」我面無表情地說，「怎麼個錯法？」

「我的金魚還活著。」

我笑了。「你把牠帶回家了?」

「嗯,我讓牠住在客房。牠會幫我選擇設計。牠似乎很喜歡住在海邊。」

「看來你也很喜歡那裡。」他看起來更輕鬆,褪去了原本那層激烈的外衣。

「喔,我很愛威尼斯。我總是告訴我自己,等我退休之後,就要住到加勒比海地區,可是……」他聳聳肩。

「沒有引渡條約?」我冷淡地嘲諷。

他笑了。「的確沒有,不過我不願意離開是為了更高貴一點的理由。」

我注意到酒保的眼神,便點了一杯伏特加通寧。「什麼理由?」

「因為妳在這裡。」

我停頓一下,困惑地問:「那又怎樣?」

「我們還有尚未了結的事。」他注視著我。「妳可以再多收一個病人嗎?」

我放下菜單。「說真的,悲傷輔導不是我的專長。我的病人通常都更黑暗一點。」

「我在衣櫥裡收藏了幾具人骨。」他承認。

「另外他們都會刮鬍子。」

他抽搐了一下，說：「我也會刮鬍子。」

我用手指撫摸他的下巴，拉了拉那叢粗獷濃密的鬍子。「不用了，留著吧。」

他拉了我的凳子邊緣，把我拉得離他更近。「我也想要給妳這個。妳把它留在我家了。」

他把某樣東西放入我的掌心。我低頭看到是那只祖母綠的戒指。「羅伯特……」我表示抗議。

「別說了。」他命令我。「我們已經為此爭辯過了。這是妳的，拿走吧。就當作是我意圖殺害妳的謝罪禮。」他露出膽怯的神情。「妳願意原諒我嗎？」

「我不知道。」我把這只戒指戴到我的右手無名指上。「你願意原諒我當初不知道約翰是多麼可怕的怪獸嗎？」

他端詳著我，瞳孔細微地移動，辨讀、判斷並處理他在我眼中看到的東西。「我想我已經原諒妳了。」

他沒有。他有很高的機率永遠不會原諒我。

我問：「你怎麼知道他有罪？」這個唯一未解決的問題一直糾纏了我三個月。

他嘆了一口氣。我知道他不想要再談過去的事，但是我必須知道他看到了什麼我漏掉的東西。「是蓋伯的驗屍報告。血液檢查的結果。」他轉回吧檯，拿起他的飲料。「他的胰島素數值非常完美，彷彿他一直都戴著他的胰島素幫浦一樣。可是這樣的話，他就需要輸液套件才行。」

「那麼你為什麼不懷疑凶手也是糖尿病患者？」

「輸液套件有幾十種不同的類型，不過更重要的是，我沒有接到藥局電話，要我去拿他的處方。我當時沒有想到這一點。畢竟我兒子失蹤了，我幾乎連自己的中間名（註13）都搞不清楚了，更不會去想有沒有接到藥局的電話。如果我當時注意到，我也會猜想是因為他們知道他失蹤了。但是過了幾個月，在他失蹤將近七個月之後，我去藥局拿某樣東西時，突然想到這件事。」

他注視著我。「所以我去向保險公司查詢，發現有其他人拿了他的處方藥，另

註13 中間名：middle name是在第一個名字與姓之間的名字。

外還有胰島素和吸入器。」

「所以你就發現是他？」

「沒有。」他嘆了一口氣，喝了一口啤酒。「後來我做背景調查，白白浪費很多時間追蹤其他藥局員工，最後才發現是約翰。」

「喔。」這是殘忍的諷刺：使蓋伯落入約翰眼中的要素，也是把他導向殺害自己的凶手的要素。

「我和約翰談過好幾次關於蓋伯的事，包括在他失蹤之前、失蹤期間，以及被發現後，可是我從來沒有懷疑過他。」羅伯特注視我的眼睛。「可是我卻認定妳應該會知道，實在是太糟糕了。」

我聳聳肩說：「我是個專業人士，我的工作就是發現事情。」而且我們都曾經在這段旅程中，做過很糟糕的事並撒過謊。

「來。」他舉起他的酒瓶。「為了讓我們的所有悲傷沉睡而乾杯吧。」

我把自己的杯子敲在他的杯子上。「我願意為此乾杯。」

熟悉的敬酒詞讓我露出微笑，想起我在那家破舊的鄉村酒吧說出那段往事的情景。那感覺已經是上輩子的事了。我們原本是陌生人，彼此的過去在我們不知情的狀況下連結在一起，而我們則專注在忘記自己的悲傷與問題。

威廉・柏洛茲（註14）曾經說過，沒有人擁有生命，但只要是能夠拿起煎鍋的人，都能夠製造死亡。他說得沒錯，殺人是很簡單的，而活著——或是在生命中找到快樂，才是更困難的。我想要超越悲傷與罪惡感，學習愛人與信任……但我也滿喜歡擁抱自己的悲傷。我喜歡感受到那充沛的情緒，證明在我疼痛的胸口仍存在著具有同情心的靈魂。

有一天，我會向前邁進，原諒自己。我會過著正常的生活。不過今天，我只需要存活下來，並且在行事曆上替新的病人挪出時間。這個新的病人是個邋遢而留著鬍子的凶手，身上聞起來有防晒乳的氣味，還養了一隻金魚。

羅伯特伸手握住我的手。這回我沒有把它縮回來。

註14 威廉・柏洛茲：William Seward Burroughs（一九一四～一九九七），美國作家，Beat Generation的主要成員之一。

鳴謝

有趣的是，初稿是一場孤獨的旅程。半夜三更，背部在抽筋表示抗議，汽水空罐堆在身旁，家裡的狗大聲打鼾，而作者卻努力要在上床之前再擠出幾百個字。沒有任何人能夠幫上忙，也沒辦法把鍵盤交給任何人說：「喂，可以幫我寫完這一章嗎？」我們被困在想像中的獨木舟上，漂浮在湖中央，除了自己，沒人能夠幫忙划船。

不過接下來……當我們到達對岸，那裡就會有一群人，等著拿起這疊沉重的草稿來幫忙。我在寫作本書時遇到的這群人實在是太棒了，讓我想要再花兩百頁的篇幅讚揚他們。不過在這裡我會盡量簡單扼要。

Maura Kye-Casella，謝謝妳在過去八年當中給我的支持與明智建議。妳總是相信我和我寫的故事。我非常感謝妳對我的寫作，以及我的事業所做的一切。

Megha Parekh，這本書全要歸功於妳！謝謝妳的洞察力與點子、針對情節的腦力激盪，以及從幾十個想法當中找到最佳選項。我很高興能夠完成這本書，並且對於身為 Thomas & Mercer 家族的成員感到幸運。謝謝妳的眼光與支持。

Charlotte Herscher，妳的編輯與意見，讓這個故事變得更加強大。謝謝妳在我需要的時候大力催促我，並在我堅持的時候給我空間。另外還有那些深夜的 email 和電話——妳不會想像到，我對於妳的意願與奉獻有多麼感激。我們現在已經共同孕育了兩本書——希望今後還會有更多。

致 Laura Barrett、審稿的 Sara Brady、校對的 Jill Kramer、格式與封面設計，以及 Thomas & Mercer 團隊：謝謝你們對於細節的注意、創意的才能，以及對這本小說的支持。我衷心感謝你們的努力。

最後也要感謝各位讀者。你們不知道你們有多麼重要。謝謝你們拿起這本書，進入葛文與羅伯特的世界。我希望各位享受閱讀本書的過程，一如我享受寫作本書。

下一本書見。

亞歷珊德拉（A・R・托莉）

國家圖書館出版品預行編目資料

無辜者的謊言 / A.R. 托莉（A.R. Torre）著；黃涓芳
譯. -- 1 版. -- 臺北市：城邦文化事業股份有限
公司尖端出版：英屬蓋曼群島商家庭傳媒股份有
限公司城邦分公司發行，2023.06
面；　公分
譯自：The Good Lie
ISBN 978-626-356-681-1（平裝）

874.57　　112005739

逆思流
無辜者的謊言
（原名：The Good Lie）

著　者／A・R・托莉（A. R. Torre）
譯　者／黃涓芳
執 行 長／陳君平
美術總監／沙雲佩
國際版權／黃令歡、梁名儀
榮譽發行人／黃鎮隆
美術編輯／李政儀
企劃宣傳／陳品萱
協　理／洪琇菁
資深主編／劉銘廷
文字校對／施亞蒨
總 編 輯／呂尚燁
內文排版／謝青秀

出　版／城邦文化事業股份有限公司　尖端出版
台北市中山區民生東路二段一四一號十樓
電話：（〇二）二五〇〇—七六〇〇
傳真：（〇二）二五〇〇—二六八三
E-mail：7novels@mail2.spp.com.tw
發　行／英屬蓋曼群島商家庭傳媒股份有限公司城邦分公司　尖端出版
台北市中山區民生東路二段一四一號十樓
電話：（〇二）二五〇〇—七六〇〇（代表號）
傳真：（〇二）二五〇〇—一九七九
中彰投以北經銷／楨彥有限公司（含宜花東）
電話：（〇二）八九一九—三三六九
傳真：（〇二）八九一四—五五二四
雲嘉以南／智豐圖書有限公司
（嘉義公司）電話：（〇五）二三三—三八五二
傳真：（〇五）二三三—三八六三
（高雄公司）電話：（〇七）三七三—〇〇七九
傳真：（〇七）三七三—〇〇八七
香港經銷／城邦（香港）出版集團有限公司
香港灣仔駱克道一九三號東超商業中心一樓
電話：（八五二）二五〇八—六二三一
傳真：（八五二）二五七八—九三三七
E-mail：hkcite@biznetvigator.com
新馬經銷／城邦（馬新）出版集團 Cite（M）Sdn. Bhd.
E-mail：cite@cite.com.my
法律顧問／王子文律師　元禾法律事務所
台北市羅斯福路三段三十七號十五樓
二〇二三年六月一版一刷

■中文版■

郵購注意事項：
1.填妥劃撥單資料：帳號：50003021戶名：英屬蓋曼群島商家庭傳媒(股)公司城邦分公司。2.通信欄內註明訂購書名與冊數。3.劃撥金額低於500元，請加附掛號郵資50元。如劃撥日起 10～14日，仍未收到書時，請洽劃撥組。劃撥專線TEL：(03)312-4212 ・ FAX：(03)322-4621。E-mail：marketing@spp.com.tw